ZIRK VAN DEN BERG

'n Ander mens

KWELA BOEKE

Kwela Boeke,
'n druknaam van NB-Uitgewers,
'n afdeling van Media24 Boeke (Edms.) Bpk.,
Heerengracht 40, Kaapstad, Suid Afrika
www.kwela.com

Omslagfoto: Martin van Triest/ stock.xchng
Omslagontwerp: Michiel Botha
Tipografie: Nazli Jacobs
Geset in Walbaum

Oorspronklik gedruk in Suid-Afrika
ISBN: 978-0-7957-0915-9 (Eerste uitgawe, tweede druk 2018)

LSiPOD: 978-0-7957-0916-6 (Tweede uitgawe, tweede druk 2018)
ISBN 978-0-7957-0483-3 (epub)
ISBN 978-0-7957-0603-5 (mobi)

Met dank aan Jurie Wessels & André le Roux
wat niks met hierdie boek te doen gehad het nie,
maar baie met sy skrywer.

Die pad

Party nagte stoot die mis van die see af in en klad die droë Namib-sand soos 'n klam lap 'n sterwende lawe. In die vroeë oggendure, toe die man en vrou uit hulle kamers kom, is die mis so dig dat jy skaars jou hand voor jou gesig kan sien. Om op te maak vir hierdie gebrek aan sig, dra klank geweldig. Elke slag of stoot klink naby jou ore, asof die duiwel op jou skouer aan't woele is. Terwyl die man en vrou die kar pak, vul hulle die lug met stampe en sugte. Uiteindelik klap sy die bak toe.

"Is jy seker jy't niks in jou kamer gelos nie?"

Hy draai om en verdwyn in die wit donkerte. Sy gebruik die kans om gou in die rugsak agter haar sitplek te loer. Dan kom hy terug en sê nee, daar's niks. Sy klim aan die bestuurkant in, skakel die kar aan en dan die ligte. Hulle trek weg oor die glimmende teer, ry verby stil lamppale, elk met sy sluier van lig soos 'n spook aan 'n galg. Verkeersligte wissel deur hul koeldrankkleure. Petrolmaat-skappye se kentekens skyn hoog en moedig. Dan is daar niks meer van Walvisbaai te sien nie, net dwarrelende mis. Later hou die teer-pad op en hulle ry tussen twee walle gruis wat deur die skraper opgestoot is. Namate hulle binneland toe vorder, raak die mis ligter, totdat daar niks meer van te siene is nie.

Die vrou kyk op na 'n lug vol helder sterre, mooier as wat sy nog ooit gesien het. Die uitspansel is besaai met stippeltjies lig. Selfs al was jy self in die ruimte, sou jy nie meer sterre as dit kon sien nie, dink sy. Sy begin wonder oor die afstande tussenin, al daai ligjare van leegheid. Hier glip sy oor die planeet se oppervlak in 'n kapsule van glas en staal. Die enjin dreun in haar kop. Sy is skaars bewus van die man langs haar.

Hy is skraal, met hoë, krom skouers. Veertig jaar gelede was hy 'n doring in die 110 tree-hekkies. Hy sê sy naam is nog steeds op 'n trofee in 'n glaskas by Diamantveld Hoër in Kimberley, mens kan dit daar gaan lees. Toe hy haar vra of sy ook dit gaan verwyder, het sy gesê nee, dáár kan die naam maar bly. Sy't hom lankal beveel om sy borselrige snorretjie af te skeer, maar nogtans sien sy steeds voor haar geestesoog daai skewe Clark Gable-streep. Die diep, regaf kepe onder sy wangbene kort 'n horisontale lyn vir balans. Sy het die probleem met 'n nuwe bril probeer aanspreek; sy oue het sy in die Kaap al weggesmyt. Die nuwe bril het 'n swart raam rondom smal, reghoekige lense. Maar sy sien steeds daai verdomde snor. Party mense kan jy net nie verander nie.

Voor hulle begin 'n dowwe glinstering die nag in twee helftes deel – lug en aarde. Die horison kry vorm, bloei oor die woestyn. Rantjies rys uit die donkerte, strak en skerp. Die pad sak in holtes af en rys dan weer in die grys môrelig. Hulle ry oor 'n laagwaterbrug waarteen 'n vloed lank gelede knoetsige, blaarlose bome vasgespoel het. Op die kruin van die volgende bult tref die son die stowwerige voorruit en omskep dit eensklaps in 'n plaat van goud.

Die man gryp sy knieë vas. "Kan jy sien waar jy ry? Ek sien niks."

Sy trek die steeltjie om water op die voorruit te laat spuit, maar daar kom niks uit nie, die ruitveërs vee net die stof in konsentriese strepe. Sy verminder spoed, steek haar hand deur die kantvenster uit en vee 'n kolletjie voor haar skoon. Dan trek sy van die pad af en klim uit, omgee van stof wat stadig neersif. "Dié plek sal doen." Sy buig haar rug agteroor en strek haar arms wyd. Dan vat sy die rugsak en waterbottel agter haar sitplek.

Teen dié tyd staan die man ook langs die kar, leun met sy elmboë op die dak en kyk haar aan. Die stof kom tussen sy tande en laat sy keel kriewel. "Die plek sal doen vir wat?"

"Kom ons gaan stap 'n entjie." Sy dra jeans, 'n katoenbloes en stewige, gemaklike skoene. 'n Blou strik bind haar hare laag in haar nek vas. Hy dra kantoorklere – 'n wit boordjiehemp met smal baksteenrooi strepe, grys broek en swart insteekskoene. Dis die klere wat sy vir hom gegee het, doelbewus doodgewoon. "Komaan, ons gaan nie ver nie."

Sy loop teen die wal af, gly deur sand en trap swart klippe los. Sodra jy nie meer die pad kan sien nie, is daar geen teken van beskawing nie, selfs nie eens van lewe nie. As jy lank genoeg wag, sal jy miskien 'n kar se stofwolk sien, myle ver, en later die golf van klank hoor verbydruis. Maar dis onwaarskynlik op hierdie stuk pad, hierdie tyd van die dag. Hulle het al byna 'n honderd kilometer gery sonder om 'n enkele ander kar te sien. Dis 'n leë land. Die rantjies wat die landskap deurkruis, is opgewerp nog voordat die eerste mens sy stem verhef het en bly steeds soos dit toe al was. Hier is niks nuuts nie, net gebreekte klipskerwe en sand. Tyd het hier 'n heel ander betekenis. In hierdie wêreld is 'n menselewe net die vlietende skaduwee van 'n distel in die wind.

"Haai, waar't jy heen verdwyn?"

Sy hoor hom roep en draai terug, klim weer 'n paar tree teen die wal uit.

"O, daar's jy, ek kon jou nie sien nie." Hy kom gly-gly teen die steilte af. "Hoekom doen ons dit?"

"Ek wil jou iets wys." Sy vroetel met haar bloes se boonste knoop. Laat hom dink wat hy wil.

Hy volg haar in die skadu's in. Die landskap is 'n doolhof van slote en riwwe, die een nes die ander. God se idees het opgeraak, nie die

9

materiaal nie. In die vroeë oggendson is die firmament 'n diep blou, bokant swart en geel aarde. Die man kyk meestal af. Afhangend van waar hy trap, raak sy skoene nerfaf of loop vol sand. "Ek dog jy sê ons gaan net 'n klein entjie."

Sy gaan staan en kyk rond. Dit sal dan die plek wees. Hier aan die bergagtige, binnelandse rand van die woestyn is dit oral ewe geskik. Na die weste toe is daar klipperige rante, vlaktes en dan net sand tot by die koue branders van die Atlantiese Oseaan. Sy vat 'n sluk water.

Hy gaan sit op 'n klip en trek sy skoene uit om die sand uit te gooi.

"Mens kan vir jare hier bly sonder dat iemand jou kry," sê sy en gee vir hom die waterbottel aan.

"Dis seker so . . . Maar ek sal eerder my kans vat met 'n nuwe naam op 'n klein dorpie." Hy lig die bottel, maar laat sak dit nog voor hy drink. "Jy sê nie een van die ander is al ooit gekry nie?"

"Nee. En hulle sal jou ook nie opspoor nie."

Die water is louwarm en smaak na plastiek. Hy laat dit in sy keel afspoel. Toe hy uiteindelik die bottel laat sak, sien hy iets wat vir hom g'n sin maak nie. In die middel van sy gesigsveld is 'n klein swart gaatjie, 'n pistool se loop. Daaromheen sien hy die vrou, in die houding wat sy seker in die polisiekollege geleer het: arms amper reguit gestrek, linkerhand onder haar regterpols, voete uitmekaar, linkerbeen vorentoe. Agter haar is die landskap vaag en chaoties.

Sy skiet twee vinnige skote. *Dwa. Dwa.* Een tref hom in die wang en die ander bo die oog. Hy steier agteroor, gooi sy arms wyd asof hy die eggo van die doodskoot tussen die kranse wil vang, en stort neer in die stof.

Toe die weerklank in haar ore wegsterf, hoor die vrou lopende water. Dit kan nie wees nie, nie hier nie. Dan sien sy die roggelende bottel, steeds in die man se hand. Die nattigheid verdwyn in die sand. Sy druk die pistool terug in die rugsak, wikkel die bottel uit die dooie man se vingers uit, draai die doppie op en hang die band oor haar skouer. Die bottel hou aan vorentoe val as sy kniel en deur die man se klere voel. Sy moet seker maak daar is geen flenters papier of enigiets wat kan help om hom te identifiseer nie.

Die aasdiere sal eerste op hom afkom. En selfs al kom hulle nie, sal sy lyf oor 'n paar weke swart en onherkenbaar wees. Daarna word dit net beendere, totdat ook hulle broos raak en vermurwe. En as die ondenkbare wel sou gebeur en iemand kom op die lyk af terwyl dit nog herkenbaar is, wie is daar wat hierdie man sal uitken, wie is daar wat sal omgee as 'n niemand doodgaan? Sy identiteit is amptelik uitgewis en al sy bande met ander mense is verbreek, sy het daarvoor gesorg. Selfs sy verbintenis met haar raak met elke tree wat sy teruggee kar toe moeiliker om te bewys. Binnekort bestaan dit net in haar kop.

Op pad uit die woestyn uit daardie oggend draai sy die musiek so hard as wat dit kan, maar steeds vul dit nie haar gedagtes volledig nie. Sy begin sing – die liedjies op die bandspeler, ander liedjies wat sy ken, en dan probeer sy die ontbrekende dele van half vergete liedjies onthou. Wat is daai een waar die vrou sing vandat die man weg is, kan sy doen net wat sy wil? Iets van om 'n gebroke hart te bowe te kom. Dis Sinéad O'Connor, onthou sy. Hier en daar kan sy van die woorde uit haar geheue opdiep, ander bly haar tergend ontwyk.

Aan die buitewyke van Windhoek moet sy 'n paar keer by verkeersligte stop, maar andersins bly sy aanstoot. Sy vermy die middestad, draai regs op die hoofroete suidwaarts. Twee uur later trek sy in by 'n vulstasie omring deur 'n bisarre tuin van gebuigde en geroeste stukke sinkplaat. 'n Pompjoggie verskyn uit die skaduwee.

11

Druppels sweet trek swart strepe deur die stof op sy vel. Sy vra hom om die tenk vol te maak en waar die toilet is. Hy wys na 'n sleutel aan 'n haak langs die voordeur en beduie vir haar om agter om die gebou te loop. 'n Stuk gedraaide draad bind die sleutel aan 'n ongemaklike groot stuk plank vas. Toe sy terugkom, is hy besig om die stof en dooie goggas van die voorruit af te was.

"Jy kom 'n lang pad vanoggend?"

Sy knik. Met die kant van haar skoensool trek sy strepe in die sand wat oor die betonblad gewaai het. 'n Maer swart meisie kom om die hoek gehardloop, agter die velling van 'n fietswiel aan. Sy dra 'n vuil manshemp met opgerolde moue en beheer die wiel deur hom met 'n stok te tik, stuur hom vernuftig tussen klippe en gras-polle deur. Haar kaal voete raak-raak net aan die grond, skop klip-pers op. Die man skree vir haar iets in hulle eie taal en die meisie se groot wit tande flits. Sy maak 'n wye draai en verdwyn weer aan die gebou se ander kant.

"Is dit jou dogter?"

Hy skud sy kop. "Haar pa is dood." Hy gee die voorruit 'n laaste vee. "Als klaar."

Op 'n skielike ingewing sê sy: "Nee, daar's nog iets." Sy betaal vir die petrol, gaan na die kattebak toe en haal die tas met mansklere uit. "Dis vir jou." Sy glo in spontane weldade; dis oor die ander soort dat jy eers goed moet dink. Die man staar na haar, oorstelp en onbegrypend. Sy sit die tas voor sy voete neer. "Dis nou joune."

Daarna moet sy net so gou as moontlik daar wegkom. Die pomp-joggie se gesigsuitdrukking bly haar by totdat sy daardie beeld ook uit haar gedagtes verban.

'n Uur of wat later besef sy sy is honger. Haar keel is droog en sy het lankal opgehou sing. Daar is net die enjin se gedreun, die ge-ruis van die bande op die pad, en die wind. Op elke hoogte kyk sy vooruit om te sien of daar nie êrens is waar sy sal kan kos kry nie, maar daar is nie veel hier rond nie, nie eens vir diere nie. Die pad is 'n streep wat iemand met 'n liniaal op 'n kaart getrek het en wat toe op die werklikheid getransponeer is. 'n Doringboom hier en daar. Polle geel gras, meestal afgevreet tot op die wortels. Hitte-golwe wat die pad verwring. Links in die verte sien sy 'n perserige rant wat parallel met die pad loop, partykeer effe nader, dan weer verder.

Eers nog 'n uur later sien sy 'n motel langs die pad en trek daar in, langs 'n handjievol ander voertuie. Toe sy uitklim, hoor sy son-besies in die hitte skree. Voor die gebou staan 'n ry droërige boom-pies met voëltjies wat daarin rondfladder asof dit die paradys is. Sy maak die sifdeur oop en gaan in. 'n Klip wat in lap toegedraai is, hou die eintlike deur oop. Die sementvloer is gepolitoer dat hy eint-lik nat lyk. Sy sien net drie ander klante, 'n groepie mans wat teen die verste muur by 'n oop venster sit en bier drink. Sy hoor Afri-kaanse en Duitse frases. Die selfoon op die tafel vang haar oog. Sy het nie dié nuwigheid hier in die boendoe verwag nie. Een van die mans dra sokkies en sandale, een sokkies en skoene en die derde skoene sonder sokkies. Skoene verklap baie omtrent 'n man, glo sy. 'n Vrou koop dalk sy ander klere, maar sy skoene koop hy self. Sy gaan sit by die tweede verste tafel van hulle af. Die ander karre buite behoort seker aan mense wat hier werk, besig om God weet wat te doen, iewers in 'n agterkamer.

Haar bloes sit aan haar rug vas en haar jeans kleef aan haar dye. Sy trek met die een hand aan haar klere en tel met die ander die spyskaart op. 'n Ongemaklike kelnerin in 'n swart rok en wit voor-skoot kom neem haar bestelling. Nadat die kelnerin weg is, sien die vrou 'n klompie vlieë wat op 'n stadig draaiende dakwaaier se vinne probeer land, sonder ophou of sukses. Die mans is kennelik bewus van haar en sy kry die gevoel dat hulle oor haar praat. Toe sy opstaan en badkamer toe gaan, voel sy dat hulle na haar kyk. Dit kom by haar op dat hulle dalk iets weet, maar dis 'n gekke gedagte, pure paranoia. Hulle is maar net mans. In die privaatheid van die toilet haal sy die pistool uit haar handsak, vee die ergste stof daarvan af en herlaai dit. Terug by haar tafel wag die kelnerin haar in met die kontantstrokie. Sy betaal en bepaal haar by 'n glas yswater met 'n suurlemoenskyfie daarin, 'n bord Kasseler und Kartoffeln met twee verlepte, geskeurde slaaiblare en 'n oorryp tamatie.

Net toe sy met haar koffie begin, staan die mans op en kom deur se kant toe. Die laaste een, die een met sokkies en skoene, vertoef 'n oomblik by haar tafel. "Verskoon my, maar my vriende het net gewonder . . ." Hy het lemmetjiegroen oë in 'n gesig wat deur die son tot donker mahonie verkleur is. "Ons het gewonder wat bring jou hierheen. Helmut daar in die wit hemp . . ." Helmut stop, kyk terug en glimlag. "Helmut reken jy's hier vir 'n begrafnis. Andries dink jy's hier vir werk."

Sy vat die koppie weg van haar lippe af. "En wat dink jy?"

Hy staan agteruit en grinnik. "Ek dink dis min dat ons iemand soos jy in hierdie geweste sien." Eenvoudig en sjarmant.

"Sê maar vir jou vriende hulle sit die pot mis."

Die mans glimlag onderling toe hulle loop. Buite sê hulle iets vir mekaar, dan draai die een wat met haar gepraat het terug na die gebou toe, te midde van 'n koor tergende opmerkings. Die ander twee klim in hul karre en ry weg. Sy sien die man wat met haar gepraat het deur die venster. Hy loop agter die muur in en sy wag vergeefs om hom in die volgende venster te sien verskyn. Teleurstellend, dink sy. Sy het nogal daarna uitgesien om ligsinnig te wees saam met iemand – enigiets wat die lewe weer meer normaal en banaal laat voel.

Op pad buitentoe kom sy op hom af waar hy tussen die bome staan, besig om met sy knipmes te vroetel. "Dit lyk soos 'n lokval," sê sy.

"Miskien. Gee my jou voorletters, dan kerf ek hulle hier in die stam."

"Saam met joune en 'n hart en 'n pyltjie?"

"Dit sal 'n kunswerk wees."

"O, so moet ek nou glo jy's 'n kunstenaar?"

"Nee, ek roei peste en plae uit, maar jy roer my siel."

"Hoe bedoel jy jy roei peste en plae uit?"

"As jy 'n probleem het met hase of rotte of jakkalse, dan roei ek hulle vir jou uit. Ek het eenkeer selfs 'n luiperd moes skiet."

"Jy gee nie om nie, so 'n mooi dier?"

"Hy't begin skaap vang. Party diere verdien nie om te lewe nie. Dis my werk. Die regering betaal my om plae uit te roei. En jy?"

"Min of meer dieselfde. Ek's in die polisie."

Hy sit sy mes weg. "Wat kan ek doen om gearresteer te word?"

"Trap net een keer nié in jou spoor nie, en ek sit die boeie aan."

*   *   *

SY volg sy bakkie met 'n verlate tweespoorpad langs tot by 'n reservoir met 'n krip. Daar is 'n paar platkroonbome wat omtrent heeltemal toe is van die versamelvoëlneste. Die grond, platgetrap deur hoevele hoewe, is besaai met wit kalkklippe. Sy vat die man se hand en lei hom na die krip toe. Daar trek hulle sy klere uit. Sy boei hom aan 'n staalpyp vas voordat sy haar kaal uittrek en wydsbeen op hom gaan sit. Sy hou aan ry tot sy seer is, maar sy kan nie kom nie. Dan gaan hulle swem. As sy afkyk, sien sy flitse van haar eie gesig in die donker, wiegende water. Ná die swem gaan sit sy en die man in die son om droog te word, onder die ylblou hemel. Sy wag tot sy heeltemal droog is, buiten die sweterige gevoel waar haar borste teen haar ribbes vou. "Ek moet gaan."

"Waar sal ek jou weer kry?"

"Ek sal altyd in jou herinneringe wees."

Terwyl sy aantrek, sien sy dat sy voël weer styf begin word, maar hy maak geen aanstaltes na haar kant toe nie. "Dankie," sê hy en lig sy hand in 'n gelate groetgebaar. "Geniet dit, wie of wat ook al volgende op jou pad is."

Sy ry daar weg met die gevoel dat niks, niks haar ooit weer gaan onderkry nie. Op die teerpad sit sy voet in die hoek sonder om eens te kyk hoe vinnig sy ry. Sy sal nie in 'n spoedlokval gevang word nie, nie ná wat sy vandag gedoen het nie. Sy het die wêreld 'n beter plek gemaak as wat dit vanoggend was. Nommer 4 is skoonveld, bokveld toe.

Die goue gloed van die son tref die regterkant van haar gesig en sy verstel die klapblinding. Die pad is steeds meestal reguit, sonder noemenswaardige landmerke in die omgewing. Die son sak stadig, brand rooi op die horison. Daar is 'n goeie kans dat sy aan die slaap kan raak of dat die pad haar kan hipnotiseer, maar sy wil so ver moontlik wegkom van 'n sekere plek in die middel van nêrens. Haar kopligte slurp die wit lyne op. Sy mik om reg langs hulle te bly, jaag immer suidwaarts. Kaapstad is 'n nag se ry ver.

Nommer 5

Ver van als, in 'n naamlose deel van die suidelike oseaan, dein die see. Die maanlig skyn silwer op die rug van 'n reusewese wat asemhaal in sy slaap. Op hierdie wye watervlakte begin 'n wind te roer, eers haas onmerkbaar, maar verander tog die plek van sy geboorte, vee gaandeweg sy eie spore uit. Waar hy ook al gaan, sal niemand sy oorsprong presies kan uitwys nie. Teen die tyd dat hy by mense uitkom, sal hulle net vaagweg beduie en sê hy kom uit die suidooste iewers. Hy skaaf oor stadig bultende golwe, duik deur diep trôe, streel een of twee keer oor die rûe van walvisse wat opkom vir asem, en waai verder. Die wind sleep homself voort, 'n wurm van weer wat iewers elders gaan gebeur.

Aan die suidwestelike punt van Afrika word hierdie wind in die tregter van Valsbaai ingedruk, tussen die skuins koppe van Kaappunt en Hangklip. Hy tel spoed op, klap soutsproei uit die kruine van branders. Hy tref die strand en dryf snerpende sand tussen die karige sinkpondokke deur, van Muizenberg tot Macassar. Hy huil om die sementsteenhuisies van die Kaapse Vlak en stamp teen die mure van die stewige voorstedelike wonings teen die hellings wat die vlakte begrens. Die wind skeur om die hoek van Duiwelspiek, hark Soutrivier se fabrieksgasse bymekaar en swiep deur die Kaapse middestad voordat hy koers kies oor Tafelbaai, uit na die oop see toe. Iewers in die Atlantiese Oseaan sal hy 'n stille dood sterf, en die Suid-Amerikaners sal van die hele gedoente niks weet nie.

Hier in die nasleep van die wind loei alarms. Honde blaf en blik-

17

kies rol met die klank van krieke. Die metaalagtige geluid dring deur 'n toe venster en in 'n slapende man se oorkanaal in. Jy kon netsowel sy naam vir hom gefluister het. Hy word oombliklik wakker, sy gedagtes 'n warboel sonder enige idee van sy omgewing, dis net 'n swart gat vol geraas. Vir 'n oomblik ervaar hy naakte vrees. Dan begin dinge een vir een in die donker vorm aanneem en hy benoem hulle soos die prentjies in 'n kind se eerste woordeboek – gordyn, kas, wekker.

Hy het nooit gedink hy gaan só lewe nie, met die beloftes van halfbegrypte fiksie wat stadig wurg in die greep van alledaagse verantwoordelikhede. Al was sy ambisies nog altyd te vaag om op te reageer, het die blote wete dat hulle daar is, onvervuld, nietemin 'n gevoel van mislukking in hom gevestig. Sy lewe haper, soos om met 'n halwe pak kaarte solitaire te speel. Sy werk by die stadsraad gee hom 'n inkomste, genoeg om sy eks-vrou tevrede te stel, of enigiemand anders wat aanspraak maak op sy geld, maar nie genoeg vir hom nie. Mense wat hom op skool of universiteit geken het, vra hom waarom hy nie 'n ander loopbaan gekies het nie, maar het self geen praktiese voorstelle te maak nie. Dis vir hom moeilik om vir hulle te sê hy wil geen loopbaan hoegenaamd hê nie, en het daarom die maklikste een gekies.

As hy maar net hierdie beginsel toegepas het toe hy 'n eggenoot gekies het. Pauline was beeldskoon en fassinerend, maar sy was harde werk. As hy aan haar verwagtinge kan voldoen, het hy destyds gedink, sal hy 'n bewonderenswaardige mens wees. Maar dit het nie so uitgewerk nie, en hier is hy nege jaar later, nog steeds besig om aan haar verwagtinge te probeer voldoen. Ten minste is haar verwagtinge nou suiwer finansieel. Dit dwing hom om vas te hou aan die sekuriteit van 'n vaste inkomste.

Hy dommel tussen wakker en slaap, gepla deur die geraas van

buite af en 'n knaende hongerte. Hy draai om en probeer weer die pad droomland toe vat. Maar daar's 'n gehamer aan die deur. Wat de hel? Hy staan op, in die hoop dat dit net 'n dronk buurman is, en gaan kyk deur die loergaatjie. Die man voor die deur lyk of hy iets te drinke gehad het, maar dis nie die dronkgat van onder af nie. Daniël sit die lig aan en maak die deur oop. "Frank." Hy staan terug en laat die groot man inkom.

Normaalweg sou hy bly gewees het om vir Frank te sien, want hul verbintenis bied afleiding van sy alledaagse lewe. Frank is 'n entrepreneur wat nooit toelaat dat openbare opvattings oor ordentlikheid hom van 'n vinnige wins weerhou nie. Hy glo 'n mens kan die stelsel uitoorlê en probeer heeltyd nuwe maniere om dit reg te kry. Daniël vind dit moeilik om Frank se slenters ernstig op te neem. Om hulle te bevraagteken het nooit eens by hom opgekom nie. Hy vind dit opwindend om klein takies vir Frank te verrig, meestal net die optel of aflaai van pakkies met ongespesifiseerde inhoud. Dit bring hom in kontak met 'n wêreld wat anders is as die gewone, met die geïmpliseerde moontlikheid dat ook hy daardie milieu kan betree.

"Het ek jou wakker gemaak?" vra Frank en druk verby hom.

"Nee, die wêreld wil my nie vannag uitlos nie."

"Ek het presies die teenoorgestelde probleem. En ek wil nie uitgelos wees nie."

Daniël het Frank nog selde sonder minstens twee of drie ander mense in die omtrek gesien. "Waar's die ander?"

Frank laat flop sy swaar lyf in 'n stoel in. Als van hom is buitengewoon groot, maar als is in proporsie. 'n Mens let nie sy grootte op nie, totdat jy hom langs iets anders sien. Nou laat hy die stoel klein lyk. "Elkeen het die een of ander fokken storie – meisies en vrouens en kinders. Ek weet nie wat met die wêreld aangaan nie.

19

Rassie en Slier was nog laaste, maar Slier het bloedbek gekry by die laaste plek en is huis toe. Rassie het in die kar uitgepaas."

Daniël onthou meteens dat hy in sy slaapklere is. "Miskien is dit tyd dat jy ook huis toe gaan."

"Se moer. Ek's nog lank nie gereed nie."

"Fokkit, Frank, dis al ná twee."

"Aag wat . . . Ek het nou die ouderdom bereik waar, watter tyd dit ook al is, die nag is nog jonger as ek." Frank laat leun sy kop agteroor teen die stoel en maak sy oë toe. So lyk hy oud, selfs weerloos, al is hy seker net in sy vyftigs, raai Daniël. Dis sulke tye dat hy homself betrap met 'n gevoel van vertedering vir die man – wanneer daar niks oordadig of arrogant aan Frank is nie, en jy kan sien hy's net vlees en polsende bloed, en dat ouderdom en kranklikheid hom ook bekruip, en dat hy eendag sy lewe sal verwyt en sal kla oor die feit dat hy niks geweet het nie van die goed wat Daniël hom nou sou kon vertel het, as hy gedink het dit sou help. Maar Frank sal nie nou kan verstaan of bereid wees om eens te luister nie. Hy is vasgevang in 'n rol wat hy vir homself gekies het. Warhoofdig as wat dit seker is, is daar nie baie mense wat die lewe van hul keuse het nie. Miskien is dit wat Frank so onweerstaanbaar maak – hy laat enigiets moontlik lyk, teen die verwagting in. Met iemand soos hy in die omgewing, lyk dit of daar die kans is om 'n fortuin te maak en met 'n pragtige meisie op te eindig, of om ten minste lekker te lag.

"Komaan," sê Frank skielik. "Daar's iemand aan wie ek jou wil voorstel." Hy kom orent en gaan vat vir hom melk in die yskas.

"Ek moet môre werk."

"Toe ek jou ouderdom was, het ek drie ure per nag geslaap, week in en week uit."

"Ek's nie so taf nie."

"Moenie jý my ook nog in die steek laat nie. Dit sal net 'n uur wees, op die meeste. Komaan, man, dan skuld ek jou." Hy hou sy sleutels na Daniël toe uit. Frank opereer in 'n wêreld van immorele verpligting. Hy deel links en regs gunste en gawes uit, en kollekteer dan daarteen soos lenings. Wat Frank eintlik bedoel is dat Daniël hom kan terugbetaal vir die lekker tye, die vertroue en die onvergeetlike oomblikke wat Frank oor die laaste twee jaar op sy pad gebring het.

"Gee my net kans om aan te trek."

Daniël kry 'n skoon onderbroek en grawe gisteraand se boklere uit die wasgoedmandjie. Vyf minute later is hulle op die trap, op pad af na Frank se kar toe.

"Nou waar de hel is Rassie nou?"

Jy kan nie deur die kar se vensters sien nie. Eers toe hulle die deur oopmaak, sien hulle die jong polisieman op die agterste sitplek lê. Die reuk van opgooi is oorweldigend.

"Die bliksem het in my kar gekots."

"Los dit. Kom ons vat myne." Hulle klim in Daniël se Corolla. "Waarheen gaan ons?"

"Langstraat. Ek sal jou sê hoe van daar af verder."

Die middestad se strate is leeg buiten dit wat in die wind rondwaai. Koerante flap en tuimel, tjipspakkies skuif rond en plastieksakke spiraal hoog op tussen die toringblokke. Bo in Langstraat sien jy straatmense in deuropeninge gebondel. Helder verligte winkelvensters adverteer oudhede, tweedehandse boeke, die kans om te eet en te drink, en kaaldansers. *Heaven*, sê die een teken, *The only place to be!*

"Dis hier rond," sê Frank. "Stop daar onder die straatlig."

Hulle klim uit en Daniël sluit die kar. "Hierdie donnerse wind."

"Ons is nou-nou binne."

Frank lei hom in 'n stegie af, ongelyke grond met graffiti alkant op die mure en groot hope van wat soos hondestront lyk, behalwe dat daar geen honde in hierdie area is nie, net mense. Hier en daar is daar deure in die muur versink. Frank kom by een tot stilstand en klop.

"Wat vir 'n plek is dit?" vra Daniël.

"Kan jy glo iemand bly hier?"

"Niemand gaan dié tyd van die nag wakker wees nie."

"Jý was."

Die deur gaan op 'n skrefie oop. "Wat de fok nou?" 'n Vrouestem. "O, ek dog jy's iemand anders."

Frank grinnik. "Is jy nie bly dat ek nie is nie?"

"Nie wat nie?"

"Nie iemand anders nie."

Sy sug en loop weg, los die deur oop. Frank loop agterna en wink vir Daniël om te kom. Dis een van daardie lang, smal huise wat tussen twee ander ingedruk is, met een gang regdeur tot by die kombuis aan die agterkant, en al die kamers aan die een kant ingeryg. Net die kombuislig is aan. Die meisie is so vyf-en-twintig, in haar japon, besig om brood te rooster. "Ek kom nou net van die werk af. Wil jy ook hê?"

"Nie as jy van toast praat nie."

Sy kyk na Frank, haar oë swart en onpeilbaar soos 'n rob s'n. "Ek praat van toast." Dan kyk sy na Daniël, en terug na Frank.

"O ja, dis Daniël . . . Daniël, Snazz," stel Frank hulle voor.

Die vrou smeer grondboontjiebotter op haar brood, en stroop, eet dit dan asof hulle nie daar is nie. Sy is 'n professionele meisie, moeg en met g'n respek vir mans nie.

Frank lyk salig onbewus hiervan. "Hoe's dinge met jou deesdae? Gaan dit darem okay?"

"Omtrent wat mens kan verwag."

"Het jy die pakkie gekry wat ek laas maand gestuur het?"

"Ja, en ek het gedoen wat jy wou hê. Jy behoort te weet – jy't die geld gekry."

"Ek wil maar net weet waar ek staan."

"Maak dit saak, solank dit op jou eie twee voete is?"

Frank grinnik. "Het jy nie daar iets wat 'n man kan drink nie?"

"Gaan help jouself."

"Daniël, wil jy iets hê?" vra Frank.

"Nee, ek's okay."

Die meisie praat vir die eerste keer met Daniël. "Kry vir jou iewers om te sit. Daar's 'n bankie daar onder die toonbank."

Hy gaan sit, voel ongemaklik. Dis duidelik dat Frank van plan is om hierdie meisie te streep. Hy hoop Frank verwag nie dat hy ook 'n beurt vat nie. Hy het lank gelede besluit om nie met prostitute uit te hang nie, die post-orgasmiese weersin is net nie die moeite werd nie. In elk geval, noudat hy haar kombuis gesien het, is dit onmoontlik om 'n fantasie oor hierdie meisie te hê, en jy moet fantasieë hê met 'n prostituut, jy wil nie weet hoe sy regtig lewe nie.

Frank kom terug met 'n swart drankie, Coke gemeng met rum of brandewyn of iets. "Tjeers!" Hy vat 'n lang teug en trek 'n gesig met die slukslag. "Jissis, ek dink wat ek nou nodig het, is iets wat my opzoep . . . Het jy al gesien in die flieks waar hulle hierdie ou vlugsout gee en hy kom sommer dadelik by? So iets." Hy kyk na die meisie.

"Ek sal vir jou kry." Sy verdwyn in die donker gang af. 'n Lig gaan in een van die kamers aan.

Frank sluk sy drankie af. "Het jy al die goed gebruik?"

Daniël skud sy kop, nee. Hy is bang vir dwelms, bang dat hy beheer sal verloor en die een of ander dom ding aanvang wat sy lewe

23

verwoes. Ten minste is sy lewe, sover altans, op die oog af respek-
tabel. "Ek gee al klaar te veel geld uit net op sigarette."

"Ek beter gaan kyk dat sy nie als self gebruik nie."

Alleen in die kombuis, steek Daniël 'n sigaret op. Dit proe nie so
goed in die middel van die nag nie. Hy kyk na die rook en begin
ander goed opmerk – vliegspatsels op die lampskerm, 'n poskaart
van 'n Turkse strand op die yskasdeur, 'n gebruikte teesakkie op 'n
piering. Hy druk die stompie dood, hou sy hande 'n ruk lank stil en
begin uiteindelik met sy vinger strepe trek deur die broodkrum-
mels op die toonbank, skryf letters wat ná die tyd onleesbaar is.
Dan hoor hy die meisie se stem. "Ek skuld jou fokkol." Daar's 'n
kassetspeler teen die muur. Daniël druk die speelknoppie en draai
die volume op, hoor vertonerige schmaltz waarna hy in g'n jare ge-
luister het nie. Nou kom Frank se stem. Daniël draai die knop ver-
der, probeer om die klanke uit die kamer uit te verdoesel. Wat was
hierdie groep se naam nou weer?

Hy probeer die tyd onthou toe hierdie musiek gewild was, waar
hy was toe hy dit die eerste keer gehoor het. Hy kan dit nie plaas
nie, maar daar's 'n definitiewe gemoedstoestand wat hy met die
musiek assosieer, 'n romantiese desperaatheid. Dit was seker 'n
goeie tien jaar gelede, iewers in die 1980's, en hy was dus depres-
sief: 'n dekade van dooie soldate en oproer en wreedheid, getroud
met Pauline. Sy kom oor 'n paar weke Kaap toe en het laat weet
hulle moet mekaar sien. Fokkit, maar hy's moeg. Hy besluit hy gaan
huis toe. Met Frank kan die nag maklik tot die volgende dag aan-
hou. Hy sal loop en die sleutel daar los, of miskien kan die meisie
vir Frank huis toe vat.

Hy loop op sy tone in die gang af om die twee nie te steur nie. By
die strepie lig loop hy stadiger en loer by die oop deur in. Die meisie
is op haar maag, donker teen die laken. Frank is op haar rug, stut

sy gewig met die een hand terwyl die ander haar gesig in die kus-sing druk. Sy massiewe wit agterstewe pomp grotesk. Haar vingers maak snaakse rukbewegings teen die linne. Daniël staan agteruit. Hy beter maar wag.

Terug in die kombuis, het die kasset by sy einde gekom. Daniël sit die ander kant op en steek 'n sigaret aan. Dis funky hip-hopperige musiek, aggressief en polities. Die goeie kant van die saak is dat hy klaarblyklik Frank se binnekring bereik het. Hulle twee sal voort-aan 'n private avontuur hê waarna hulle kan verwys as daar ander mense by is, die band van 'n gedeelde geheim. Selfs Slier en Jean-nette sal beïndruk wees, afgunstig. Die slegte kant – hy is alleen in 'n vreemde kombuis in die middel van die nag, besig om aan 'n siga-ret te sit en suig terwyl Frank iemand met die snotsambok bykom.

Toe Frank uiteindelik te voorskyn kom, kyk hy na die twee siga-retstompies in die asbak en vra om verskoning dat hy Daniël laat wag het. Hy skink nog 'n drankie, nes die eerste. Dis brandewyn, Klippies, merk Daniël op. Die groot man sluk dit effens stadiger as die vorige keer. Die meisie kom nie uit nie.

"Sy't seker aan die slaap geraak," verduidelik Frank.

"Sy het moeg gelyk."

"Jy lyk ook nie so danig op en wakker nie."

"Ek is nie."

Frank sug. "Okay, dan moet ons seker nou maar gaan." Hy gaan wasbak toe, was sy glas, droog dit af en sit dit weg. "Ek's reg."

Die slaapkamer se lig is af toe hulle uitstap.

Hulle ry in stilte huis toe. Die wind is besig om die stad uitmekaar uit te waai. Dis moeilik om te glo dat hierdie betonkarkas ooit lewe.

By die woonstel besluit hulle om vir Rassie in Frank se vuil kar te los met 'n sleutel, sodat hy huis toe kan gaan wanneer hy wakker word. Daniël gee vir Frank sy kar se sleutels.

"Dankie, ek sal dit vir jou teruggee."

"Ek kan werk toe loop, moenie worry nie."

Frank kyk na die Corolla. "Ek kan vir jou ander wiele in die hande kry, so gou soos nou, as jy iets beters wil hê." Hy kyk na Daniël, sy kuif regop gewaai in die wind. "Sê net wat jy wil hê. Nou nie 'n Rolls nie, natuurlik . . . maar ek kan vir jou 'n Jag kry as jy wil."

"Nee wat, bring maar net hierdie een terug voor die naweek."

"Okay, maar onthou wat ek gesê het."

Terug bo in sy woonstel trek Daniël sy klere uit en klim in die deurmekaar bed. Hy's moeg, maar sy gedagtes wil nie tot ruste kom nie. Seker die sigarette, dis nooit 'n goeie idee in die nag nie. Jissis, daai kombuis was 'n misrabele plek. Hy wens hy het liewer nie saam met Frank gegaan nie, maar dis moeilik om vir die man nee te sê. Hy rol op sy sy en probeer op sy asemhaling konsentreer. Dit help partykeer. Sy voete is koud en hy skop heen en weer onder die komberse, probeer deur die oefening en wrywing hitte opbou. As hy nou net weer sy asemhaling tot bedaring kan bring . . .

Iewers te midde van dit alles hou hy op om bewus te wees van sy gedagtes.

Toe hy die volgende keer wakker word, is dit nog steeds donker. Hy onthou die droom wat hy gehad het. 'n Klein, kaalkop mannetjie met 'n jas het op hom afgestap in die gang, die een net buite sy slaapkamerdeur. Die mannetjie het 'n kussing vasgehou waarmee hy Daniël wou versmoor. Hy was so klein dat hy in werklikheid skaars 'n bedreiging sou wees, maar tog het hy op Daniël afgestap met absolute selfvertroue. Dit was die skrikwekkendste van als, dat die mannetjie so emosieloos naderkom, so seker van sukses. Niks ontstig Daniël soos onredelike sekerheid nie, en alle sekerheid lyk vir hom onredelik – 'n domonnosele ontkenning van die wêreld se kompleksiteit, van die veelvuldige moontlikhede wat in elke oomblik bestaan, oraloor, en elkeen van hulle op die punt om tallose fenomenaal vrugbare nasate van hul eie te laat ontkiem. Die mannetjie in die droom was skynbaar totaal in besit geneem deur net een enkele moontlikheid: dat hy die kussing hard en lank genoeg op Daniël se gesig sal druk om dood weens versmoring te veroorsaak, 'n stadige blouword van die kiewe. Hy het nie rekening gehou met die moontlikheid dat 'n leë koeldrankblikkie wat verlede week deur die een of ander niksvermoedende verbyganger weggegooi is, meteens deur die wind losgewikkel sou word en genoeg geraas sou maak om sy slagoffer uit sy greep weg te raap nie. In daardie oomblik verloor die mannetjie sy vermoë om enigiets te doen. Hy word iets van die verlede, en niks nuuts kan ooit in die verlede gebeur nie. Die toekoms is anders in die sin dat dit anders kan wees.

Die verantwoordelikheid wat dit impliseer, maak dat Daniël opkrul en sy ore met sy beddegoed bedek. Hy moes daai bliksemse blikkie opgetel het toe hy daar buite was. Dit het hom nou al twee keer in een nag wakker gemaak, en hy hou nie daarvan om in die donker wakker te wees nie. Sy gedagtes in die nag maak hom bang. Hy is tot in sy gebeente toe moeg, maar hy wens die dag wil kom.

*   *   *

TWEE dae later, by die werk, probeer Daniël sin maak van die notules wat hy self by 'n vroeëre vergadering geneem het. Het die komiteevoorsitter werklik bedoel om te sê die rioolstelsel in die onderste deel van die stad is verstront?

"Daar's iemand vir jou daar voor."

Daniël kyk om. Bill Bezuidenhout staan in die opening van sy werkhokkie, sy nek in dik pers voue oor sy boordjie. Hy dra altyd sy blou das met die Westelike Provinsie Rugby Unie se rooi disa, 'n knellende herinnering aan sy gloriedae as provinsiale speler. Hier's nou iemand wat slegter daaraan toe is as hy self, dink Daniël, want Bezuidenhout was eens beroemd. As jy nie suksesvol kan wees nie, wees dan anoniem, glo Daniël. Dis die tweede beste ding.

"Is jy seker dis vir my?"

"Groot moer wat sy sonbril binnekant dra."

Jissis, Frank! Besef hy dan nie hy's nie veronderstel om hierheen te kom nie? Dis ernstig, dink Daniël. Dis die grondslag van sy lewe hierdie. Dis wat hy doen sodat hy die vervelige aande kan hê, die naweke van verwyt.

Daniël loop in die poeierige wit neonlig wat skynbaar van als af kaats. Die ganse kantoor gloei asof dit van was gemaak is. Die mat verdoesel klank, die plafon is wolkwit. Bokant die afskortings kan hy iemand se kop sien wip. Die bruin hare, die wit krytlyn van die paadjie . . . Hy herken die kop dadelik. Dis 'n vrou met wie hy iets in gemeen voel. Sy woon ook alleen. Hulle gesels nooit, dit sou net die wedersydse herkenning van sware eensaamheid bederf. Nes als hier is die verhouding eenvoudig en onder beheer. Dis nie die plek vir Frank nie.

Die groot man staan naby die ingang, besig om die blare van 'n delicious monster doelloos in repe te skeur.

"Frank."

Frank lag dawerend. "Hoe's dinge?"

"Ons behoort nie besoekers hier te kry nie."

"Jy behoort nie in so 'n plek te werk nie."

"Wat bring jou hierheen?"

"Komaan, ek wil vir jou iets wys." Frank druk die hyser se af-knoppie.

"Ek is nie veronderstel om in werksure uit te gaan nie."

Frank kyk verby Daniël. "Ek kan hierdie plek nie verstaan nie. Hoekom kom werk jy nie liewers vir my nie?"

Daniël kyk by die venster uit. 'n Piepklein karretjie trek agteruit in 'n parkeerplek in. "Dankie, maar . . ?"

Die hyser kom aan. Sy deure gaan oop en die drie mense binne skuifel agtertoe om vir die nuwelinge plek te maak. Sodra hulle in is, draai Daniël om en kyk na die groef waarin die deur toeskuif.

"Dink bietjie daaroor. As jy vir my werk, is daar niks van die klas stront wat jy in 'n plek soos hierdie moet opvreet nie."

Daniël ys. Hoekom kan Frank nie sy mond hou in die hyser nie? Nes ander mense.

"Jy's seker die slimste ou in hierdie hele donnerse gebou."

Daniël wéét daar word agter sy rug vir mekaar gekyk. "Daar's 'n klomp baie slim mense hier."

"Nou vir wat werk hulle dan nie vir hulself nie?"

"Daar's party werke wat mens net kan doen in 'n opset soos hierdie." Daniël het stadsbeplanning in gedagte, maar kan nie aan nog 'n voorbeeld dink nie.

"Maar dis nie die goed wat jy doen nie. En laat ons nou maar eerlik wees, jy doen in elk geval nie die goed wat jy met jou lewe behoort te doen nie."

Grondvloer. Die hyser laat sy lukrake proefgroep van die mensdom vry. Daniël stap uit sonder om om te kyk. Hy hoop dat nie een van die ander mense sy gesig sal onthou nie. 'n Entjie verder voel hy hy kan vir Frank aanspreek. "Jy kan nie goed sê soos wat jy nou in die lift gesê het nie. Ek moet hierdie mense elke dag in die gesig kyk."

"Nee man, jy hoef nie. Dis presies wat ek vir jou probeer sê. Te hel met hulle en hulle kleinlike stront." Frank wink vir iemand wat vir hulle wag in 'n dubbelgeparkeerde Mercedes.

Daniël voel gekwets dat Frank so min respek vir sy lewe het, maar daar is geen manier waarop hy dit kan sê nie. Sy Corolla verskyn

29

om die hoek, agter die Mercedes. Dit lyk op 'n manier anders . . .
Dan sien Daniël die blink rims en breë bande raak.

"A, Frank, jy moes nie."

"Hei, jy't nuwe bande nodig gehad, toe dog ek ons kan netsowel
die beste daarvan maak. En hoe gereeld kry ek nou die kans om
vir jou iets te doen? Ons moet mekaar help waar ons kan."

* * *

DANIËL vind dit makliker om in die dag te slaap. Dis deel van sy
program oor naweke, om slaap in te haal. Die Sondag staan hy eers
ná elfuur op en ploeter deur sy woonstel, wonder wat om te doen.
Die weer lyk goed, een van daardie perfekte Kaapse dae met warm,
helder son en die lug wat net genoeg beweeg om die hitte draaglik
te maak. Hy blaai deur sy foonboekie. Die name en nommers be-
hoort aan mense wat hy nie sosiaal sien nie, of wat verhoudings
en families het wat hulle Sondae besig hou. Hy dwaal venster toe.
Die lug bokant Duiwelspiek is 'n diep blou. Hy sal homself vir mid-
dagete vat, besluit hy, in die Tuine. Daar is voëls en bome en mense.
Jy kan daar sit en deel van die lewe voel.

Hy trek sy swart chinos aan, 'n broek wat nie meer goed genoeg
is om mee te gaan werk nie, en 'n sagte katoenhemp met dieselfde
kleur as sy tande. Buite voel die dag so lekker as wat dit gelyk het.
Daar is 'n stilte wat als kosbaar en opwindend laat lyk. Halfpad na
sy kar toe stop hy. Hy kan net nie gewoond raak aan daardie buiten-
sporige wiele nie. Hy sou nooit vir homself so iets gekoop het nie.
Die rims skree testosteroon en hy verkies 'n besadigde kar. Ag, fok,
dis seker in elk geval beter om te stap. Hy sien 'n paar ander woon-
stelbewoners, aangetrek vir die strand, met groot hoede en helder
hemde, opgerolde handdoeke onder die arm. Hulle klim in hul
karre en ry weg. Hy loop middestad se kant toe.

30

Hier hang haweloses se klere langs leë erwe aan heinings om droog te word. Hy loop onder die plataanbome tussen die polisie-kantoor en die landdroshof deur. Hulle wortels het die sypaadjie laat kraak. Bo sy kop ritsel blare. Om die hoek van die Dorpshuis af, net agter die kerk, veg duiwe en seemeeue vir sitplek op die kop van 'n groter as lewensgroot standbeeld van die een of ander goeie, dooie politikus. Daniël loop nie meer alleen nie. Groepe tieners uit die townships kom op van die stasie se kant af, die ouens met hul lae holhangbroeke en blêrbokse, die meisies met hulle gegiggel en tersluikse kyke. Hy kies koers anderkant om die blok. Aan die ver punt kom hy dieselfde klomp weer teë. Hul paaie vloei saam in die eikelaning tussen die Parlement en die St. George-katedraal. Elke nou en dan kan jy opkyk en Tafelberg se boonste kabelstasie sien, omraam deur eikeblare. Hy stap regs deur die hek Kompanjiestuin toe. Hier sien hy mense wat uit die stad se boonste buurte afgekom het, ander woonstelbewoners wat kom om die son en groenigheid te geniet, om nog mense soos hulself te sien. Daar is 'n klompie wat hy herken: die bedremmelde jong man met die wollerige hare en skaapagtige uitdrukking, op soek na 'n leë parkbankie; die maer roker wat afgetrokke krap aan die tatoeëermerk op sy arm; die ge-skende vrou wat na blomme ruik; die byna-bekende ou digter wat haastig loop asof hy iewers anders as die graf het om heen te gaan. Daniël het hulle al hoeveel kere gesien. Miskien het hulle hom ook al opgemerk, en oogkontak vermy, nes hy.

By die restaurant het 'n klompie gelukkige mans 'n skaakklub aan die gang – hulle het 'n verskoning om daar te wees én om nie te praat nie. Daniël kry 'n leë tafel aan die een kant, 'n bietjie te naby aan 'n stink vullisdrom. Hy lees die spyskaart aandagtig, asof hy dit nie al 'n honderd keer tevore gedoen het nie. Hy moes 'n boek saamgebring het. Dan sit die ou man by die tafel langsaan sy keps

31

op en kom op die been, loop weg en los sy koerant op die stoel. Sodra die man agter die boom verdwyn, leun Daniël oor en vat die koerant. President Mandela het die een of ander iets gesê wat die voorblad gehaal het. Die kelnerin kom en hy bestel tuna mayonnaise toast en koffie, met appeltert daarna. Met dit afgehandel, slaan hy die koerant oop op die tafel. Die wind is sterk genoeg om die blaaie te laat fladder. Hy sit die sout- en peperpot op die een verste hoek neer en die suikerpot op die ander om die papier plat te hou. Hy staar na die gedrukte letters sonder om te lees. Dis net iewers vir sy oë om te rus wanneer hy nie na ander mense kyk nie. En as hulle na hom kyk, lyk hy ten minste nie so simpel nie. Hulle sou kon dink hy is hier omdat dit is wat hy gekies het, uit al die baie dinge wat hy kan doen, dat hy 'n vry en onafhanklike man is, selfs miskien ietwat misterieus, iemand wat 'n ruskans vat uit sy opwindende en genoeglike lewe. As jy nie weet nie, kan hy enigiemand wees.

Voëls sing en mense praat. Die son skyn. Die aarde draai deur dag en nag. Miskien nou nie geluk nie, maar ten minste tevredenheid lyk heel moontlik.

Die kelnerin verskyn met sy twee borde en koffiekoppie. Toe sy weer weg is, trek hy sy stoel nader, stamp teen die wankelrige tafel en stort die koffie. Hy skuif die piering weg en vryf die vloeistof in die papier in, sien sy hand vee oor 'n bekende gesig. Sy kyk na hom met 'n skooldogter se glimlag.

AKTIVIS SE DOGTER VERMOOR. Die identiteit van die jong vrou wat vroeër vandeesweek in haar huis in Langstraat dood aangetref is, is bekend gemaak. Sy was Nazla Hassan, dogter van die anti-apartheidsaktivis Nazier Hassan, wat in 1986 in aanhouding gesterf het. Volgens 'n segsman van die polisie, luitenant Chris Loots, is me. Hassan dood weens versmoring. Daar was ook tekens dat sy seksueel gemolesteer is.

Daniël lees ylend deur die res van die berig, maar dis meestal oor hoe sy gelewe het, min oor haar dood. Hy herlees die eerste paragrawe. Toe hy uiteindelik opkyk, is die wêreld 'n spook van dit wat vroeër was. Figure beweeg in die landskap, maar maak geen geluid wat hy bo die gedruis in sy kop kan hoor nie. 'n Man buk vorentoe en praat, sy hand op 'n ander man se skouer. 'n Vrou gooi haar kop agteroor en maak haar mond wyd oop, haar lag net tande om 'n ronde swart gat. 'n Kelnerin dra 'n skinkbord vol vuil skottelgoed deur die prentjie, van regs na links. Daniël kyk hierna soos na los tonele uit 'n reisdokumentêr, met 'n dreuning op die klankbaan. Het hy 'n moord gesien? En as dit wel so is, kon hy iets gedoen het om dit te keer? Hoe skuldig is hy, en aan wat?

Hy probeer elke detail onthou van die oomblik toe hy Frank en die meisie van die deur af gesien het. Haar krampagtige vingers, Frank se uitgestrekte hand wat op haar agterkop druk. As sy wou, sou sy kon losgekom het? Daniël kan nie seker wees nie.

Sy koekvurk klik op die leë bord. Hy het sy tunabroodjie en die appeltert opgeëet sonder om dit eens agter te kom. Daar is 'n effe suur smaak in sy mond. Wat 'n verkwisting – die hoogtepunt van sy week het ongemerk verbygeglip. Hy is eensklaps kwaad vir elke donnerse ding wat maak dat sy lewe minder is as wat dit kon gewees het, minder as wat hy verwag het. Dis nou al jare dat sy lewe so toetentaal teleurstellend is. Hy word skoorvoetend meegesleur deur eksterne magte, tevrede om maar net nou en dan 'n klein plesiertjie te geniet. Om dit nou ook mis te loop is onaanvaarbaar, verdomp. Frank is besig om dinge vir hom te begin bederf.

Hy vee sy mond skoon en staan op, vat 'n vinnige sluk koffie en loop na die uitgang op Koningin Victoriastraat. Van hier af is dit net twee blokke na waar Snazz . . . Nazla gebly het.

Hy moet gaan kyk. Hulle sê misdadigers gaan altyd terug na die toneel toe. Hy hoop nie die polisie hou die plek dop nie, maar dis hoogs onwaarskynlik. Met soveel moorde in die stad elke week, sal die gereg nie te veel maak van die moord op nog 'n prostituut nie. Die enigste rede hoekom dit hoegenaamd die koerant gehaal het, is oor haar pa.

Hoe nader hy aan haar plek kom, hoe meer kyk hy rond om te sien of daar enigiemand is wat dalk van die polisie is, maar almal wat hy sien, lyk na die soort mense wat self so ver as moontlik van die polisie af sou wou wegbly. Die steeg is dolleeg. Hy draai daar in, sy hart woes aan't klop. Dit verras hom meer as enigiets. Wat sou hy nou daar kan teëkom wat hom so gespanne maak?

Dis maar net dieselfde mure met die pleister wat deur die verf wys, 'n verbleikte baksteenrooi deur waar die verf van afskilfer, 'n nommer bo die briewegleuf geskryf. Hy wil klop, net om te sien. Miskien maak Snazz oop en was hy verkeerd dat sy die slagoffer is. Miskien is daar 'n polisieman wat hom graag sal wil ondervra. Waarskynlik sal niks hoegenaamd gebeur nie. Daar sal net die eggo's van sy geklop in die leë steeg wees.

Hy kies koers huis toe, terug na sy beteuterde alledaagse bestaan. Dieselfde gedagtes draai oor en oor in sy kop, word net nou en dan onderbreek as hy die een of ander kleinigheid in verband met sy omgewing herken. 'n Hawelose hoer kom val omtrent teen hom. "Whitey, wil jy naai?" Sy gryp haarself tussen die bene en wikkel haar hand rond. Haar skene is vol sere. Hy beduie sy moet fokkof.

Naby sy woonstel kyk hy op en sien twee onbekende mans voor sy deur staan. Albei lyk in hul laat twintigs. Die agterkant van die een se hemp bult onder die arms – seker 'n liggaamsbouer. Die ander een is skraler, maar dra ook klere wat 'n nommer te klein lyk. Hulle is nie goed genoeg aangetrek om Jehovasgetuies te wees nie. Daniël raai hulle is van die polisie, werk vir Frank, of albei. Hy voel nie lus om hulle te konfronteer nie, selfs al is hulle dalk net slordige sektelede. Hy glip om 'n hoek en in die volgende woonstelgebou in, deel van dieselfde kompleks. Hy klim een stel trappe tot by 'n venster wat oor sy blok uitkyk. Hiervandaan hou hy die twee mans dop. Die dik ou steek 'n sigaret op. Dit lyk of hulle die situasie bespreek. Twee jong meisies kom by die trap af en kyk agterdogtig na Daniël, en hy begin verder klim, maak of hy op pad is boontoe. Op die volgende vlak gaan staan hy by 'n soortgelyke venster en kyk. Nou timmer die maer ou aan die deur. Hulle staan nog bietjie rond, weet nie wat om met hulself aan te vang nie. Die een hurk 'n ruk en kort daarna loop albei weg. Daniël wag nog 'n paar minute.

By sy woonstel kry hy 'n nota onder die deur. Hy raap dit op en glip binnetoe. *Frank soek jou. Dringend.* Hy kyk deur die loergaatjie om seker te maak daar is niemand buite nie. Dan sit hy die nota terug waar hy dit gekry het. Hy kan altyd maak of hy nie die boodskap gekry het nie. Hy gaan venster toe en probeer sien wat in die straat aangaan sonder om self te na aan die ruit te kom. As die twee boodskappers in 'n kar sit en wag, sal die vensters oop wees in hierdie hitte. Al die karre wat hy kan sien se vensters is toe. Tevrede dat die twee weg is, pak hy 'n stel klere en sy badkamergoed in. Hy loer vir oulaas deur die venster, draf dan met die trap af en klim in sy kar.

'n Paar blokke ver vat hy soveel draaie as moontlik, net om dit moeiliker te maak vir iemand wat hom dalk agtervolg. Hy moet besluit waarheen om te gaan. Sy pa? Hy is verbaas om te besef dis die eerste persoon wat by hom opkom, dat dít is waarheen hy sou gegaan het as die opsie nog daar was. Hy het omtrent nooit soontoe gegaan toe sy pa nog gelewe het nie. Hulle het nie goed oor die weg gekom nie. Die ou man het niks goedgekeur wat Daniël doen nie – of enigiemand anders, om die waarheid te sê. Niemand was verbaas toe Daniël se oudste broer besluit om op te pak en Nieu-Seeland toe te trek nie. Selfs Daniël se jonger suster, wat deur een en almal as 'n engel beskou word, het skaars haar pa se goedkeuring weggedra. Daniël dink hy moet miskien na haar toe gaan. As Renée by die huis is, sal sy hom verwelkom, hulle sien te min van mekaar. Hy vat die nasionale pad noordwaarts en steek 'n sigaret op.

Renée bly in 'n nuwe woonbuurt saam met die ou skoolvriend met wie sy getrou het. Daniël verwag nie om haar man by die huis te kry nie. Ná die troue het Richard die eindelose partytjies van sy jeug vervang deur eindelose rondes gholf. Daniël was al heelparty keer daar, maar die paaie in die buurt volg geen herkenbare patroon nie en hy weet nie wat die adres is nie. Gelukkig herken hy die huis ná 'n rukkie van rondry.

"Wel, slaat my dood," sê Renée deur die veiligheidshek. "Jy lyk of jy 'n spook gesien het." Sy is skraal en donker, halfpad onderweg om 'n abortiewe haarstyl te red.

"Miskien is dit omdat jy so baie na Ma lyk."

"O, genade, moenie dit sê nie."

"Kyk jy dan nooit in 'n spieël nie?"

"Nie as ek dit kan verhelp nie."

"Daar's niks daar om voor skrikkerig te wees nie."

"Ouderdom. Dis skrikwekkend vir ons vroumense."

Die gedagte tref Daniël dat hy onder die omstandighede banger is vir jonk doodgaan as vir oud word.

Sy suster maak verskoning vir die huis se toestand, heel onnodig, en bied aan om vir hom koffie of bier te bring.

Voordat hy kan antwoord, kom 'n kleuter in die sitkamer ingewaggel. "Is dit klein Richard? . . . Magtig, mannetjie, maar jy't gegroei! Jy's 'n reus!"

Die seuntjie hardloop en druk sy gesig teen sy ma se been.

Dit als lyk baie lekker, besef Daniël. Dis die soort huis waarin hy grootgeword het, die soort waarin hy waarskynlik behoort te bly. Maar dinge het nie so uitgewerk nie en hy het in 'n ander soort lewe beland.

Die telefoon lui. "Laat ek net gou gaan hoor," sê Renée en verlaat die vertrek. Die seuntjie draai sy rug op Daniël en vat aan droë grasse wat in 'n koperpot gerangskik is. Dis deel van die landelike rangskikking rondom die klipkaggel, 'n bietjie ersatz-plaaserfenis te midde van die volvloermatte en sagte vinielmeubels. Dan is Renée terug. "Dis vir jou."

"Niemand weet ek is hier nie."

"Duidelik weet iemand dit tog."

Die lug word dik in Daniël se bors. "Het jy gesê ek is hier?"

Sy knik.

"Gaan sê asseblief ek het net gou uitgeglip om melk te gaan koop of iets. Vat 'n boodskap, dan sal ek terugbel."

"Is jy seker?"

"Asseblief." Hy gaan sit op die naaste stoel en luister na haar wat praat. Die seuntjie loer na hom van agter 'n gemakstoel.

Renée kom terug. "Hy wil nie 'n boodskap los nie. Hy's glo op pad iewers heen en sal later weer bel . . . Dit klink ernstig. Is dit werk?"

"Nee, net hierdie ou met wie ek nie wil praat nie. Hy dink ek skuld hom iets."

"En . . . is dit so?"

"Nie soveel as wat hy dink nie."

"Hy klink vasbeslote, as hy jou hier bel."

"Ek het seker een of ander tyd voor hom oor jou gepraat. Anyway, moet jou nie daaroor bekommer nie. Ek sal vanaand na hom toe gaan en als uitsorteer."

37

"Dit klink geheimsinnig. Opwindende lewe wat jy het."

"Nie gewoonlik nie."

Sy strek haar hand uit en die seuntjie kom sit syne daarin. "Was dit koffie wat jy wou gehad het?"

"Miskien moet ek liewers maar net gaan."

"Nee, man, bly 'n rukkie. Jy't dan nou net hier aangekom."

"Nee, hierdie ou . . . ek moet maar by hom uitkom. Hy gaan my nie uitlos nie. Dit bederf my dag om te weet hy's op my spoor."

"Wat moet ek doen as hy weer bel?"

"Sê net ek is weg en ek sal kontak maak."

Die kind begin kerm en Renée tel hom op. "Richard sal spyt wees hy't jou misgeloop."

Daniël knik asof hy die leuen glo. "Ek ook. Miskien volgende keer."

Hy ry weg en verdwaal weer in die strate. Laat dit nou 'n les wees vir enigiemand wat hom probeer agtervolg, dink hy wrang. Hy brand net petrol, dink soos hy ry. Frank het hom óf agtervolg, óf die kans gevat dat Daniël na sy suster toe is. Hy kan nie onthou dat hy ooit voor Frank iets van Renée gesê het nie. Miskien het Frank sy telefoonboekie onder oë gekry. Miskien is dit iets meer sinister, 'n soort opspoortegnologie. Frank beskik oor verbasende middele. Vir 'n oomblik dink Daniël sy kar se nuwe wiele het dalk 'n opspoor-apparaat in. Hy wil nie dat sy gedagtes in hierdie rigting foeter nie. Tog, hy moet aanvaar dat sy ergste vermoedens oor Frank dalk reg is: Iemand wat 'n meisie so kan doodmaak, is dalk tot baie ander dinge ook in staat.

Daar was al kere saam met Frank dat Daniël die gevoel gekry het dinge gaan verby die perke nie net van die gereg nie, maar ook van aanvaarbaarheid. Hy het van dag een af geweet dat minstens party van Frank se saketransaksies onwettig is. Daar was beslis

38

smokkelary by betrokke. Selfs al was dit iets minder onskuldig as dagga of diamante, die misdaad sou redelik abstrak wees, het Daniël altyd gedink, iets van tegniese aard eerder as 'n regte euwel. Hy het nie gedink Frank sou betrokke raak by misdaad teen mense nie. Maar dan . . . hy het ook nie gedink Frank sou betrokke raak by 'n prostituut wat blykbaar dwelms verkoop nie, of by moord. As onkunde boosheid is, soos wat Sokrates blykbaar gesê het, is geveinsde onkunde nog erger, en hy is skuldig aan 'n verskriklike misdryf – hy het gesien wat gebeur, en het niks gedoen om dit te keer nie.

Hy stop by 'n telefoonhokkie en skakel Frank se nommer. Iemand anders antwoord, soos gewoonlik. Die meisie, Jeannette. "Dis Daniël. Is Frank daar?"

Daar is 'n gemompel, stemme wat goed sê wat hy nie kan uitmaak nie. Dan kom Frank op die lyn. "Jis, ou boera!"

"Ek hoor jy soek my."

"Het jy vandag se koerant gesien?"

Daar is 'n spinnerak in die telefoonhokkie se boonste hoek. "Wat daarvan?"

"Daar's 'n stuk in oor Snazz – jy weet, daai meisie by wie ons nou die aand was."

Daniël soek na die spinnekop. Hy moet daar iewers wees. "Is sy in die moeilikheid?"

Frank lag. "Nee, sy's heeltemal úit die moeilikheid uit, op seker die enigste manier waarvoor iemand soos sy sou kon hoop. Sy's dood."

"Soos in . . . dood?"

"Hulle sê so."

"Ek's jammer om dit te hoor."

Frank is 'n oomblik stil. Dit klink of hy dalk sy hand oor die gehoorbuis hou. Hy stuur seker die ander weg. Toe sy stem terugkom, fluister hy: "Jy vra nie hoe nie. Dit sou die natuurlike ding gewees het, as jy rêrig nie geweet het nie."

"O . . . hoe't dit gebeur?"

"Hulle sê sy't versmoor. Dit moes gebeur het nadat ons daar weg is. Ek weet nie . . . dalk die dwelms. 'n Meisie soos daai . . . Dit sou wel gebeur het, indien nie op dié manier nie, dan op 'n ander."

Maar dit het nie, dink Daniël. Jy het haar gesig in daai kussing gedruk terwyl jy haar gestreep het en jy't haar doodgemaak. Hy is meteens honderd persent seker van sy saak.

"Ek wil net nie hê jy moet dink dit het iets met my te doen gehad nie," sê Frank.

"As jy so sê. Dit het niks met my te doen nie."

"Nee, dit het nie." Frank laat die woorde 'n rukkie daar hang. "Sien ek jou vanaand? Ons het 'n paar mense hier en dit lyk of dinge dalk plesierig kan raak later aan."

"Miskien. Ek sal sien. Dalk het ek iets anders aan. Verwag my as jy my sien." Daniël sê tot siens en lui af. Hy staar na die straat. 'n Tienermeisie kom uit 'n kafee uit met 'n pakkie tjips. Hy het gesien wat gebeur het, en hy het niks gedoen nie. Daniël het al van tyd tot tyd insigte gekry, gedagtes wat hom tot in sy fondamente skud omdat hulle so waar en belangrik lyk, maar dit het hom nog nooit tot aksie aangespoor nie. Sy innerlike en uiterlike lewe volg heel verskillende agendas. Nou lyk hierdie apartheid nie meer doenbaar nie.

Hy dink al heeldag elke nou en dan aan Acker. Frank het al 'n paar keer na die polisieman verwys en dit was duidelik dat hy geen ooghare vir die man het nie. Daniël kan nie verstaan hoekom hy ook so moet voel nie. Jy kan vriende erf, maar vyande moet jy self maak. Om die waarheid te sê, op die oomblik lyk iemand wat Frank se vyand is na presies die regte soort mens om te bel.

40

Hy blaai deur die geskeurde foonboek in die hokkie. Daar is net 'n handjievol mense genaamd Acker, voor kolomme en kolomme van Ackermans. Frank het gesê die polisieman is Mike Acker. Geen van die Ackers het die voorletter M nie. Dis seker nie 'n goeie idee vir 'n polisieman om sy nommer in die boek te hê nie, besef Daniël.

Hy bel die Kaapstad Sentraal-polisiekantoor en vra om met Acker te praat. Die kaptein is nie daar nie, sê hulle, dis Sondag. Hulle kan ook nie die nommer uitgee nie. "Sê hom ek bel oor Nazla Hassan, die meisie wat nou die nag in Langstraat vermoor is. Ek sal net met hom praat. Ek gaan by hierdie nommer bly vir vyf minute maksimum, okay?" Hy gee die nommer en lui af.

Frank het baie trawante in die polisie, maar Daniël dink nie dat vyf minute genoeg sal wees vir enigiemand om hom op te spoor nie. Daarna is dit weg voor. Hy vrek vir 'n Coke, maar besluit om nie nou in die kafee in te gaan vir een nie. Hy bly naby genoeg aan die foonhokkie dat hy die telefoon sal hoor lui, ver genoeg om ongemerk te kan wegglip as hy iemand sien wat nie lekker lyk nie. Hy steek 'n sigaret op en rook afgetrokke, staar na elke kar wat verbykom, wonder of dit dalk iemand is wat agter hom aan is.

Drie minute gaan verby, dan vier. Daar is honderde redes hoekom dit langer as vyf minute kan vat om vir Acker in die hande te kry, of hoekom die offisier nie sal belang stel om 'n onbekende informant te bel oor 'n saak waarmee hy tien teen een niks te doen het nie. Vyf minute. Bly of gly?

Die foon lui. Hy antwoord op die tweede lui.

"Dis Acker. Het jy gebel?"

"Ja."

"My laaitie is buite aan't wag dat ek die boulbeurt kom klaarmaak. Jy't dertig sekondes."

Dis waar Daniël die foon kan neersit. Hy kan sy kanse vat.

"... Ons trek nou al by twintig."

"Ek was dalk daar toe die meisie dood is. Saam met Frank Redelinghuys."

Die verveelde toon verdwyn uit Acker se stem. "Skryf hierdie nommer neer."

"Ek het nie 'n pen nie."

"Onthou dit dan asof jou lewe daarvan afhang. Dis dalk rêrig die geval." Acker gee die nommer. Die eerste drie syfers is dieselfde as sy studentewoonstel in Wynberg s'n, en Daniël het dus net vier syfers om te onthou. "Gaan nou iewers anders heen en bel my van daar af. Dan sê ek jou wat om te doen. Moenie te lank vat nie. Kom weg daar van waar jy nou is ... Laat waai!"

Die polisieman se houding maak Daniël banger as enigiets wat sover gebeur het. Sy hande bewe toe hy die kar probeer aansit. Eers met die derde probeerslag kry hy sy hande en voete gekoördineer en trek weg. Die hitte in die kar is ondraaglik. Hy sit die lugreëlaar voluit aan. Omtrent vyf kilometer verder stop hy by 'n kafee, koop die Coke waarvoor hy so lus is en bel van die openbare foon op die toonbank af.

Acker is dadelik die ene besigheid. "Ek lei van jou vorige foonnommer af jy's in die noordelike voorstede iewers. Gaan soek 'n parkeergarage weg van die straat af. Los jou kar daar, loop stasie toe en vang 'n trein Kaap toe. Daar is 'n vertoonvenster tussen perron vier en vyf. Ek sal 'n stukkie papier naby die linkerkantste onderste hoek plak. Trek dit af dat ek kan weet wie jy is, en loop dan uit Seepunt se kant toe. Hou met Riebeekstraat langs en ek sal jou oplaai as ek seker is dis veilig. Moenie met enigiemand praat nie."

"Is al hierdie James Bond-goed nodig?"

"Die vorige ou wat my gebel het met inligting oor Frank Redelinghuys is dood voordat ek met hom kon praat." Die foon klik.

Die dag raak niks beter nie.

Daniël kry 'n woonstelblok met 'n parkeergarage nie te ver van die stasie af nie en ry op na die boonste vloer toe, los sy kar in die besoekersparkering. Hy vat sy oornagsak en loop stasie toe. Die trein kom eers oor veertig minute. Hy sit in 'n betonhokkie op die perron en luister na die brabbelende aankondigings in drie tale waarvan hy twee sou kon verstaan het as die luidsprekers hulle nie so verwring nie. Hy hoop dat wat hulle ook al sê nie met sy trein te doen het nie. Hy lees die graffiti op die mure. Dis als dom, meestal oor seks, met 'n skeut rassisme by.

Hy is al op sy derde sigaret teen die tyd dat die trein aankom. Hy gooi die stompie op die grond en trap daarop, klim dan in die wa. Mense sit in twees en dries. Die meeste van die vensters is wawyd oop. Dis ondraaglik warm terwyl die trein stilstaan. Hy vind 'n leë bank en skuif tot by die venster, kyk vorentoe. Toe hulle wegtrek, streel die wind deur sy hare. Dis eers kielierig, dan sprei 'n lekker lam gevoel deur sy kopvel. Hy sit met toe oë. As daar net 'n wind was wat sy gemoed só kon sus.

Hulle stop en ry, stop en ry. By Soutrivier klim 'n klomp raserige tieners in en gaan sit oorkant hom. Hulle praat te hard en lag te veel vir goed wat nie regtig so snaaks kan wees nie. Hulle gee voor hulle is taf. Hy ook.

Die spoorlyn is nou tussen fabrieke. Aan die regterkant blok 'n indrukwekkende Victoriaanse gebou die lug uit. Links is daar 'n lang, hoë baksteenmuur, meer modern, met betonpilare elke dan en wan. Te midde van hierdie eentonigheid staan daar mensgrootte Gotiese letters in groen geverf: *The Human Cause*. Dis al wat dit sê, onderstreep deur 'n strook gras. Die woorde maal in Daniël se gedagtes. Wie sou dit daar geverf het, en hoekom? Die daad op sigself lyk vir Daniël na 'n triomf vir die mensdom.

By Kaapstadstasie loop die passasiers soos diere in 'n drukgang met die perron langs en deur die dubbele ysterdraaihekke wat tot by die dak strek. As jy tussen die twee hekke is, kan hulle dit sluit en jy's vasgevang in 'n staalhok. Daniël druk deur die tweede hek. Dan is hy in die groot ontvangsaal. Party mense skarrel haastig verby terwyl ander wag, babas huil en blêrbokse die armes se woede doef-doef uithamer. Tussen dit als deur fladder duiwe af en land skuiwend op die teëlvloer. Hy sien niemand wat hy herken nie. By perron vier en vyf maak hy of hy uit pure verveling na die toonvenster toe drentel. Dit adverteer tasse van die een of ander sintetiese materiaal. Dis duidelik dat niemand in jare enige moeite gedoen het om die uitstalling te verander nie. 'n Plastiekdraad vol flikkerende liggies is deur die tasse se handvatsels geryg. Net so drie van die liggies werk nog.

Hy merk 'n stukkie bruin kleefband naby die venster se hoek, krap die een ent los en trek dit af. Dit lyk nie of iemand na hom kyk nie. Acker is veronderstel om daar iewers te wees, miskien in 'n restaurant of winkel, of dalk in een van die kantore. Daniël hoop die man het hom gesien. Hy steek sy hand in sy sak en loop afgemete na die aangewese uitgang, en dan Riebeekstraat se kant toe. Links op in Adderleystraat kan hy 'n stukkie van Tafelberg tussen die toringblokke sien. As hy eers die straat oorgesteek het, is die berg nie meer te sien nie. Hy laat sak sy kop en stap, wag vir Acker om sy verskyning te maak.

Daar is meer verkeer en minder straatmense in hierdie deel van die stad as waar hy vanoggend geloop het. Die karre ry in groepe, soos die verkeersligte hulle toelaat. 'n Blinkpers Ford Telstar met twee visstokke op die dak kom verby en parkeer 'n blok verder. Niemand klim uit nie. Toe Daniël naderkom, kan hy iemand in die bestuursitplek sien. Dan gaan die passasiersdeur 'n ent oop en die

44

bestuurder leun nader. "Verskoon tog, kan jy my sê hoe kom ek in Langstraat, 'n plek met die naam Vredenburgsteeg?"

Die adres waar die meisie vermoor is. "Ek was al daar."

Die deur gaan wyer oop. "Ek's Mike Acker."

"Daniël Enslin." Daniël klim in en Acker trek weg.

"Ek kon nie so gou 'n veilige plek reël waarheen ek jou kan vat nie," sê Acker. Hy is 'n maer man, digby vyftig, met die blouerige skynsel van donker baard wat sy hol wange kleur. Sy hare is yl. Hy dra 'n droopy sonbril, jeans en 'n kortmou-gholfhemp met 'n kla-werhandelsmerk. "Ek dink ons moet 'n paar lyne gaan natmaak van die rotse af daar by Mouillepunt."

Daniël het niks te sê nie. Watookal. Dis buite sy beheer.

Hulle stop by 'n rooi lig. 'n Vet vrou loop oor die pad, glimlag ver-skonend vir hulle – jammer julle moet dit sien, jammer ek is so vet, jammer ek sleep hierdie logge lyf voor julle oor die straat. Sy loop verby en die lig word groen.

"Wat's jou verbintenis met Frank Redelinghuys?"

"Ons is seker vriende, sou mens kon sê."

"Jy werk nie vir hom nie?"

"Nie eintlik nie."

"Ken jy hom al lank?"

"Agttien maande, twee jaar, iets in daai lyn."

"En jy was Woensdagaand saam met hom?"

"Vir 'n deel daarvan."

"Het jy gesien wat gebeur?"

"Hy was besig om haar te . . . vry." Daniël stop toe hy besef hoe onvanpas sy beskrywing is. "Hy't haar gesig in die kussing gedruk. Ek weet nie of dit is wat haar dood veroorsaak het nie. Op daai oomblik het ek nie twee keer daaroor gedink nie. Miskien was dit sommer niks."

"Nee, ek dink dis genoeg. As ons hom op die toneel kan plaas, kan ek iemand oortuig ons moet DNA kry om te vergelyk met die semen wat hulle in haar gekry het."

"Wat sou dit wys? Ek bedoel, as sy 'n prostituut was . . ."

"Met soveel vigs in die rondte sal geen professionele meisie haar lewe of inkomste sonder 'n kondoom waag nie. Ek dink nie die saad kom van 'n kliënt af nie."

"Sal dit genoeg wees om hom skuldig te bevind?"

"Hopelik. Sy het dwelms ook verkoop. Ek raai ons sal dit ook kan terugspeur na Frank Redelinghuys toe. As ons eers toestemming kry om rond te snuffel, reken ek ons sal genoeg kry om hom vir 'n lang tyd toe te sluit. Dwelms, wapens, afpersing, omkopery . . . noem maar op. Die man is veelsydig."

In een van die systrate sien Daniël 'n minaret, een van die stad se moskees. "Hy lyk nie ryk genoeg om in iets groots betrokke te wees nie."

"Jou vriend is 'n bedrieglike kêrel. Hy verkies om veilig te speel, en dit kos geld. Daar's baie mense om te betaal. Ek weet nie hoeveel polisiemanne in sy sak is nie. Dis hoe ek die eerste keer op hom afgekom het, toe ek korrupsie in die polisie ondersoek het." Acker stamp sy handpalm teen die stuurwiel. "As ek hom kan vastrap . . ."

Hulle ry verby die verwaarloosde Groenpuntstadion, draai regs in Strandweg en parkeer oorkant 'n ry hoë woonstelblokke. Acker gee vir Daniël 'n sonbril en 'n hoed met 'n flap wat die agterkant van sy nek bedek. Dan vat hy die visstokke en 'n boks visgereedskap en hulle stap rotse toe. Enigiemand wat hulle sien, sal dit net van agter af kan doen, waar nie veel wys nie. "Weet jy iets van visvang af?"

"Net van sien."

"Laat ek dit vir jou doen." Acker vroetel met die visstok, gooi die sinker tot anderkant die breek van die brander en gee die stok vir Daniël. "Hou dit net so vas, met jou duim op die lyn."

"Wat as iets byt?"

Acker grinnik. "Ek het nie aas aangesit nie." Hy kry sy eie lyn gereed, gooi in en soek sitplek. Op hierdie rotse is daar geen gladde vlakke nie. Die holtes tussenin is vol kitskosbokse, bierblikke, knope vislyn, 'n dooie meeu. Muggies maal rond. Acker kry 'n plek om te hurk met sy boude teen 'n klip en wys vir Daniël 'n ander bruikbare plek 'n tree of wat verder. Toe hulle albei hul sit gekry het, wys Acker na 'n geroeste staalstaaf wat bo die water uitsteek. "Onthou jy dit nog, toe die *Seafarer* op die rotse geloop het?"

"Is dit 'n deel daarvan?"

"Al wat nog bo die water uitsteek."

"Ek was 'n seuntjie toe dit gebeur het," sê Daniël.

"Ek het saam met my ouers hierheen gekom om na die skip te kyk terwyl hy opbreek."

"Hulle het mos almal veilig afgekry, nè?

"Ja, hulle het 'n kabelbesigheid opgestel en die mense een-een na veiligheid gebring."

Die son begin sak. Iewers aan Daniël se linkerkant hang 'n seemeeu soos 'n kind se vlieër, swart teen die lig. "Frank het my in die hande probeer kry vandag. Ek is dalk nou simpel, maar dit bekommer my."

"Hy moet weet jy kan hom in die moeilikheid bring. Die vraag is, hoe ver sal hy gaan om die bedreiging uit te skakel."

Uit te skakel. So 'n emosielose frase. "Jy't iets gesê van iemand wat dood is voordat hy Frank kon verklap . . ."

Acker rol sy katrol 'n paar keer, wag dan weer.

"Jy dink jy sal my uit hierdie ding uit kan kry?"

"Ons sal jou vir 'n ruk moet wegsteek. Dis seker die beste om jou in 'n sel te sit."

"So . . . Frank breek die wet en ek word opgesluit?"

"Dis die maklikste manier om jou te beskerm. So gou ons Frank agter tralies het, is jy uit."

"En as hy loskom?"

"Dan . . ." Acker pluk aan 'n kraaines wat dreig om op sy katrol te vorm. "Dan maak ons 'n ander plan."

Daniël se lyn wapper in die wind.

BINNEKANT

Party van die mense by die Sondagaand-simfoniekonsert het kennelik reguit van die kerk af gekom. Dit maak Erica jaloers. Sy sal enigiets doen om in God se storie en glorie te kan glo, in Sy almagtigheid, die wraak en redding wat Hy uitmeet. Die naaste ding wat sy het, is musiek wat haar wegvoer na 'n wêreld van suiwerheid. Die program sluit Rachmaninoff se tweede klavierkonsert in. Een van die passasies herinner haar aan die Nick Cave-kasset waarna sy op pad van Namibië af geluister het. Sy kyk in die konsertsaal rond, half bang dat ander mense kan sien wat als in haar gedagtes omgaan. Dit maak haar mal. Miskien sal dit help as sy met iemand kan praat, maar die enigste persoon wat sou kon verstaan, was sestien jaar laas in staat om met enigiemand te praat. Hy herken nie eens meer sy enigste dogter nie.

Die pianis se hande lig stadig van die klawerbord af asof hy die laaste note aan die hemele skenk. Erica klap haar hande 'n paar keer en begin rondtas na haar handsak. Rondom haar kom mense op die been vir 'n staande ovasie, maar sy dink nie die uitvoering was dit werd nie. Die Sondagaandkonserte is gewoonlik flou afskaduwings van Donderdae s'n. Sy gee nie regtig om nie. Dis so 'n anachronisme, 'n tafereel van die beskaafdheid van 'n vergane era. Gewoonlik laat dit haar beter voel om bloot herinner te word dat daar mense is wat in goedheid en ordentlikheid glo. Vanaand werk dit nie. Sy het haar waaksaamheid laat verslap en die aakligste gedagtes toegelaat om hulle in haar gemoed in te wurm.

Sy het gedink dit sal makliker raak, dat sy daaraan gewoond sou raak ná die tweede of derde keer. Maar nee. Dis vir party mense beskore om 'n swaarder pad te loop as ander. Dis 'n skrale troos, die wete dat sy 'n sending aangepak het waarvoor baie min mense opgewasse sou wees. Dis 'n veeleisende en eensame roeping, maar iemand moet dit doen. Boosheid kan nie ongestraf bly nie, daar moet 'n kampvegter wees. Die bloed op die swaard is nie 'n vlek nie, dis eerder soos die lint aan 'n medalje.

Toe sy by haar voordeur kom, hoor sy die foon lui, maar dit hou op voor sy kan optel. Net voor elf lui dit weer. Dis Acker. "Ek het gehoop jy's al terug van jou trip af. Is als reg?"

"Hoekom dan nou nie?"

"Ek weet nie. Jy was drie weke weg. Ek vra maar net."

"Jy't nie gebel net om te hoor hoe dit gaan nie . . ."

"Nee. Ek het 'n getuie . . . ek dink ek gaan jou hulp nodig hê."

Nie nou al nie, dink Erica. Dis te gou. Sy struikel oor haar woorde. "Daar's nog 'n hele klomp goed om klaar te maak van die vorige saak af. Ek moet sy goed verkoop en die geld oorgedra kry . . . Daar is altyd 'n klomp los drade om op te tel. Hy maak staat op my."

"Hierdie een sal net vir 'n paar weke wees."

"O . . . As dit nie permanent is nie, is dit nie my departement nie."

"Ek weet. Ek het net gedog dalk het jy idees wat kan help."

"Die maklikste is om hom opgesluit te hou."

"Dis wat ek gedoen het."

"Dan het jy my nie nodig nie."

"Dit is seker so," sê Acker. "Jammer ek het so laat gebel."

Daar is 'n stilte. Dis asof Acker traag is om af te lui, wat Erica laat wonder of sy die regte ding gesê het. Hy klink so verlore, wat nie in sy aard is nie. Acker verwag nooit veel nie en is selde teleurgesteld,

50

maar hy klink tog afgehaal. Sy sou graag wil help. Gewoonlik sou sy gehelp het, maar hy het haar op 'n slegte tyd gevang, en nie oor dit so laat in die aand is nie. Dit gaan nog vir baie lank 'n slegte tyd wees.

* * *

ACKER sit die gehoorbuis neer en leun terug in sy stoel, uit die staanlamp se ligkring uit. Die mure agter die laer van sy sitkamer-meubels is vol prente van skepe. Met 'n gewillige getuie teen Frank Redelinghuys gaan daar vir hom nuwe moontlikhede oop. Vir 'n verandering kan hy die verloop van sake stuur. Dis opwindend, en terselfdertyd maak dit hom effe bang. Hy is vies vir homself dat hy vir Erica gebel het, dit was 'n sinlose ding om te doen. Hy wou met iemand praat oor wat vorentoe kan gebeur, en dit moes iemand van die werk af wees, iemand wat sal kan waardeer hoe belangrik dit is om Frank Redelinghuys uiteindelik vas te trek.

Sy vrou, Lizette, glo nie hy kan ooit misluk nie en kan dus nie sy vrese verstaan nie. Mislukking bedreig hom soos sononder in Ant-arktika op die laaste herfsdag. Hy is byna vyftig. Sy loopbaan is glansloos, om die minste te sê. Integriteit en humorsin kan jou net so ver bring. Om reddeloos ingedagte te wees help ook nie, veral nie as die owerhede links en regs geleentheid soek om swart offi-siere te bevorder nie. Die base het hom en sy loopbaan in 'n cul-de-sac in gestuur. Daar was twee keer dat hy op die punt gestaan het om 'n groot saak op te los. Albei het met Frank Redelinghuys te doen gehad – een keer was dit vir moord op 'n man wat amptelik 'n Russiese diplomaat was, maar wat waarskynlik in georganiseerde misdaad betrokke was, en die ander keer vir wapensmokkelary en dwarsboming van die gereg. Albei kere het die saak uitmekaargeval nadat die belangrikste bewysstukke en getuies verdwyn het.

Lizette is vies dat hy hul seun die middag buite gelos het, Pierre wat vir sy pa wag om verder te kom krieket speel. Acker kry selde kans om met sy seun te speel en hy koester hierdie oomblikke. Hy het min tyd saam met hul oudste kind deurgebring. Laura is twintig en op universiteit. Heel moontlik sal hulle nooit weer veel van mekaar sien nie. Toe hy die middag weggeroep is, het hy verstaan dis vir iets meer belangrik, maar hy het vergeet om dit vir Pierre te sê. Wat sou hy in elk geval kon sê wat vir 'n elfjarige sin sou maak? Lizette was de bliksem in toe hy by die huis kom. Op 'n manier is dit beter as gewoonlik, beter as daardie aanhoudende aura van stille lyding wat haar omhul sonder enige aanduiding van die oorsaak. Hierdie keer het haar ongelukkigheid ten minste 'n identifiseerbare rede gehad. Sy het Acker vertel die arme kind het buite gewag, eers 'n driekwartier later ingekom en gevra wat van sy pa geword het. "Wat kan nou so belangrik wees dat jy die kind so moet teleurstel?"

Die kans om nie 'n totale gemors van my lewe te maak nie, het hy gedink, maar liefs niks gesê nie. Dis nie iets wat hy vir Lizette kan verduidelik nie. En toe hy uiteindelik vir Erica op die lyn kry, kon hy natuurlik ook nie. Sy sal kan verstaan, maar hulle het nie daardie soort verhouding nie. Sy is nie sy vrou nie.

Hier sit hy nou, vasgevang in skuld, verwyte, diepgewortelde twyfel aan sy eie vermoëns en 'n desperate opwinding. En daar is niks wat hy kan doen nie, nie voor môreoggend nie.

* * *

VROEG in die oggend maak Acker 'n draai by die selle. Daniël loer van die smal bed af na hom.

"Was die nag darem okay?"

Daniël laat sak sy kop terug op die kussing. "Ek het hierdie simpel nagmerrie gehad. Toe raak ek aan die slaap."

"Moenie worry nie, dit sal nie meer vir lank wees nie." Acker kyk na die vertrek – bed in die agterste hoek, toilet en wasbak teen die verste muur, 'n staalkabinet tussenin. "Ek het vir jou dié gebring." Hy sit 'n skaakstel op die bed se rand neer. "Ek sal 'n tafel en stoel laat kom dat jy dit kan opstel." Hy kyk na die smal tralievenster. "As jy my sê waarvan jy hou, sal ek vir jou iets bring om te lees."

"Dankie." Daniël gooi die komberse af, swaai sy voete oor die bed se rand en sit regop. "Die mense by die werk sal wonder waar ek is. Kan ek bel?"

"Los dit liewer vir later. Hoe minder mense weet jy's hier, hoe beter. Jy's opgeskryf as die verdagte in 'n bedrogsaak. Terloops, as iemand vra, jou naam is Danny le Roux. Maar ek dink nie iemand sal jou pla nie. Jy sal kos kry, maar as jy dit nie wil eet nie, sal ek vir jou 'n takeaway bring voor jy doodgaan van die honger."

* * *

FRANK het die huis en meubels gekoop, maar wat die plek regtig syne maak, is die toebehore. Hy het 'n apparaat in elke muurprop – TV, VCR, DVD, hi-fi, faks, rekenaar, drukker, antwoordmasjien, mikrogolf, toaster, koffiemaker. Elektriese drade hang oor die toonbanke. Party hang in kraaineste en ander kronkel oor die mat. Afstandbeheerders en selfone lê oral gesaai. Te midde van dit als het Frank 'n boks KFC wat hy stuk vir stuk verorber. Dis die soort luukse wat hy homself toelaat. Hy hou nie veel daarvan om geld uit te gee nie. Die Mercedes is sy enigste rykmanspeelding. Die hoofsaak vir hom is nie om geld uit te gee of om dit selfs net te hê nie, dis om geld te máák. Wat hom betref, is dit die basis van die ekonomie – om mense sover te kry om hul geld vir hom te gee, op watter manier ook al. Elke selfingenome bliksem wat sy geld vir Frank gee, is verdere bewys van sy waarde in die wêreld.

Dis kwart voor tien die Maandagoggend. Hy is kaalvoet, dra 'n donker langbroek van blink sintetiese materiaal en 'n ligblou gholf-hemp. Daar is twee of drie ander mense in die omtrek wat kom en gaan. Frank se huis is vir hulle soos 'n kantoor. Hulle gaan haal goed in die kombuis, verdwyn in slaapkamers in om oproepe en somme te maak, kom terug met aankondigings en verdwyn weer. Karsleutels gaan van hand tot hand. Die enigste kamer wat buite perke is, is die toe slaapkamer aan die einde van die gang, Frank se nes vir 'n paar uur elke nag. Bedags gaan hy self nie eens soon-toe nie. Die onopgemaakte bed herinner hom te veel aan sy afhank-likheid van slaap, 'n tyd wanneer hy totaal uitgelewer is, nie net aan mense en hul dinge nie, maar ook aan sy eie monsters.

Hy hou daarvan om te weet van als wat om hom aangaan. Sy oë dwaal terwyl hy die vleis van die bene afsuig en sy vingers aflek. Nou en dan vat hy 'n sluk Coke uit 'n groot plastiekbottel. Die ge-wone goed moet na hulself kyk vandag, hy het groter probleme. 'n Selfoon lui en hy voel naarstiglik rond. "Hallo." Wie's al hierdie donners wat hul selfone op die tafel gelos het? "Hallo." Jirre, en die fone lyk nes remote controls, party van hulle. "Hallo." Hy vat vier swart reghoeke vol vet voordat hy die regte een in die hande kry. "Hallo."

Hy hoop hy word verkeerd bewys en dis Daniël. Maar nee. "Nog steeds niks? . . . Okay, luister nou mooi. Kry een ou om in die woonstel te bly, en hy beter nie daar padgee tot ek so sê nie. Vat jy vir George en gaan weer na die suster toe. Vind uit presies wat de hel gister daar aangegaan het. Jissis fok."

Hy beëindig die oproep en soek vir 'n plek om die foon neer te bliksem. Donnerse selfone, jy moet so ordentlik wees, 'n poeperige klein knoppietjie druk om af te lui.

Hy grawe nog 'n stuk hoender uit die boks uit, 'n branderige soort wat KFC uittoets. Hy het gevra dat hulle een stuk insit saam met die gewone geheime kruie-en-speseryegeur. 'n Mens moet verskeidenheid in jou dieet kry, glo hy.

Jeannette kom ingewals. Sy dra haar gewone uitrusting – sweetpakbroek en T-hemp. "Fok, Frank, hoe kan jy hoender eet vir ontbyt?" Sy is daar om haar derde of vierde koppie koffie te kom maak.

"Dink daaraan as volwasse eiers as dit jou pla."

"Dis nog erger." Sy gaan sit oorkant die tafel, een been onder haar ingevou. Selfs in hierdie houding lyk sy gevaarlik. Sy is 35, 'n karate-instrukteur wanneer sy nie besig is om een van Frank se piramiedskemas te bestuur nie. Hy het 'n paar skeepshouers vol Maleisiese room in die hande gekry wat kwansuis die een of ander skoonheidskuur bevat, en sy verkoop dit aan gierige huisvrouens wat betaal vir die kans om die goed aan hul vriende en familie te kan verkwansel sodat hulle uiteindelik daardie jacuzzi of nat-en-droë stofsuier of wat ook al kan bekostig. "Het Daniël al uitgedop?" vra sy.

"Hy's nie by die werk nie. Hy't ook nie laas nag huis toe gegaan nie."

"Miskien het hy 'n stukkie opgetel iewers."

"Jy dink so?"

"Dis moontlik. Hy's nou nie 'n Adonis nie, maar partykeer kan hy nogal heel aantreklik wees."

"Dis omdat hy verbeelding het. Julle meisies hou mos daarvan, of hoe?"

"Dis okay. Maar ek verkies mans met mag."

Frank kyk haar reg in die oë terwyl hy sy hande met 'n papierservet afvee. Dan leun hy vorentoe en knyp haar bors tussen sy duim en wysvinger. "Ek hou van meisies met tiete."

"Dan sal ons goed oor die weg kom." Sy wys haar tande in 'n glimlag wat haar nogal growwe gesig heel aanneemlik laat lyk.

Tot sy verbasing gebeur daar bokkerol in sy broek. Gewoonlik vat dit net die geringste glimp van 'n kans om sy voël styf te maak. Hierdie besigheid met Daniël affekteer hom meer as wat hy gedink het. Hy kan net nie die idee afskud dat die arme donner 'n aanval van gewetenswroeging gekry het nie. Hy't nie hierdie klas kak nodig nie, goeie god. Hy weet Daniël kan by tye idealisties wees, maar onder dit als het hy gedog die ou het 'n realistiese waardering vir hoe dinge rêrig werk. Byvoorbeeld is daar niks wat vir Daniël skok nie, sover Frank kon agterkom.

"Ek hoop net nie hy's na die polisie toe met die een of ander belaglike storie nie."

"Ek wed jou dis presies wat hy gedoen het," sê Jeannette.

Frank kyk op. Dit strook nie met wat sy skaars 'n halfminuut gelede gesê het nie. "Jy't jou wysie vinnig verander."

"'n Kar met 'n lang aerial het nou net voor die huis gestop."

Frank kyk deur die venster. 'n Tweede kar kom hou stil. "Wat de fok nou?" Hy staan op en vee sy mond af. "As hulle my invat, kom haal jy my uit, okay? Ek haat dit om opgesluit te wees."

Toe hy die deur oopmaak, staan daar drie mans op die stoep en nog twee in die oprit. "Watsit nou?"

"Frank Redelinghuys?" sê die voorste ou. Hy is kort en dik, met swart krulhare en 'n borselsnor.

Frank kyk oor die man se skouer na Mike Acker, wat in die agtergrond rondhang. "Al weer jy."

"Ek het jou gesê ek sal eendag terug wees."

"Ek het 'n lasbrief vir jou inhegtenisname," sê die eerste man, "vir die moord op Nazla Hassan."

"Watter fokken moord? Jirre, Acker, gaan jy dan nooit leer nie?"
"Nee."

Die eerste man draai om na Acker toe. "Kan ek nou my jop doen, asseblief? Ek vat hierdie ou in, daarna kan julle twee gesels soveel julle wil."

"Ek wou maar net sy gesig sien."

"Ek sal vir jou 'n foto stuur as dit is wat jou koerasie opjaag. Ek sal hom selfs teken." Frank en Acker praat nog steeds by die ander polisieman verby.

"Moenie moeite doen nie. Dit sal wel 'n vervalsing wees."

Nou wend Frank hom tot die man vlak by hom. "Luister, arresteer my as jy moet, maar ek luister wragtig nie meer na daai ou se stront nie."

Acker draai om en loop. "Ek kry jou later."

"Ja, dis wat jy laas keer ook gesê het."

Acker trippel met die trappies af. En dis presies wat ek gedoen het, sê hy vir homself, ek het hom gekry. Die lewe is lekker. Hy hoor skaars Frank se stem agter hom.

"Ek hoop nie julle verwag ek moet agter sit nie. Ek waarsku julle nou, ek gaan bo-oor julle kots. Ek kan nie vat om agter te ry nie."

Die polisieman slaan boeie om Frank se gewrigte. "Ons sal reënjasse dra . . . Laat jy inklim."

* * *

DANIËL is besig om 'n lys te maak van al die goed wat hy in die komende weke moet doen – rekeninge om te betaal en so aan – toe hy 'n geluid by die deur hoor en 'n jong konstabel in uniform sien wat 'n opvoutafel van metaal en twee stoele insleep.

"Kaptein Acker het gesê ek moet vir jou hierdie bring."

Daniël knik.

"Ek sien jy't 'n skaakstel."

"Acker het hom gebring."

"Ek moet hof toe gaan vir 'n uur of twee, maar dan's ek terug. Ek is veronderstel om by jou te bly. Miskien kan ons dan 'n pot speel, of hoe?"

"Ek sal hier wees."

Die polisieman vang nie die humor nie. Hy sluit die deur van buite. Daniël steek 'n sigaret op en werk verder aan sy lys. Hulle sal 'n plan moet maak om vir die werk te verduidelik waarom hy weg-bly, 'n doktersertifikaat of iets. Dan is daar die huur, die telefoon, elektrisiteit . . .

"Wel, steek my sagkens," sê 'n verwonderde stem van die deur af. Frank staan net anderkant die tralies.

Daniël sien hom, maar kan dit nie glo nie. Hoe's dit moontlik? Die volgende oomblik verdwyn Frank buite sig en twee polisie-manne druk verby die deur. Daniël sit daar, knyp sy oë eers toe en sper hulle dan wyd oop. Dis nog net 'n halwe dag en hy is al besig om van sy verstand af te raak. Hy gaan wasbak toe en spat water oor sy gesig. Nog geluide van die gang af laat hom omdraai – die twee polisiemanne op pad terug anderkant toe. Ten minste bestaan húlle regtig. Toe hulle voetstappe weg is, loop hy op sy tone na die deur toe en probeer in die gang af kyk. Niks om te sien nie, net skar-niere wat uit die mure uitsteek. Nog van dieselfde selle.

"Ek het gewéét jy's polisie toe, ek het dit blerriewil gewéét." Dis Frank, ongetwyfeld.

"Wat was ek veronderstel om te doen? Sy's dood, Frank. Sy's dood . . . Jy kan nie dít doen nie."

"Dis duidelik jy dink ek hét."

Tipies Frank om sy woorde so te verdraai. "Het jy dan nie?" Da-niël kan vir Frank hoor rondbeweeg. "Komaan, sê my jy het nie. Praat met my!"

"Vir my is jy so goed as dood. Ek praat nie met dooie mense nie." Die bed langsaan kraak onder Frank se gewig.

"Ja, jy naai hulle net." Daniël is skielik waansinnig kwaad. Hy wil Frank seermaak, hy wil die aakligste ding moontlik vir hom sê. Hy wil die bliksemse etter doodmaak. Hy sê: "Ek haat daai simpel wiele wat jy op my kar gesit het." Jissis, dink hy, ek is pateties.

Aan die ander kant van die muur roer Frank. Hy staan op en loop deur toe. Dan bulder hy: "Kry ek nie kans om 'n fokken foonoproep te maak nie?"

* * *

DIT was 'n malspul die oggend om al die nodige toestemmings te kry en die inhegtenisname met Hennie Griebenouw te koördineer. Die Hassan-moord is Griebenouw se saak en Acker is tevrede om terug te staan en die jong speurder die saak te laat lei. Agter die skerms sal hy seker maak dat niks skeefloop nie. Sover is als dood-dollies. Hy fluit terwyl hy loop, mik nie vir enige spesifieke wysie nie. Die gang ruik na politoer, soos gewoonlik. Acker vermoed die kamtige linoleum is eintlik net jare van aangepakte politoer. Die gebou dateer uit die veertigerjare, 'n tweeverdieping-kasarm rondom twee binnehowe gerangskik. Die gebou is lukraak gemeubileer, elke deel volgens die styl van wanneer hy laas opgegradeer is.

Hy bereik die eerste toe deur wat hy teëkom die hele ent pad van die parkeerplek af. 'n Swart plastiekbord daarop sê *Slegs Steun Staf.* Dis taalkundig verkeerd, maar het die regte effek – om dwalende en verdwaalde personeel te ontmoedig. Hul afdeling is 'n bron van be-spiegeling vir die buitestanders wat niks daarvan weet nie. Hulle kyk na die sake wat nie mooi in die polisiestruktuur pas nie. Die werk kan hulle in konflik bring met ander departemente, maar meestal is dit heel onskadelik – onopvallende operasies om die po-lisiemag verleentheid te spaar. 'n Stasiebevelvoerder wie se alkoho-lisme 'n probleem raak, sal miskien verplaas word na 'n onbenullige kantoorjoppie in hoofkwartier, of op vroeë pensioen gesit word. As iemand te pellie-pellie raak met 'n plaaslike misdaadkoning, word hy dalk na 'n afgeleë plaasdistrik uitgepos. Dis eintlik maar net huishouding. Acker is ideaal vir die werk, want hy self is nie pellie-pellie met enigiemand nie, en hy's ook nie verslaaf aan enigiets nie. Tot agttien maande gelede het hy die hoogste rang in die seksie gehad, toe kom Erica van der Linde uit Pretoria hier aan met die rang van kaptein, nes hy. Sy is egter veel jonger.

Hy sien te laat dat haar deur oopstaan.

"Jy laat waai soos 'n doedelsak vandag," sê sy van agter haar tafel af. Sy is omring van papiere. Die lig vang haar gesig op 'n manier wat maak dat hy nie haar oë kan sien nie. Haar stem het die gewone professionele toon. Sy verdwaasde uitdrukking moet egter duidelik wees, want sy verduidelik: "Jy was aan die fluit."

"Ek's seker ingedagte."

"Lekker gedagtes?"

"Dis die enigste soort wat 'n mens moet hê."

"Nou't jy my skoon bekommerd. Ek gaan vir 'n paar weke weg en jy verander in 'n ander mens."

"Ek's nog dieselfde. Dis jy wat mense in ander mense verander."

"Jy's nie so bekaf soos gisteraand nie. Wat het gebeur?"

Acker leun teen die kosyn. Hy kan nie help om te glimlag nie. "Daar's hierdie ding wat ek al vir wie weet hoe lank wil doen, en nou't ek dit reggekry."

"Moet net nie vir my sê jy't weer vir Frank Redelinghuys gearresteer nie."

"Hoe't jy geraai?"

"Wat anders sal jou so opgewonde maak?"

"Ons het hom vir moord."

"Die ou waaroor jy gisteraand gebel het, dis jou getuie?"

"Hy plaas vir Redelinghuys op die toneel, het dalk gesien wat ge-beur het. Nou moet die forensiese ouens net hul kant bring."

"Ek's bly vir jou onthalwe."

Hy glo haar. Sy het ook 'n sterk sin vir geregtigheid en sal ver-staan.

Iewers in die gebou gaan 'n alarm af.

* * *

"KOMAAN, laat ons sien wat jy kan doen." Die jong konstabel vryf sy hande.

Daniël maak sy oë oop en leun vorentoe in sy stoel, versigtig om nie die skaakbord van die wankelrige tafeltjie af te stamp nie. Hy is moeg vir die spel. Hy sal binnekort moeg wees van staan, moeg van sit, moeg van niksdoen, moeg daarvan om in hierdie sel toegesluit te wees. Hy probeer op die bord konsentreer. Wat sou sy teenstan-der se laaste skuif gewees het, die een wat kennelik veronderstel is om 'n strategiese meesterstuk te wees? Hy sien geen onmiddel-like gevaar nie en skuif sy kasteel uit die hoek uit, nader na sy ko-ning toe.

Sy grootste prestasie as skaakspeler is dat hy leer speel het toe hy vier jaar oud was. Hy het nooit veel beter geword nie. 'n Paar jaar lank was hy regtig geïnteresseerd en het hy dit geniet om te speel, wen of verloor. Toe begin hy keer op keer verloor teen 'n skool-vriend teen wie hy voorheen gereeld gewen het. Dit was nie soseer die verloordery wat hom van skaak afgesit het nie, dit was omdat hy uitgevind het sy vriend het boeke oor skaak begin lees. Daarna was die spel nie meer 'n toets van hul eie vermoëns nie.

Om die waarheid te sê, hy sou nie nou gespeel het as daar enig-iets beters was om te doen nie. Hy is opgeskeep met 'n kêrel wat uit-sluitlik praat oor pistons en poes, dinge waarvan Daniël duidelik veel minder kennis as sy gespreksgenoot het. Die helfte van die gesprek verveel hom en die ander helfte breek sy moed. Die skaakstukke is uit wit en swart klip gekerf. Hulle lyk artistiek, maar dis moeilik om te sien watter stuk is wat. Daniël speel agtelosig, gee nie om dat hy elke paar skuiwe 'n man verloor nie. Dit help om sy teenstander se aandag by die spel te hou, wat beter is as om hom toe te laat om te praat. Die konstabel is daarop uit om te wen. As dit sy beurt is om te skuif, pluk hy aan sy yl snor asof die perfekte, ontwykende skuif reg onder sy neus sit. Daniël kan later nie meer hierdie gevroetel verduur nie en gaan staan by die venster. Hy steek 'n sigaret op en blaas die rook deur die tralies.

"Jou skuif," kondig die konstabel aan.

Daniël kom terug na die bord toe, buk en skuif die pion voor sy koningin een blokkie vorentoe. Dis nog 'n betekenislose skuif, maar die konstabel pluk al klaar aan sy snor. Hy is so verdiep dat hy nie die seldeur sien oopgaan nie. 'n Man in uniform kom in. Daniël kyk op, verras om die volgende aflos so vroeg al te sien. Miskien sal hierdie wag meer onderhoudende geselskap bied, 'n senuagtige kêrel met die gesig van 'n valk. Die nuwe man sluit die deur en draai om, en in 'n onverwagse warrelbeweging slaan hy die konstabel teen die agterkop dat hy inmekaarsak.

Die indringer kom om die tafel na Daniël toe. Hy het 'n stuk rubberpyp in sy regterhand en Daniël sien vir 'n oomblik die swaar ketting binne-in. Hy beweeg instinktief sywaarts, sirkel sodat hy die bewustelose konstabel tussen hom en die aanvaller hou. Valkgesig toon geen emosie nie, haal hard deur sy neus asem. Hy lyk bedwelmd, maar dis dalk net adrenalien. Hy lyk glad nie gepla dat Daniël van hom sal wegkom of sy aanval sal afweer nie. Hy skuifel met algehele selfvertroue na sy slagoffer toe.

Daniël koes, gryp die skaakbord met een hand terwyl die ander sy kop beskerm. 'n Harde hou tref hom op die voorarm en siedende pyn skiet deur sy arm. Pyn ofte not, hy swaai die swaar klipbord na sy aanvaller se kop toe. Die hoek vang die man agter sy oor, skeur deur die vel en beitel teen been. Bloed bars uit die wond uit. Die man wiegel, verbyster. Sy mond gaan stadig oop en maak 'n sisgeluid.

Dan storm hy reg op Daniël af, skop die stoel uit die pad uit. Hy gryp 'n vuisvol van Daniël se hemp en lig die korter man op tot teen sy verwronge gesig. Sy oogballe is roomwit en spatsels spoeg sit tussen sy gesperde lippe.

Daniël skop hom met die knie in die knaters. Dis nie 'n baie goeie skop nie, maar dit ontsenu Valkgesig genoeg dat Daniël kan losruk. Dit voel of sy arm in gesmelte metaal hang. Hy soek wegkomkans, iewers om heen te vlug. Hy hardloop tot by die staalkabinet teen die agterste muur, beur agter die kas in, besef dit bied min beskerming en stamp dit dan na sy aanvaller toe. Die kabinet is heelwat ligter as wat Daniël verwag het en dit foeter sommer om, tref die vloer met 'n almagtige gedawer. Dit stuit sy aanvaller vir geen oomblik nie. Die man spring op die kas en duik vir Daniël plat, stoei met hom op die grond.

Die kabaal is genoeg om die konstabel terug te bring by sy bewussyn. Hy kom dronkerig orent, staar na Valkgesig wat nou op Daniël se bors sit, die knuppel omhoog. Die konstabel se kop kraak byna hoorbaar van die poging om te dink. Dan strompel hy sywaarts, slaan die alarmknop by die deur en sak ineen. Op daardie juiste oomblik slaan Valkgesig vir Daniël met die knuppel teen die kop. Hy het na die slaap gemik, maar sy slagoffer wriemel en die hou vang hom bo die oog. Daniël se gedagtes spat in skerwe soos 'n spaarvark wat val.

* * *

ACKER tel een van die skaakstukke van die vloer af op. Hy vee met sy duim 'n spikkel bloed daarvan af.

"Jy moes my gesê het," mompel Griebenouw. Sy vet gesig pas glad nie by sy bonkige, gespierde lyf nie.

Die volgende dekade of twee sal dit uitbalanseer, dink Acker, die man se lyf sal wel pap word. Hy reageer nie op Griebenouw se vermaning nie. Hy het eenvoudig nooit aan die moontlikheid gedink dat Frank Redelinghuys hierheen gebring sou word nie. Maar natuurlik, waarheen anders? Acker is 'n dromer, hy werk intuïtief eerder as metodies, en dit kom hom duur te staan. "Is hy nog langsaan?"

Griebenouw knik.

Acker gooi die skaakstuk op die bed. "Sal jy iemand vra om hier te kom skoonmaak? Ek het al klaar monsters laat vat vir ontleding." Hy stap uit gang toe en gaan staan om sy gedagtes agtermekaar te kry. Die aanvaller het verby die dienstoonbank geloop, voorgegee om 'n afloswag te wees. Hy het definitief geweet presies wat hom te doen staan. Hy het die konstabel net hard genoeg geslaan om hom uit die pad te kry, toe konsentreer hy op Daniël. Toe die alarm afgaan, het hy gevlug en Daniël net so op die vloer gelos in 'n stadig uitkringende poel bloed. Daar kan geen twyfel wees dat Frank Redelinghuys hieragter sit nie. Acker sou wat wou gee om te weet vir wie die groot man van die selle af gebel het.

Toe Acker by die deur van sy sel verskyn, staan Frank in sy hemp en onderbroek, probeer een been in sy broek kry. "Gee 'n man bietjie privaatheid, man." Hy hop op die ander been. "Ek het net twintig minute om aangetrek te kom vir die borgverhoor."

"Sê my wat het hier langsaan aangegaan."

"Hoe moet ek weet? Daar was net skielik al hierdie boef-baf-geraas, manne wat kreun en steun."

"En dis al wat jy weet?"

"Hei, ek is hierdie kant van die muur opgesluit, okay? Hoe de donner moet ek weet?"

Acker knik. "Natuurlik. En ek neem aan jy het geen idee gehad wie in die sel langsaan was nie."

Frank trek sy gulp se ritssluiter op. "Moes ek geweet het?"

Die vraag kom soos 'n torpedo, deurdag geloods om Acker se selfvertroue te kelder. Frank weet natuurlik dit was 'n fout om toe te laat dat hy vir Daniël sien, en dat die fout voor Acker se deur gelê kan word. Die dom polisieman kyk weer eens op sy neus. Frank Redelinghuys wys weer eens wie's baas.

Behalwe . . . as Daniël heelhuids hieruit kom. Dit kom by Acker op dat sy getuie se kanse op oorlewing beter is as Frank dink hy is dood. "Hoe het jy gedink jy gaan ooit wegkom met iets soos hierdie? Al wat dit beteken, is dat ons jou nou op twéé moorde het."

"Jy het vermoedens. Dis al wat jy het en al wat jy ooit sal hê, vermoedens. En voor jy weet, het jy net verwyte."

* * *

WAAR die pyp wat na die ligskakelaar toe lei teen die muur raak, het tallose lae verf die twee vorms in mekaar laat versmelt. Die hospitaal is minstens vyftig jaar oud, raai Daniël. Hy weet nie watter een dit is nie. Toe hy bykom, was hy maar in hierdie kamer. Daar is 'n venster, maar hulle hou die Venesiese blinding dig toe. Lig sypel van buite af in. Snags, as die kamer donker is soos nou, skyn dit van onder af, seker 'n straatlig. Daar is 'n gedreun wat klink of dit van buite af kom, deur die mure. In die gang kan hy soms 'n blikkerige geklater hoor, of 'n trollie se wiel wat piep.

Kort nadat hy bygekom het, het 'n polisiekunstenaar wat deur Acker gestuur is 'n gedetailleerde beskrywing van sy aanvaller kom vra. Die man het in die harwar weggekom. Daniël het sy bes gedoen

65

om te sê hoe die man gelyk het, maar toe hy die tekening sien, het dit glad nie bekend gelyk nie. Daarna was sy enigste gereelde besoeker 'n manlike verpleër genaamd Victor wat van tyd tot tyd sy bloeddruk of wat ook al kom meet en iets op sy kaart skryf. Victor is vriendelik, maar hy soek nie geselskap nie. Dis ook hy wat die kos bring. Buiten Victor kom daar so nou en dan dokters. Hulle kom twee-twee, twee keer per dag. Dis nie altyd dieselfde dokters nie. Hulle kyk na die kaart, vra vrae en druk hier en voel daar aan hom. Dan mompel hulle onderling en verdwyn by die deur uit. Al Daniël se vrae word net in vae terme beantwoord. *Ons sal moet sien. Miskien later. Ek sal bietjie ondersoek instel. Moet jou nie daaroor bekommer nie. Iemand sal wel daarna omsien.* Hulle het 'n blykbaar onuitputlike arsenaal van ontwykende antwoorde.

Hy weet nie hoe lank hy al hier is en wanneer hy ontslaan sal word nie. Fisiek voel hy nie te sleg nie. Hulle het sy arm stewig verbind. Dit pla hom nie veel nie, dis ongemaklik eerder as pynlik. Hy het 'n verband om sy kop en 'n pypie in sy arm. Dit keer dat hy ver van die bed af kan beweeg, met die drup wat aan die muur gehaak is. Hy vermoed hy sal veel beter begin voel as hulle ophou om vir hom soveel medisyne te gee. As hy net kan opstaan en 'n regte toilet gebruik eerder as 'n bedpan.

Onder hierdie omstandighede is daar nie veel illusies omtrent homself waaraan hy kan vasklou nie, nog minder wat hy aan ander kan voorhou. Die meeste van die dinge wat sy formele identiteit uitmaak, is weggestroop, net naakte menswees bly oor. Hy is bewus van sy uiterste weerloosheid, maar op 'n manier maak dit nie saak nie. Hy het al te veel verloor. Die lewe kan hom doodmaak, weet hy, maar dit kan hom nie meer bangmaak nie.

Wat hy voel is frustrasie en verveling. Hy rook al geniet hy dit nie – dit smaak net nie reg nie. Hy vind dit moeilik om te konsentreer op enige van die boeke wat Victor op sy bedkassie gestapel het en het in die laaste tyd soveel video's gekyk dat hulle almal bekend begin lyk en die storielyne hopeloos verstrengel raak in sy kop. Wat dit ook al voorafgaan, op die ou einde is daar altyd 'n vuisgeveg tussen die held en die skurk wat maak dat alles anders, wie reg of verkeerd is, irrelevant raak. Dis net wie die beste kan baklei. As daar boks op die sportkanaal is, kyk hy daarna. Boks is ten minste eerlik oor wat dit is. Hy sal enigiets doen om die wete dat iemand hom probeer doodmaak het uit sy gedagtes te weer. Miskien was dit 'n fout om na Acker toe te gaan met inligting oor Frank. Toe hy die besluit geneem het, het hy net 'n paar uur gehad om oor die meisie se dood te dink. Nou bekyk hy dit van dié kant en dan van daardie kant in sy gedagtes. Het hy vir Acker gebel omdat hy bang was dat Frank hom van kant sou wou maak, of het hy dit gedoen omdat dit die regte ding is?

Hoe ook al, sy grootste hoop is dat Frank vir 'n lang tyd opgesluit sal word en dat sy bedrywighede onherstelbaar geknou sal word. Die man sal sy lojale volgelinge moet verloor, anders sal Daniël nie veilig wees nie.

Daar is 'n klikgeluid by die deur. Dis seker net Victor, maar Daniël se lyf span stokstyf. 'n Wit hand uit 'n donker mou stoot die deur oop. Nie Victor nie. Die man huiwer, praat 'n oomblik met iemand buite en kom dan in. Acker.

"Ek was al voorheen hier, maar jy't nog elke keer geslaap." Die polisieman maak die deur agter hom toe.

"Hulle het my niks daarvan gesê nie."

Die seningrige man kom 'n paar tree van die bed af tot stilstand, kyk rond op soek na 'n stoel. Daar is nie een nie, en hy gaan staan teen die venster, leun met sy agterstewe teen die vensterbank. "Hoe gaan dit?"

"Okay. Ek is siek vir hierdie plek. Ek weet nie eens waar ek is nie. Ek weet nie wat daar buite aangaan nie."

"Jy's gelukkig." Acker druk sy vinger tussen die blindings in en maak 'n skrefie om uit te loer. "Om jou eerste vraag te antwoord, jy's in 'n veilige kamer in 'n kliniek wat ons soms gebruik, naby die middestad."

"Seker die naaste wat ek ooit aan vyfstergemak sal kom." Toe Daniël sien dat Acker ongemaklik rondskuifel, las hy by: "Hoekom vra jy nie dat hulle vir jou 'n stoel bring nie? Of kom sit op die bed, daar's hope plek hier."

Acker kom sit by Daniël se voete, maar hou aan venster toe kyk. Dis die deel waarvoor hy bang was. Dis erg genoeg vir hom om te moet teruggaan na hoe dinge voorheen was, die gewone hopeloosheid, maar vir Daniël gaan dit nog erger wees. Selfs die gewone is hom nie meer beskore nie. "Kyk, uhm, dinge het nie so goed uitgewerk nie . . ."

"Het julle die ou gekry wat my aangeval het?"

Acker skud sy kop. "Hy het 'n uniform aangehad en blykbaar 'n identiteitskaart of iets in die aanklagkantoor gewys en deurgestap. Hy't gesê hy moet iemand in die selle gaan sien. Die konstabel by die toonbank het skaars aandag gegee. As jy nie so 'n lawaai opgeskop het nie, sou hy vyf minute later daar uitgeloop het en dit sou ure gewees het voordat iemand onraad merk . . . In elk geval, ons soek nog. Was dit iemand wat jy al vantevore by Frank gesien het?"

"Nee." Daniël het gehoop op beter nuus. "En Frank?"

Acker staan op. "Ek weet nie hoe om dit vir jou te sê nie . . ." Hy loop 'n paar tree weg, sug en draai om, een hand in sy hare. "Ons saak het basies uitmekaargeval."

Daniël druk homself orent teen die kussings. "Hoe bedoel jy?"

"Ons getuienis het net . . . verstront geraak. Hulle het die semen getoets wat ons in die meisie gekry het. Dit was nie syne nie."

"Maar ek het hom dan by haar gesien!"

"Wel . . . miskien is jy reg."

"Natuurlik is ek reg."

Acker sug. "Hy't moontlik die bewysstukke laat omruil. Die punt is, ons sal hom nie skuldig kan bevind net op jou getuienis nie."

"Hoekom nie? Is daar nie vingerafdrukke of iets nie?"

"Die enigste afdrukke wat ons kon identifiseer, is joune. Op die oomblik het ons 'n sterker saak teen jou as teen hom. Mense het jou kar in die straat gesien."

"Maar jy weet ek het dit nie gedoen nie!"

"Ja, maar ek is nie die een wat die saak gaan verhoor nie."

"En wat van die ander goed? Jy't gesê as julle net in sy huis kan kom, sal julle allerhande goed daar kry."

"Niks. Ek was verkeerd. Frank is 'n baie, baie versigtige man." En baie slimmer as ek, dink Acker.

"Is hy hoegenaamd die skurk waarvoor jy hom aansien?"

"Ek en Frank was die enigstes wat geweet het jy's in daai sel. Dis nie ek wat probeer het om jou te laat doodmaak nie."

Die temperatuur in die kamer is altyd twintig grade, maar Daniël kry meteens koud. Hy trek die kombers hoër. "Wat nou?"

"Jy begin 'n nuwe lewe iewers."

"Wat bedoel jy, 'n nuwe lewe?"

"As jy teruggaan, is daar altyd die kans dat Frank weer sal probeer om jou dood te maak. Ons het Frank laat dink jy's dood in die aanval. As jy iewers anders heen gaan, sal jy redelik veilig kan lewe."

"Maar wat van almal anders . . . my werk, my familie?"

"Moenie worry nie. Ons het niemand wat jou ken, skrikgemaak met 'n storie dat jy dood is nie. Ek het maar net die gedagte by Frank geplant dat die aanval gewerk het."

"Wat doen ek oor werk en sulke goed?"

"Jy gaan net nie terug nie. Ons sal vir jou iets organiseer. Ons doen dit van tyd tot tyd."

"Maar ek wil met my suster praat, en ek sal seker vir my broer ook moet skryf. En my eks kom af Kaap toe. Ek sal haar moet sien."

Acker staan op. "Ek sal kyk wat ek kan doen."

"Fokkit, jy klink nes hierdie donnerse dokters."

"Kyk, ek's jammer. Dis nie wat ek in gedagte gehad het nie."

"Ek ook nie."

"Jy kan teruggaan na jou ou lewe toe. Jy kan hier uitloop net wanneer jy wil. As jy gelukkig is, sal jy binnekort terug wees in die hospitaal. Anders is dit die lykshuis. Jy kan jou kanse vat. Maar ek sal nie bodder om te vra dat hulle vir jou 'n bed hier oophou nie . . . Jy gaan vermoor word, en ek wil nie hê dit moet gebeur nie. Dis nie omdat ek jammerhartig is nie, dis net . . . ek voel skuldig, dis al. As jy in die getuiebeskermingsprogram inkom, sal jy minstens 'n lewe kan hê, al is dit nie die een waaraan jy gewoond was nie. Dit kan selfs goed wees vir jou. Ek wens partykeer ék kan opnuut begin."

"Wil jy ruil?"

"Ek dink nie jy sal wil nie. Ná hierdie gemors gaan ek sit waar ek sit, nog steeds dieselfde rang hê die dag as ek aftree. Dis eers oor sewentien jaar." Vir 'n oomblik lyk die polisieman verlore.

"Ek is jammer ek het dit vir jou opgefok."

"Dit was nie jy nie."

"En dis ook nie jy wat dit aan my gedoen het nie."

Acker kyk op, heel aangedaan. "Dankie . . . Ek sal probeer reël dat jy met jou familie kan praat."

* * *

TERUG op kantoor vind Acker Erica se deur toe. Hy klop, probeer dan die knip. Gesluit. Hy gaan na sy kantoor toe, maar kan met niks aan die gang kom nie. Hy gee die potplant water, een wat hy by die kantoor se vorige baas geërf het, drink 'n koppie koffie en eet 'n paar van die tennis biscuits wat hy in sy onderste laai hou. Dit het woes gegaan die laaste ruk. Sedert die aanval op Daniël het dinge een vir een uitmekaargeval. Dit het vir Acker duidelik geraak dat hulle vir Daniël op 'n meer permanente basis sal moet laat verdwyn. Hy het nog nie die saak teenoor Erica geopper nie, want hy wou eers met Daniël praat. Noudat hy dit gedoen het, kan hy skaars wag om die bal aan die rol te sit. Hy hou aan luister of hy Erica se voetstappe hoor, die geluid van die sleutel in haar deur. Miskien is sy weer weg op die een of ander misterieuse missie. Dis net 'n kwessie van tyd voor sy bevorder word, sy is almal se liefling. Haar pa was hierdie legendariese speurder in Pretoria.

Acker gaan nêrens kom nie, veral nie nou nie. Toe hy jonger was, kon hy homself verbeel dat dinge later beter sal gaan, maar nou ís dit al later . . . Dis die verskil tussen jeug en ouderdom, dink hy. As jy jonk is, het jy hoop. Hoop en jeug gaan saam. As jy die een verloor, verloor jy die ander. Dis die skeidslyn, eerder as 'n spesifieke ouderdom wat jy bereik.

Hoëhakskoene kom klikkend in die gang af. Hy sit doodstil. Dit moet Erica wees. Hy wag totdat sy in haar kantoor is en laat 'n minuut of twee verbygaan voordat hy opstaan.

Sy sit en slaai eet uit 'n deurskynende plastiekbakkie. "Ek het gou vir my dié by Woolies gekry. Ek was so honger," verduidelik sy.

"Eet maar. Ek wou maar net vir jou iets gevra het. Dit kan wag."

"Nee, moenie loop nie. Ons kan sommer nou praat."

Hy voel vreemd om oorkant haar te sit. Hulle is veronderstel om gelykes te wees en hy is haar senior in jare. Hoekom voel hy dan so onbekwaam? "Ek wens ek het als geweet wat jy weet, die goed wat jy doen om mense te laat verdwyn." Sedert 'n rampspoedige voorval twee jaar gelede toe dinge uitgelek het, is die beleidsbesluit geneem dat die beskerming van getuies in die Wes-Kaap voortaan 'n enkele offisier se verantwoordelikheid sou wees.

"Daar's niks geheimsinnigs aan nie. Enigiemand kan dit doen – jy moet net bietjie daaroor dink, jou verbeelding gebruik."

"Nogtans, as daar iets met jou sou gebeur . . ."

"Dan sal die volgende persoon maar net hul eie maniere moet opmaak. Dit vat nie veel nie."

"Ek sou nie eens weet waar om te begin nie."

"Die diep kant is altyd die beste as jy vinnig wil leer."

Hy laat dit daar. "Hierdie goed wat jy doen . . . hoe lank vat dit?"

"Dit hang af van die persoon se profiel, en die vermoëns van die mense van wie af hy weggehou moet word. Ook sy persoonlikheid. As hy 'n soort van charismatiese tipe is, larger than life, is dit moeiliker. Die grootste gevaar is dat hy homself verklap."

"Neem aan jy werk met iemand wat nie daai klas probleme skep nie."

"As dit iemand is vir wie jy nuwe dokumente kan gee en wat jy na 'n afgeleë plek kan stuur, dan sou ek sê so vier tot ses weke, meestal om die papierwerk deur al die kanale te kry."

"En hoeveel tyd het jy vooraf nodig?"

Erica vee slaaisous van haar mondhoek af. "Jy's nie besig om van 'n teoretiese geval te praat nie."

"Nee. Die ou van die Frank Redelinghuys-saak."

Erica se mond smaak na olywe en asyn. Sy hou nie hiervan nie, dis te gou ná die ander een. Sy kan nie so gou weer teruggaan Namibië toe nie. Dit sal snaaks lyk, sê nou sy kry dieselfde wag by die grenspos . . . Nee, dit sal binnelands iewers moet wees, wat dit moeiliker maak. Hier's te veel mense. Die noordweste is redelik leeg, maar die beste dele daarvan is diamantgebied en daar is polisiepatrollies. Sy sal maar net 'n plan moet maak.

Daar is nog al die administratiewe goed om te reël. Dit moet in plek wees ingeval iemand ondersoek instel. Acker lyk of hy dalk sy neus op plekke sal indruk waar dit nie hoort nie. Partykeer draai hy om haar sonder enige rede wat sy kan agterkom. In een stadium het sy gedink sy huwelik is op die rotse en hy kyk rond, maar 'n kantoorromanse is nie sy styl nie. Nie dat hy sal sukkel om 'n meisie te kry as hy regtig wil nie. Hy is goed behoue vir sy ouderdom, en aantreklik op 'n konserwatiewe manier. Maar al hierdie gedagtes oor Acker is net om die regte kwessie te ontduik. "Dit sal minstens twee weke wees voor ek hom by jou kan oorvat."

"Enige kans om dit een te maak?"

"Is jy só desperaat?"

Acker knik. "Hy trek maar swaar om so ingehok te wees. En meer en meer mense weet van hom. Ek's bekommerd."

"As ek al die ander goed los, sal ek oor 'n week gereed kan wees."

* * *

FRANK hou van die Mercedes, die kar se krag en soliedheid. Hy sit sy voet ligweg op die versneller en die groot kar skiet vorentoe. Hy moet dadelik sy voet lig, want jy kan nie te vinnig ry hier tussen die bome nie, met wortels en klippe wat strikke stel onder 'n gladde kombers van dennenaalde. Hy laat die wiele rol tot die kar vanself tot stilstand kom.

"Fokken hel," sê sy passasier. Dis Eddie Slier se gewone manier om aan te kondig dat hy stomgeslaan is. Die kleinste dingetjie slaan hom stom, of partykeer sommer niks. Woorde is nie sy sterk punt nie.

73

"Watsit nou?"

"Daar's niemand hier nie."

"Dis nege-uur in die oggend. Hoekom sal enigiemand hiernatoe kom?"

Hulle klim uit die kar uit, albei in sweetpakke en drafskoene. Frank laat sy baadjie oophang. Hy dra 'n verbleikte rooi T-hemp met dik swart letters wat sê *Viva Apathy!*

"Vir oefening," sê Slier.

Frank kyk hom aan.

"Dis hoekom mense hiernatoe sal kom," verduidelik Slier. Hy is kort en dik, gebou om gewigte op te tel eerder as om te hardloop.

Frank is glad nie gebou om moeg te word nie, glo hy. Hy druk die knoppie op sy sleutelhouer om die kar te sluit. Die alarm blaf en die ligte flits een keer. Daarna is dit net die gesuis van die wind in die bome en vaag in die verte die geluid van verkeer op die M3, skaars tweehonderd meter van hulle af. "Kom ons loop op daai-kant toe." Mens kan hiervandaan die hele ent pad teen die berg op loop, maar hulle sal nie so ver gaan nie. Frank het al klaar sy plek gekies. Hulle loop met die voetpad langs. "Het jy die foto's gebring?"

Slier diep hulle uit sy sak uit op, twee Polaroids. Frank wil nie na hulle kyk nie, maar hy moet seker maak hulle vertel die verhaal sonder om twyfel te laat. "Jissis," sis hy.

"Jy't gesê ek moet van naby afneem."

Frank druk die foto's in sy sak. Albei ouens op die foto's se oë is oop, hulle is keelaf gesny. Hulle lyk nie bang of verbaas nie, net dood. En jy hoef nie na die gapende nekwonde te kyk om te weet nie. Frank hou nie van hierdie aspek van sy besigheid nie, maar dis die prys vir veiligheid. Die twee dooie ouens is deel van 'n ooreen-koms. Die ander deel is wat hom veilig sal hou.

Die helling is skaars meer as dertig grade, maar hy en Slier is albei uitasem teen die tyd dat Frank op 'n bult halt roep. Hiervandaan slinger die voetpad in 'n holte in. As hulle terugkyk, kan hulle nog die Mercedes in die parkeerarea sien.

Slier lig sy knie buitekant toe en trek aan sy broek se binnesoom. "Skaaf dit?" vra Frank.

Slier knik. Sy dye is veels te dik vir die breedte van sy heupe. "Wat wil jy hê moet ek doen?"

"Niks. Staan net daar en maak seker hulle kan jou sien."

"Waar gaan jy wees?"

"Naby genoeg dat hulle dink 'n goedgemikte skoot van jou kan dalk raak wees."

"Ek het nie geweet jy verwag moeilikheid nie."

"Ek verwag dit nie. Jy help my net om dit nie te verwag nie."

Slier skud sy kop. "Fokken hel."

Frank is al klaar 'n paar tree teen die helling af. Dis effens makliker om afdraand te loop as wat dit tot hier was, maar dit vat aan sy knieë. Hy draai van die voetpad af en weef tussen die bome en bosse deur. Die koel lug ruik na denne – dit herinner hom aan toiletskoonmaakmiddel, irriteer hom. Iewers in die bos blaf 'n hond. Frank loop tot hy 'n goeie plek kry om te sit, op 'n omgevalle stomp. Hy haal sy sakdoek en die foto's uit sy sak. Hy vee alle vingerafdrukke van die foto's af en skuif hulle onder 'n lagie dennenaalde in, maar eers sit hy 'n derde foto by, een wat hy in sy ander sak gehou het.

'n Volvo kom in die pad opgery en parkeer 'n entjie van sy Mercedes af. Dit lyk nie na die regte soort kar nie en hy is min verbaas om twee vrouens te sien uitklim. Hulle bind hul hare vas en kies koers met 'n voetpad langs, in 'n ander rigting. Die Toyota Camry wat volgende aankom, lyk na 'n veel beter kandidaat. Twee mans klim uit en lyk ietwat verlore. Frank staan op sodat hulle hom kan sien. Hulle begin naderstap. Hy kan hulle net dofweg hoor praat, maar dan swets die een luidkeels en die ander een lag, 'n eenoog-bendeleier bekend as Watchit Lestrade.

"Wat's so snaaks?" roep Frank as hulle eers naby genoeg is.

"Hy't sy toon gestamp."

"En dis snaaks?"

"Jy moet my sien lag as iemand doodgaan." Lestrade wys geen teken van die humor wat Frank veronderstel agter sy woorde sit nie. Hulle skud blad. Lestrade se enkele oog is geel, lig teen sy donker vel, en flikker konstant heen en weer asof dit wil vergoed vir die een wat nie daar is nie. "Hoe gaan dit?"

"Niks wat mens nie kan uitsorteer nie."

Lestrade knik. Albei sy hande is in sy agtersakke gesteek. Hy draai stadig om, kyk die wêreld deur. Die vrouens van die Volvo is nog in sig. Dan is daar Slier. Hoër op teen die helling loop iemand met 'n hond. Lestrade se metgesel hou sy oë stip op Frank. Lestrade het die man nie aan hom voorgestel nie en Frank verwag dit ook nie. Hoe minder hulle van mekaar weet, hoe beter. As Lestrade klaar rondgekyk het, beveel hy sy makker om in die kar te gaan wag. Sodra hulle alleen is, wend hy hom tot Frank. "Ek kan dinge uit-sorteer vir iemand wat vir my dinge uitsorteer."

Frank stoot die dennenaalde met sy voet opsy sodat die foto's sig-baar raak. Dan gaan sit hy op die stomp. Lestrade kniel en maak met groot omhaal sy skoenveters los en dan weer vas. Hy skuif die boonste foto eenkant toe, ruil sy voete om en versit die tweede foto so tussen die knopery deur. Toe hy orent kom, hou hy die derde foto tussen sy vingers. Hy steek sy hande terug in sy sakke. Hy voel te-vrede met die situasie. Hy gaan een witman doodmaak en geld by 'n ander een kry – dis 'n wen-wen-transaksie.

Die feit dat Lestrade nie al drie foto's gevat het nie, gee Frank rede om te vermoed dat Lestrade se bende heel moontlik die twee dooie mans ken, en dat hy nie wil hê hulle moet weet wat met die twee gebeur het nie. Dis inligting wat vorentoe handig te pas kan kom, besef Frank. Sover vind hy Lestrade betroubaar. Hulle help mekaar om van los drade ontslae te raak. Deur hul moorde om te ruil maak hulle dit vir die polisie moeiliker, want daar is geen verbintenis tussen die aanvallers en die slagoffers nie. Ongelukkig kon hy nie die aanval in die sel so vinnig met Lestrade gereël kry nie en moes hy een van sy eie kontakte gebruik. Dis 'n verbintenis wat hy nou wil verbreek. "Jy sal die nodige inligting agterop die foto kry."

"Hoe laat ek jou dié keer weet?"

"Doen dit op 'n manier wat die koerant haal."

Lestrade fluit ongelowig. "Weet jy wat dit deesdae vat om die koerant te haal?"

Partykeer te min, dink Frank. Hy het nie geweet Snazz se pa is veronderstel om beroemd te wees nie. Wat hy sê, is: "Verras my."

* * *

'n DAG ná Acker se besoek vra Daniël pen en papier om vir sy broer te skryf. Adriaan het Nieu-Seeland toe getrek. Daniël onthou nie die adres nie, maar Acker reken hy sal die brief wel in die regte hande kan besorg.

Beste Adriaan,

Ek is jammer dit vat my so lank om op jou brief te reageer. Maar wat is twee jaar nou tussen broers? (Grappie.) Ek moet bely ek kan nie onthou wat ek met jou brief gemaak het nie. Die belangrike ding is dat ek dele daarvan kan onthou en dat ek daaroor dink.

As ek reg onthou, het jy gesê om na 'n nuwe land toe te gaan is amper soos om 'n nuwe identiteit te kry, want jy's tussen mense vir wie jou geskiedenis niks beteken nie. Ek is nie altyd seker dat my geskiedenis vir my danig veel beteken nie, maar ek verstaan nogtans die gevoel van verlies waarvan jy praat. Ek soek na dieper betekenis in my eie verlede, maar vind niks van die aard nie, net dat die verlede my tot hier gebring het, tot op hierdie punt. Hier moet my geskiedenis end kry, amptelik. 'n Nuwe identiteit moet begin.

Ek wil dit nie als verduidelik nie en is in elk geval nie seker ek kan nie. Jy't darem al seker genoeg flieks gesien om te weet wat 'n "witness protection programme" is. Ek staan op die punt om dit eerstehands te ervaar. Miskien sal dit voel soos om na 'n ander land toe te trek. Miskien sal ek regtig na 'n ander land toe trek. Miskien sal jou deurklokkie eendag lui en dan staan ek daar, in Auckland, en stel myself aan jou bekend met 'n splinternuwe naam.

Ek weet nou dat ons in kontak moes gebly het hierdie laaste tien jaar. Dit was makliker toe ons kinders was en nie hoef te gepraat het nie, toe wie ons was minder saak gemaak het as die feit dat ons dieselfde ouers gehad het en in dieselfde huis gebly het.

Onthou jy hoe ons altyd in die agterplaas rugby gespeel het? Ek dink dit was seker oor die 500 keer altesaam. Weet jy dat jy my in al daardie tyd nooit laat wen het nie? Die meeste van die tyd het jy seker gemaak dat ek net 'n paar punte agter is. Jy het daai aas voor my gesit: Net een drie, ou boetie, en jy wen! En ek het aanhou speel, altyd een drie van wen af, totdat ek ophou glo het dis moontlik om te wen.

Die rede hoekom ek jou nou hiervan vertel, is dat ek nie meer so voel nie, hoewel ek nie kan sê watter effek daai middae op my gehad het nie en wat ek daaruit geleer het nie, indien enigiets. Al wat ek kan sê, is dankie dat jy hoegenaamd met my gespeel het. Jy is 'n goeie broer en 'n man wat die beste verdien.

Groete, Daniël.

Daniël lees die brief oor. In die geheel gesien is hy heel tevrede daarmee. Hopelik sal Adriaan verby die kritiek kan kyk en onthou dat hulle eens op 'n tyd maats was. Miskien sal sy broer iets in hul verhouding vind wat die moeite werd is om te koester, iets wat kan oorleef ondanks die afstand wat tussen hulle gekom het nog voordat hulle geografies van mekaar verwyder is. Hy gee die papier twee harde voue en sit dit in 'n lugposkoevert.

Renée is volgende. Hy trek die foon nader. Acker het hom gewaarsku om niemand anders te bel nie, om nie vir haar te sê waar hy is nie en om haar dit op die hart te druk dat sy vir niemand mag vertel sy het van hom gehoor nie. Hy kan 'n verlede of 'n toekoms hê, maar dis óf die een óf die ander. Hy kies 'n toekoms, want dis waar hy die res van sy lewe moet lewe. Hy sluk bitter spoeg. Dit sal die laaste keer wees dat hy met sy suster praat. Hy geniet altyd haar geselskap, al lei hulle baie verskillende lewens. Bowendien is sy die enigste bereikbare skakel met sy kinderdae.

"O my jirre, Daniël!" sê sy toe sy sy stem herken. "Waar was jy gewees? Ek probeer al hoe lank om jou in die hande te kry. Hier was mans wat hier gekom het om oor jou te vra, hulle wou weet of ek van jou gehoor het."

"Wanneer was hulle laas daar?"

"'n Paar dae gelede. Is jy in die moeilikheid? Sê my, wat gaan aan!"

"Wel . . . ek gaan uit hierdie ding uitkom. Dis seker die goeie nuus."

"En die slegte nuus?"

"Ek sal moet verdwyn, vir goed."

"Daniël, wat op aarde bedoel jy? Ek ry nou oor na jou toe, dan kan jy vir my als verduidelik. Waar's jy nou?"

"Ek kan nie . . . Ek gaan nou in hierdie ding in, soos daai pro-

79

gramme wat jy op TV sien waar hulle vir polisiegetuies nuwe lewens gee."

"Maar hoekom dan?"

"Dis nie so maklik om te verduidelik nie. Ek het gesien hoe 'n misdaad gepleeg word en nou kom dit uit die ou wat ek gesien het, is hierdie groot kroek en nou wil hy my dood hê. Die polisie sê my enigste hoop is om 'n nuwe lewe iewers anders te begin met 'n nuwe naam en als."

"Maar hoe sal ek weet of jy okay is? Hoe sal ons in kontak bly?"

"Ons sal nie. Ek dink daai ouens wat oor my kom vra, werk vir hierdie ou, die kroek." Dit voel simpel om so na Frank te verwys, maar hy moet dit eenvoudig hou. "Vir al wat ek weet, luister hulle in op hierdie oproep."

Sy is 'n ruk lank stil. "Dink jy regtig so?"

"Soos ek nou voel, is ek bereid om omtrent enigiets te glo."

"Dan moet ons seker die gesprek kort hou."

"Dis 'n goeie idee." Dit was makliker om te praat toe hy gedink het hy het meer tyd, maar nou kan hy aan niks dink nie. Wat is belangrik genoeg om vir iemand te sê met wie jy nooit weer gaan praat nie? "Ek is jammer," sê hy.

"Oor wat?"

"Hierdie besigheid. Als."

"Daai keer toe jy my nuwe pop se oog met jou speelgeweer uitgeslaan het?"

Tipies Renée om die oomblik makliker te probeer maak. "Dit ook."

"Wil jy iets weet? Jy was nog altyd my held, vandat ek kan onthou." Dan druk sy die foon dood.

Hy luister na die geruis op die lyn asof dit nog iets van haar daarin het, iets van homself as kind. Natuurlik is dit nie so nie, dis net elektronika, en hy sit die gehoorbuis neer. Haar onthulling oor die heldeverering ruk hom. Sy bedoel dit kennelik as kompliment, maar dit laat hom net meer na 'n mislukking voel. Hy het nie net homself in die steek gelaat nie.

Hy wens meteens sy pa het nog gelewe. Die ou man sou ten minste nie te geskok gewees het nie, aangesien hy al jare tevore moed opgegee het met Daniël, die gewig van al die teleurstellings het net te veel geraak vir hom. Nie dat dít wat Daniël gedoen het so verskriklik was nie, ten minste nie toe al nie, dit was net dat sy pa se verwagtinge so onrealisties hoog was. 'n Onderwyser het eenkeer vir hom gesê sy jongste seun is intelligent, en hy het geglo dis al wat mens nodig het om groot en wonderlike dinge te bereik. 'n Bietjie aanmoediging sou welkom gewees het, pleks van die blindelingse verwagting van prestasie, maar Daniël kan dit nie meer teen sy pa hou nie.

Om sy familie te mis gaan nie die slegste ding wees omtrent die lewe wat vir hom voorlê nie.

Wat vriende betref, dié wat hy sal mis, is al die vrouens wat aanbeweeg het van hom af, dié wat hy in elk geval mis. Die naaste wat hy aan 'n mansvriend gehad het, was Frank, en miskien is daar nou Acker. Hul wedersydse afhanklikheid laat hulle nie juis 'n ander keuse as om met mekaar oor die weg te probeer kom nie. Acker het hom nodig gehad om 'n saak teen Frank op te bou en nou het hy vir Acker nodig om 'n nuwe lewe te bou. Maar daar is iets anders: Acker is simpatiek. Hy verstaan wat dit is wat hom wat Daniël is so ontvanklik gemaak het vir Frank Redelinghuys se dinge, asof hy ook desperate dinge sou kon doen in die aangesig van sy eie tekortkominge.

* * *

ACKER voel soos 'n blerts walvismis wat na die bodem van die Poolsee toe sink. Hy kon nie sy getuie beskerm nie, die saak wat hy gehoop het sy loopbaan weer aan die gang sal kry, het uitmekaar-geval, en vanoggend sê Lizette hy het haar nie lief nie. Toe hy sê hy het wel, sê sy hy sê net so omdat sy die saak aangeroer het. En toe sê hy maar *ek het jou lief* en toe sê sy *bewys dit*, en natuurlik kon hy nie. Dis nie die klas ding waar jy getuies kan roep en hulle sê goed onder eed en die regter lewer uitspraak en almal aanvaar dis die waarheid nie. Hy is oortuig dat al die dik regsboeke in die wêreld nie so gekompliseerd is as om getroud te wees nie. Ten minste is als in die wet neergeskryf, jy weet waaroor jy argumenteer.

Hy groet die wag in die gang. Die jong man lyk driekwart aan die slaap. Hy het die *Huisgenoot* op sy skoot, maar Acker raai hy het meer as 'n halfuur laas omgeblaai. Hoewel hy Acker van sien ken, kyk hy pligsonthalwe na die kaptein se foto-ID.

"Wie dink jy is dit daai, is dit ek?"

"Dis moeilik om te sê," mompel die jong man.

Acker pik die persoonskaart tussen die wag se vingers uit en maak die deur oop. "Hoe gaan dit nou?"

Daniël sit op die bed. "Wat kan ek sê? Hulle kla oor ek rook."

Acker sien die asbak bo-op 'n oop telefoongids op die bedkassie. "Moet net nie vir my sê jy't nog oproepe gemaak nie."

Daniël skud sy kop. "Jy sal nie glo die snaakse vanne wat party mense het nie."

"Soek jy een vir jouself?"

"Nee, net verveeld. Dink jy dat ek my eie naam sal kan kies, of neem ek 'n dooie ou se identiteit oor?"

Acker kyk weg, verby Daniël na die venster toe. Daar is niks om te sien nie, net toe blindings. "Ek het nie die vaagste benul nie."

"Ek dog jy's die ou wat dit doen."

"Die hele besigheid word deur net een persoon behartig. Niemand anders weet wat de hel aangaan nie, en dis glo so met 'n doel. Wat weet ek nou?"

"Jy klink bietjie de moer in."

"Aag, dis net werk. Partykeer vang dit my. Hulle laat my al hoe minder doen. En nou's daar hierdie gemors . . . Die spul sal seker bly wees as ek die dag waai."

"Kan jy nie iets doen om dinge te verander nie?"

"Natuurlik, ja. As ek op die een of ander nare misdaad afkom en die saak oplos. Miskien dan."

"Ek sal sien wat ek vir jou kan uitvis."

"Baie snaaks."

Daniël stryk die lakens met sy hand glad. "Het jy al gedink wat jy gaan doen oor my eks wat kom?"

"Ons was in jou woonstel. Daar was 'n boodskap op jou foon. Sy is oormôre hier. Sy het 'n nommer gelos waar jy haar moet bel."

"Sal ek haar vra om hierheen te kom?"

"Hoe gereeld sien jy haar?"

"Elke paar jaar."

"Dan hoef sy seker nie van hierdie besigheid te weet nie. Jy kan net stilletjies uit haar lewe uit verdwyn."

"Dink jy dit sal beter wees so?"

"Hoe minder mense weet . . . Hou dinge normaal. Ontmoet haar waar jy dit gewoonlik sou doen. Nou nie jou woonstel nie, iewers anders."

"'n Restaurant?"

"As ons 'n plekkie iewers uit die pad uit kan kry waar dit maklik is vir my en een of twee ander om jou op te pas. En waar jy jou nou nie in Frank of een van sy trawante gaan vasloop nie."

* * *

DIE restaurant is ondergronds, net langs Groentemarkplein. Jy loop met 'n stel trappe af na 'n dofverligte vertrek met ryk rooi gordyne en matte. As jy sit, merk jy dalk op dat baie van die stywe wit tafeldoeke om die rante uitrafel. Die plek het beter dae geken. Die eienaar sit gewoonlik by een van die agterste tafels, besig om die koerant van voor tot agter en van agter tot voor te lees. Die enkele kelner vergoed vir sy kaal kop deur sy wolwange tot byna by sy keel te laat groei. Hy dra 'n onderbaadjie van verbleikte goue brokaat. Niemand hier kry dit reg om veel entoesiasme bymekaar te skraap nie, maar die kos is nog goed en die pryse is nog soos hulle in die restaurant se fleur was. Daniël hou van die plek omdat sy pretensie so ontwapenend deursigtig is, en omdat jy weet elke keer as jy soontoe gaan, gaan dit presies wees soos die vorige keer.

'n Jong speurder genaamd Griebenouw bring hom en Acker in 'n kar. Eers laai hy vir Acker op die hoek af, dan ry hy om die blok en laat Daniël op die tweede rondte reg voor die deur uitklim. Daarna ry hy weg om die kar te gaan parkeer. Toe Daniël instap, sien hy vir Acker by 'n tafel sit waarvandaan hy die ingang kan dophou. Daniël loop verby die polisieman asof hy hom nie ken nie en gaan sit omtrent drie tafels verder. 'n Paar minute later kom Griebenouw in en sluit by Acker aan. Hulle sit albei na die spyskaart en staar. 'n Ete op die werk se onkoste is nie te versmaai nie. Acker en Daniël kyk albei elke keer op as iemand by die deur inkom.

Uiteindelik sien Daniël Pauline se blonde hare tussen die ry plastiekplante deur wat die ingang afskerm. Hy kom orent en wink. Sy wuif en swenk tussen die tafels deur. Sy is maerder as wat hy onthou, haar hare is korter en sy dra meer grimering. Sy skuif in die sitplek oorkant hom in. "Hallo." En gee hom die glimlag wat hom in die eerste plek op haar verlief laat raak het.

Hy glimlag terug. "Jy lyk goed."

"Nie jy nie."

Nog dieselfde ou Pauline. "Ek kan dit nie help nie. Ek's ouer."

"Ek bedoel die sny op jou kop . . . en wat gaan met jou arm aan?"

"Iemand het my aangeval."

"Rower?"

Hy knik.

"Waar het dit gebeur?"

"Sommer op straat."

"Ek het jou gesê om nie ná donker in die stad rond te loop nie." Nadat hulle bestel het – spaghetti carbonara vir haar, matriciana vir hom – praat sy weer. "Wat het hy gesteel?"

"Geld, dis al. 'n Paar kredietkaarte, maar hy het nie gelyk na die klas ou wat sal weet hoe om hulle te gebruik nie."

Sy sien die bult in sy bosak. "Ek sien jy't darem jou beursie terug-gekry."

Hy het nie daaraan gedink toe hy die haastige leuen opgemaak het nie. "Hy het dit in die hardloop weggegooi."

"Ek onthou die Kersfees toe ek dit vir jou gegee het."

Hy haal die beursie uit sy sak, draai dit om en om in sy hande. "Was dit die jaar toe jy daai yslike varkboud met cider gekook het?"

"Ek dink so."

"Dit het ons meer as 'n week gevat om daai dêm ding opgeëet te kry."

"Ek het op die ou end die helfte moes weggooi."

Daniël onthou als van daardie Kersfees. Dit was hul tweede laaste, hoewel hulle indertyd geen idee gehad het dat die lang lewe wat hulle saam verwag het nie sou materialiseer nie. Dit was moeilik om van daardie lewe afskeid te neem. Selfs toe dit duidelik was dat hulle sou skei, het hulle bly vasklou aan die ou sekerhede. Ondanks die breuk in hul verhouding, was hulle nog steeds nader aan mekaar as aan enigiemand anders. Hy kon net by haar huil, want niemand anders sou verstaan dat hulle nie net mekaar verloor nie, maar ook die drome van hul jeug. Hy wens dat hy nou so iemand gehad het, maar hierdie keer sal sy nie verstaan nie.

"Ek het iets om jou te vertel," sê sy.

Hy wag.

"Ek gaan trou."

"Ek is bly." Hy is regtig, en nie net omdat dit die einde van sy gereelde betalings aan haar sal beteken nie. Hy wil hê sy moet gelukkig wees. Dit help regverdig ook hul besluit om te skei. "Wie's die ou?"

"Hanno Frenzel. Jy sal hom nie ken nie, hy's van Duitsland. Hy's 'n beeldhouer."

"Klink indrukwekkend. Is hy veronderstel om goed te wees?"

"Hy't al saam met Kiefer uitgestal."

"Ek neem aan dit beteken iets."

"Ja."

"Dan's dit goed so."

"Ons gaan daar woon . . . Ek sal jou dan seker nie meer so gereeld kan sien nie."

Dis besig om beter uit te werk as wat hy verwag het. "Ek sal oorleef," sê hy. Uit die hoek van sy oog sien hy hoe Acker 'n vurk vol pasta in sy mond stop.

Hul kos kom en hulle slaag daarin om te eet en 'n redelike gesprek aan die gang te hou. Hy kyk na haar mond en onthou dat hy haar gesoen het. Partykeer het hulle op mekaar geskree, of hulle het gehuil of liefdeswoorde gefluister.

"Is jou kos okay?"

"Lekker," antwoord hy, en besef dat hy skaars bewus is daarvan dat hy eet. Hy vang haar oog en weet sy vermoed die waarheid. Dit was nog altyd 'n twispunt tussen hulle. Sy het gekla hy proe nie die kos waaraan sy so hard gewerk het nie. Hy het teruggekap en gesê sy moenie soveel geld en tyd mors om sulke fênsie etes te kook nie. Een ding en 'n ander en nie lank daarna nie staan sy by die voordeur met haar tas gepak en hy gryp die handvatsel en dan is dit dreigemente, beloftes en trane. Op die een of ander manier is daardie deur nooit oopgemaak nie. Toe die finale verwydering uiteindelik kom, was dit heel besadig. Hy het net gesê hy is nie gelukkig genoeg nie, daar moet meer aan die lewe wees, aan sy lewe, en hy wil weggaan. Selfs al was dit sy besluit, kon hy in die maande daarna skaars sien dat die lewe ooit weer draaglik sou kon wees. Maar dit was. Want daar is geen ander keuse as om die lewe te verduur nie, totdat jy doodgaan.

Ek gaan nie nou dood nie, besef hy. Ek gaan lewe in 'n kunsmatige borrel wat my vir altyd gaan afsluit van die lewe wat ek geken het. Maar ek sal lewe. Ek sal afskeid neem van Pauline, van Renée, van daai vrou met die reguit wit paadjie by die werk. Ek sal selfs vir Acker agterlaat. Dit alles is van die verlede en ek sal dit afsweer. Totdat al wat ek oorhet, dit is wat in my eie vel toegebind is.

"Dis regtig lekker," sê hy. Sy kos smaak na uie en rooiwyn en basiliekruid.

*   *   *

ERICA gee Acker net een kyk. "Het jy 'n krisis?"

As dit maar so maklik was. Natuurlik het hy genoeg rede om 'n krisis te hê. Hy het net nie genoeg geld nie. "Niks buitengewoons nie."

"Dis dus net jou werk, huwelik, geld . . ."

"Meestal."

Sy het bedoel om 'n grap te maak, maar besef Acker se reaksie is heel moontlik ernstig. Dit maak haar ongemaklik. Sy wil nie van enigiemand se privaat lewe weet nie, haar eie inkluis.

Hy merk hoe sy goed op haar tafel rondskuif sonder om eintlik iets te verander. Sy skeur 'n blad uit haar notaboek en stop dit in haar aktetas.

"Hoe vorder jy met my ou se nuwe lewe?"

"Die papierwerk wat die langste vat, is aan die gang. Dit vat altyd lank as jy met staatsdepartemente werk, om dokumente te kry en so aan. Dis als nou aan die gang, maar in terme van my voorbereiding ... daar's nooit genoeg tyd nie."

Acker leun terug en maak haar deur toe. "Jy moet hierdie ou by my vat. Daar is 'n kans dat iemand hom vandag raakgesien het en ek kan eenvoudig nie genoeg manne kry om hom veilig te hou nie ... As iets met hom moet gebeur, weet ek nie hoe ek sal voel nie." Hy skud sy kop en sak dieper in die stoel in.

"Hou jy van hom?"

Acker haal sy skouers op. Hy weet nie hoe om te antwoord nie. Op 'n manier herinner Daniël hom aan homself toe hy jonger was – 'n alleenloper wat op sy eie beskeie manier die regte ding probeer doen. Die herkenning maak dit vir hom nog moeiliker om te aanvaar dat hy Daniël in die steek gelaat het. "Ek het aan die begin vir hom gesê hy sal net hoef weg te kruip totdat ons vir Frank Redelinghuys in die tronk het, maar nou het die hele ding vir 'n bol stront gegaan en hierdie ou se lewe is in die drein af."

"Moenie jouself blameer nie. My pa het altyd gesê as iemand eers aan die verkeerde kant van die gereg is, verloor hy enige aanspraak op regsbeskerming."

"Dis nie grondwetlik nie."

Erica ontspan. Dis meer soos die Acker wat sy ken – die gemaakte erns. Hy is iemand van wie mens kan leer hou, besluit sy, veral wanneer hy sy sagter sy wys. "Okay," sê sy sonder om 'n bewuste-like besluit te neem, "ek sal hom by jou oorvat."

"Môre?"

"Môre."

Sodra hy die deur agter hom toemaak, maak sy haar oë toe. Mede-lye is 'n gevaarlike ding. Sy sal net moet sien kom klaar.

Plaas

Rook draal uit die sigaret in die asbak, 'n krullerige handtekening wat verdwyn in die lug. Daniël sit doodstil in die liggroen wagkamer, tussen een lewe en 'n ander, elmboë op sy knieë, kyk na sy ineengestrengelde vingers. Hulle noem dit 'n getuiebeskermingsprogram. Wat met die getuie gebeur, is dat hy weggesluit word in jou kop, waar hy aanhou droom. Daniël se twee hande omhels mekaar, koester die bekende kontoere soos 'n verliefde paartjie wat op die lughawe afskeid neem.

Toe Acker hom na hierdie vertrek toe gebring het, het hy gesê die offisier wat gaan oorvat, sal elfuur kom. Daniël het geen idee hoe lank dit nog sal wees nie. Hy het sy horlosie vanoggend vir een van die wagte gegee, wel wetend dat hy nie toegelaat sal word om so 'n persoonlike besitting te hou nie. Sy klere is ook als nuut, elke enkele stuk by 'n kettingwinkel gekoop deur iemand met 'n soortgelyke liggaamsbou. Dit was maklik om 'n gepaste kandidaat te vind, hy is van gemiddelde grootte. Miskien kon die skoene 'n nommer kleiner gewees het, maar dis dit. Die klere is onopvallend, niks wat hom laat gril nie. Sy enigste beswaar is hulle het dit nie vooraf gewas nie – als het nog daai winkelstyfheid, en dit laat hom om sy nek en op sy skouers jeuk. Hy skuif sy vinger met die binnerand van sy boordjie langs.

Die deur gaan oop en 'n vrou kom in, belaai met pakkies. Donker hare, vroeë dertigs, knielengteromp, bloes toegeknoop tot by haar nek. Sy laat val als en stoot die deur met haar voet toe. "Ontmoet jou skepper," sê sy met sigbare genoegdoening. "Het jy verwag ek sal 'n man wees?"

Hy antwoord nie. Dit is die oomblik wat sy lewe in twee afsonderlike dele verdeel. Hy het verwag dit sou 'n sekere gewigtigheid hê, dat daar 'n ritueel van die een of ander aard sou wees, en hy kan nie die woorde vind om reg aan die oomblik te laat geskied nie.

Sy begin die sakke uitpak, praat onderwyl. "Die meeste mense neem aan ek sal 'n man wees. Dis goed so, want my identiteit moet ook onbekend bly. Andersins lei ek dalk . . ." Sy soek na die regte woord. "*Ander* na mense soos jy toe."

Hy hoor die woord. *Ander* is wat hom bedreig, wat haar in 'n magsposisie oor hom plaas.

"Min mense weet wat ek doen." Sy kyk op en glimlag, perfek professioneel. "Jy is dus so veilig saam met my as wat jy ooit sal wees."

Twee goed verbaas hom. Een is die manier waarop sy met hom kan praat sonder om enige kontak te bewerkstellig, asof sy 'n toneel herhaal wat sy al baie keer op haar eie deurgespeel het. Die ander is die kleur van haar oë – grys, en veel ligter van voor af as op die skuinste.

Sy haal 'n goedkoop katoenoorjas uit een van die sakke uit en trek dit aan, wikkel dan haar regterhand in 'n rubberhandskoen in. "Net iets om ons van hier af weg te kry," verduidelik sy en maak 'n plat potjie oop. "Hou stil."

Sy smeer vinnig sy gesig met 'n room wat sy vel swart maak. Die kneusing op sy voorkop is nog seer en hy deins weg as sy daaraan raak. Sy moet dit raaksien, maar maak geen verandering in haar werksmetode nie. Hy voel asof hy nie heeltemal mens is nie, soos by die tandarts. Dan sit sy 'n kroes swart pruik op sy kop en bind 'n blou doek oor sy kop wat sy ore toemaak. "Staan op," sê sy. Sy trek die oorjas uit en gee dit vir hom. "Trek dit aan." Terwyl hy nog die jas vasknoop, bind sy 'n serp om sy nek. Dan staan sy terug.

"Jou nuwe geslag en ras sal niemand van naby flous nie, maar in 'n kar, op 'n afstand, dink ek mense sal jou moeilik herken." Sy trek die handskoen af, gooi dit in een van die sakke en vat als bymekaar. "Vat die trap af na die ondergrondse parkering toe. Jy sal 'n wit Toyota naby die deur sien. Klim in en wag. Ek kom met die hyser, sodat niemand ons in hierdie stadium saam sien nie."

Hy begin deur toe stap.

"Los die sigaret," roep sy. "Dit was jou laaste een."

Hy draai om, buk en druk die sigaret sorgvuldig in die asbak dood. Daar's hy. Dit is die ritueel waarvoor hy gewag het.

* * *

"IS daar bloed?" Acker staan in sy slaapkamer, foon in die hand. "Ek kan nie bloed vat nie."

"Jy's net vol stront. Om van bloed nie te praat nie."

"Fok jou ook."

Hy kan Swart hoor lag toe hy die foon neersit. Hulle was saam in die polisiekollege, hy en Blackie Swart, en vir 'n ruk lank goeie vriende. Deesdae sien hulle min van mekaar. Swart is nou hoof van die moordafdeling. Hy het op die voorste linie gebly terwyl Acker 'n manier gevind het om van die strate af weg te kom. Nie dat Swart deesdae meer soveel uitgaan nie, nie met tien moorde per dag in die Kaap nie. Dit vat iets ongewoons om hom by 'n moordtoneel te kry, veral oor 'n naweek.

"Het jy my selfoon gesien?" roep Acker in die gang af.

Lizette se stem kom uit die kombuis. "Is hy nie in jou tas nie?"

"Dis waar hy behoort te wees. Maar waar's my tas?"

"Hoe moet ek weet waar jy dit gesit het?" roep sy.

"Hei, nie so hard nie, ek's net hier." Hy loer oor haar skouer na die keramiekkraletjies wat sy maak.

"Jy was nie netnou nie."

Acker probeer onthou waarvan hulle gepraat het. O ja. "Ek het gedog miskien het jy my tas iewers gesit."

"Nee." Sy skud haar kop, werk voort.

Hy loop deur die huis en kyk op al die mees waarskynlike plekke. "Hier's hy agter die deur. Ek het hom beslis nie daar gesit nie."

"Hy was in my pad," erken sy.

Acker sê liewer niks. Hy skakel die foon aan en luister op pad kombuis toe of daar boodskappe is, maar daar is niks. Die blerrie nuutjie is ook meer werk as wat hy werd is. "Die kantoor het gebel, ek moet gaan. Ek sal op my sel wees. Dit sal seker in elk geval nie lank vat nie."

"Sal jy hier wees om vir Pierre by die krieket te gaan haal?"

Acker kyk op sy horlosie. "Dis eers twee-uur, nè? Ek dink so."

"Geniet dit dan," sê sy.

"Ek dink nie so nie." Hy gee haar 'n piksoen op die wang. "Geniet jy dit hier."

"Ek dink nie so nie."

Twintig minute later kom hy by Woodstock-stasie aan. Hy dwaal op die perronne rond, kyk diékant en daaikant toe. Dan sien hy die groepie mans tussen die spore, 'n ent Soutrivier se kant toe. Dis 'n ongemaklike stap, veral as jy nie jou skoene wil skaaf nie.

Daar is agt parallelle spoorlyne. Aan die linkerkant is 'n fabriek se swartgerookte baksteenmuur, aan die regterkant 'n hoë heining met doringdraad bo-op. Flenters plastieksak wapper aan die do- rings. Die polisiemanne is tussen die vierde en vyfde spoor. Geluk- kig het hulle reeds die lyk met 'n seil toegegooi.

"Okay, hier is ek nou," sê Acker vir Swart wat grinnikend op hom afstap. Die grinnik beteken niks, weet Acker. Dis net hoe Swart sy kop hou, skeef na een kant toe, tande wat uitsteek. Geen plesier wys in sy klein swart ogies nie. Die twee mans skud blad.

"Hoe doen Van der Linde daar?"

Acker is uit die veld geslaan. Dan onthou hy Swart het aan die begin van sy loopbaan in Pretoria gewerk, onder Erica se pa. "Nee, sy doen goed. Wat's die storie hier? En ek bedoel nie die slagoffer was 'n man, so oud en wit nie."

"Ek kan beter doen as dit. Sy naam is Stephen de Lange. So gou ek sy lêer by Personeel trek, kan ek jou als van hom vertel."

"Polisieman?"

"Gewese."

"Jy't nog steeds nie vir my verduidelik hoekom ek hier moet wees nie."

'n Trein dawer verby, twee spore van hulle af. Acker kan nie onthou dat hy al ooit een so naby van grondvlak af gesien het nie. Dit is baie hoog en raas ongelooflik. Die grond skud.

"Wel, ek het net gedink . . . hier's 'n ou met 'n polisie-uniform en hy lyk 'n bietjie soos daai identikit wat jy op al die mure opgeplak het." Swart lig die punt van die seil wat die lyk bedek. "Hy was 'n lelike bliksem, selfs toe hy nog gelewe het. Tjek daai moerse neus. Dis omtrent die enigste ding in sy kop wat nie gebreek is nie. Ek wonder hoe't hulle dit reggekry om dit te mis."

Acker forseer homself om te kyk. Ondanks die bloed en kneusings en die doodsbleek gelaat kan hy die ooreenkoms sien tussen hierdie smal gesig en die man wat Daniël vir die polisiekunstenaar beskryf het.

"Hulle het hom uit 'n trein gegooi," sê Swart.

Acker kyk na die speurder se skewe figuur. Swart se nek is te kort, dis die probleem.

"Ek reken hy was al klaar ernstig beseer toe hy uitgegooi is, waarskynlik reeds dood. Daar is te veel kopwonde in vergelyking met die res van sy lyf. Maar nou ja, ek's nie 'n patoloog nie."

"Hy kon een van die beserings in die geveg in die sel opgedoen het," opper Acker.

"Miskien. Dit kan in hierdie stadium moeilik wees om daai een tussen al die ander uit te ken."

Acker weet Swart het meer as sy deel van dooie mense gesien, mense wat doodgemaak is op meer maniere as waaraan die meeste mense sal kan dink, dus twyfel hy nie aan sy oordeel nie. "Is hy beroof of dink jy dit was dalk 'n teregstelling?" vra hy, al weet hy reeds wat die antwoord gaan wees.

"Dink jy Frank Redelinghuys sit hieragter?" vra Swart.

"Dit vat nie 'n genius nie."

"O so? Nou wat doen ek dan hier?"

Acker weet Swart bedoel dit as 'n grap, maar hy antwoord in elk geval. "Om te weet wat Frank Redelinghuys doen, is een ding. Dis om dit te bewys dat jy 'n genius moet wees."

"As jy 'n verbintenis tussen hierdie ou en Redelinghuys kan bewys en die konstabel by die toonbank of jou getuie kan in die hof sê dat dit die ou is wat vir die aanval in die sel verantwoordelik was ... dit kan genoeg wees om jou man vas te trap."

Die konstabel by die toonbank is nie eens seker of die polisieman wat in die selle ingegaan het wit of swart was nie, en my ander getuie staan op die punt om in die blou niet te verdwyn, dink Acker. Miskien moet hy in voeling bly met Daniël terwyl hulle hierdie saak ondersoek. Daar is dalk nog hoop.

Hy draai om. Groot groen letters versier die muur langs die spoorlyn. Dis dalk die laaste ding wat Stephen de Lange gesien het toe hy na sy dood toe val, *The Human Cause*. Die staalspore by Acker se

95

voete maak 'n skerp skreegeluid, 'n metaalagtige gefluit, maar hy kan nie die trein sien wat dit veroorsaak nie. Hy voel meteens duiselig en moet terugtrap om sy balans te behou. In die proses skaaf hy sy skoen, stroop die boonste blink lagie heel af. Goedkoop blerrie skoene.

Hy swets heelpad terug kar toe. Dan onthou hy van Daniël. Hy kyk op sy horlosie. Miskien kan hy nog vir Erica vang en haar vra om in kontak te bly tot tyd en wyl hulle die moord op De Lange opgelos het. En hy moet onthou om sy seun by die krieket te gaan oplaai.

*   *   *

HEELPAD met die trap af kyk Daniël hoe die te groot swart skoene onder die simpel oorjas uit skop. Die trap is verlate. Wat anders sou mens op 'n Saterdag in 'n staatsdiensgebou verwag? Die vrou moes dit in gedagte gehad het.

Sy sit al en trommel op die stuurwiel, hou hom dop. Hy voel intens selfbewus. Haar geamuseerde uitdrukking toe hy in die kar klim, versterk die gevoel. Hy wens hy kan iets sê om dit minder ongemaklik te maak, maar hoe langer hy wag, hoe moeiliker is dit om te besluit wat om eerste te sê. Hy krimp ineen, hoop om heel onsigbaar te raak.

Sy trek vinnig weg, tref die rooster voor die oprit teen 'n goeie spoed, en dan is hulle buite in die sonskyn. Hy lig sy hand om sy oë te skerm.

"Af met daai hand," beveel sy. "Ek het nie jou gesig swart gesmeer sodat jy dit agter 'n paar wit hande kan wegsteek nie."

Hy gehoorsaam.

Sy draai in Buitenkantstraat op. Twee blokke later draai sy in Roeland in, hou reguit aan tot in De Waal, hou in die linkerbaan sodat mense wat verbykom hom nie goed sal kan sien nie. Hulle maak 'n wye draai om Duiwelspiek. Hy sien sy hou die truspieël dop. Daar is nie veel verkeer nie. By die universiteit draai sy af en ry terug soos hulle gekom het. Niemand volg hulle nie. Sy begin meer ontspan, gesels vir die eerste keer. "Hoe hou jy daarvan om 'n vrou te wees?"

Hy haal sy skouers op. "Wanneer sal ek weer 'n man wees?"

"Voor my." Sy glimlag vir die opmerking.

Dit kom by hom op dat sy dalk transseksueel of lesbies of iets is. Of is sy net bitter omdat sy in 'n tradisionele manswêreld werk?

Die wind het die rookmis weggewaai en die middestad se toring-blokke lyk helder en skerp. Hy weet die strate sal nie so skoon wees as jy daar moet loop nie. Hulle ry teen 'n helling af en dan is hulle weer tussen geboue.

"Jy gaan nou 'n paar vinnige veranderinge moet maak," lig sy hom in. "Jy dink dalk dis oorversigtig, maar as iemand ons nou volg, is al die werk wat ons later doen van nul en gener waarde. Jy sal doodgemaak word en ek sal die mislukking op my rekord hê. En van daardie idee hou ek niks."

Hy besef sy dink meer aan haar rekord as aan sy lewe. Party mense is so.

"Ek het nog nooit een van my mense verloor nie," gaan sy voort. "Wat ek wegsteek, bly weggesteek." Sy kyk vlugtig na hom. "Dis hoe-kom hulle my uitlos dat ek my eie ding doen." Sy kyk na die ver-keer en maak 'n vinnige draai links sonder om haar flikkerligte te gebruik.

Hulle is weer in 'n parkeergarage, wentel op deur die verskillen-de vlakke.

"Trek die jas uit," sê sy. "Vee jou gesig daarmee af. Haal die goed van jou kop af. Daar is 'n sonbril en vals baard in die paneelkissie. Sit dit aan."

Hy is nog besig om die baard vas te druk toe sy stop. "Sit als in die sak. Kom ons loop. Nie te vinnig nie." Sy sluit die kar en laat val die sleutels in 'n drein. "Dis duplikaatsleutels," verduidelik sy toe sy sy uitdrukking sien. "Dis 'n huurkar. Een van die konstabels sal hom môre terugvat lughawe toe." Sy maak 'n mentgroen Volkswagen Polo oop, klaar vir die rit gepak. "Ons ry van nou af met hierdie een."

In die kar sit sy 'n sonbril en rooierige pruik op. Sy trek haar bloes uit, ontbloot 'n nousluitende seegroen T-hemp. "Voel jy lus om bietjie weg te breek platteland toe?"

"Dit maak nie saak nie," sê hy en voel omtrent net so belaglik in sy spioenvermomming as toe hy kwansuis 'n swart vrou was.

"Dis goed om partykeer bietjie weg te kom," merk sy op.

Is sy doelbewus dubbelsinnig? Of speel sy net die rolle wat sy vir hulle gekies het – net 'n paartjie wat bietjie wegbreek om te gaan ontspan, die natuur te geniet, daai soort ding? Hy kan nie ontken dat dit lekker voel nie. Hy kan ontsnap aan die lewe wat hom by tye ondergekry het.

Hulle ry vinnig verby die hawegebied. By die N7-afrit draai hulle noordwaarts.

"Ons gaan op onsself aangewese wees waar ons gaan. Ek het als gebring waaraan ek kon dink wat jy dalk sal nodig kry. Daar's kougom en nikotienpleisters in die sak by jou voete."

Hy vroetel deur die sak om te sien wat daar als is. Dis duidelik dat sy deeglik beplan het. Als lyk bruikbaar, behalwe vir 'n leë plastiekbottel.

"Jou vermomming sal niemand flous wat jou van naby sien nie, dus gaan ons nie stop nie, vir enige rede. Die bottel is vir as jy 'n nood ontwikkel."

Hy knik en skroef die dop weer op.

"Moenie worry nie, ek het al meer as genoeg kaal mans gesien. Ek stel regtig nie belang nie."

Hy sug. "Ek stel self nie soveel belang nie." Hy is nie seker wat dit veronderstel is om te beteken nie, maar ten minste klink dit net so kwasterig soos sy. Aanmatigende teef.

Hulle ry verby die olieraffinadery met sy ewige vlam vir die afvalgasse. Dan is dit landbougrond, geronde groen heuwels met jong koring. Ver aan die linkerkant maak die Atlantiese Oseaan 'n vae blou lyn. Sy ry reg op die spoedgrens. Tog kom daar elke nou en dan 'n kar by hulle verby asof hulle stilstaan en jaag die verte in. "Donners moet almal vrek," mompel sy nadat een 'n buitengewone kans teen 'n bult waag.

"Dis mense van wie jy praat."

"As jy soveel vir mense omgegee het, sou jy die wet gehoorsaam het."

Hardste polisieman wat ek sover teëgekom het, dink hy, en sy's 'n vrou. Hy draai sy kop net ver genoeg dat hy verby sy sonbril se raam na haar kan loer. Sy het 'n profiel wat op 'n munt hoort, en 'n lang nek. Dan bepaal hy sy aandag by die landskap. Die sagte heuwels raak meer gebroke hoe verder noord hulle ry. 'n Bergreeks kom nader.

Hulle ry oor die Bergrivier en sy draai links in 'n sypad af, weer eens sonder om haar flikkerligte te gebruik. Hulle ry 'n ent teen 'n helling uit en draai dan weer links, ry weswaarts met die rand van die berg langs. Ná 'n paar draaie stop sy by 'n uitkykpunt.

"Ek het die nare gevoel dat iemand ons agtervolg," beken hy.

Sy hou die stuurwiel vaster. "Jy beter gewoond raak daaraan. Jy gaan die res van jou lewe so voel." Sy klim uit en vat 'n verkyker saam. "Bly jy." Van hier bo af kan jy myle in byna alle rigtings sien – geel heuwels aanmekaargeryg deur die swart pad waarop hulle gekom het, dowwe pers berge in die verte. 'n Paar minute later klim sy terug in die kar. "Dis nou nie meer ver nie."

'n Ent verder daal die pad en dan is hulle in 'n ry wye draaie aan die berg se voet.

"Ek dink jy kan nou maar die baard afhaal."

"Dit was jou idee om my so belaglik te laat lyk," herinner hy haar. Hy trek aan die growwe hare wat op sy kakebeen geplak is.

"Dis nie halfpad so belaglik as om dood te wees nie, wat jou ander opsie is . . . die klas mense waarmee jy deurmekaarraak."

Tien minute later draai sy regs op 'n gruispad wat hulle in 'n wye vallei in vat. Hulle ry oor 'n klein stroompie en dan wys sy na 'n lae, afgewitte huisie. "Dis ons blyplek vir die volgende week of twee." Sy kyk na hom. "As ons terugkom hierdie kant toe, sal jy 'n ander mens wees."

* * *

ACKER loop al hoe vinniger. Nie net kan hy vir Daniël nêrens kry nie, hy kry niemand hoegenaamd nie. Die mense by Ontvangs weet g'n niks van 'n man wat in die gebou was nie. Hy was weer te donners effektief, sis Acker vir homself terwyl hy in sy kantoor instorm. Hy bel Erica se hele selfoonnommer voordat hy agterkom daar is geen skakeltoon nie. Hy wag daarvoor en skakel weer.

"Hallo, dis Erica. Ek kan nie nou jou oproep beantwoord nie, maar laat asseblief 'n boodskap, dan sal ek . . ." Bla-bla-bla. Hy laat 'n boodskap. Dis net ná eenuur toe hy by haar kantoordeur verbystap. Miskien is daar iets binne wat hom sal help om haar op te spoor. Hy voel aan die deur, maar dis gesluit. Hy staan en luister. Al wat hy hoor, is die dowwe gedruis van verkeer en die neonligte se sagte gesuis. Hy probeer die deur met sy sleutel oopsluit, maar dit werk nie. Sal iemand verstaan as hy die deur oopbreek? Hy sal mooi moet verduidelik, en sy aandele by die base is klaar nie van die hoogste nie.

Hoe laat is dit? Hy moet onthou om Pierre by die krieket te gaan oplaai. Hy durf nie laat wees daarvoor nie.

* * *

DAAR is 'n lae bankie teen die verste muur van Daniël se kamer, een wat blykbaar vir bagasie bedoel is. Hy gee die bankie een kyk – veels te ver – en swaai die tas op die bed op. Hy is bly om te sien dit hop. Hy het lank laas die luukse van 'n binneveermatras gehad. Toe hy die tas se gespes losmaak, verskyn die vrou by die deur. "Sal ons 'n ent gaan stap, aangesien jy so lank ingehok was?"

As hy weier, sal hy seker met 'n verskoning moet uitkom, en hy kan nie op die oomblik aan een dink nie. "Ons kan," sê hy. "Solank ek net nie hierdie klere hoef te dra nie."

"Daar is 'n kakie-kortbroek en stapskoene vir jou."

Die tas is netjies gepak: hemde op 'n stapel, sokkies opgerol, selfs die onderbroeke is in vierkante gevou. Vir 'n oomblik bewonder hy die presisie daarvan. Dan begin hy grawe, gooi die hemde links en regs. Als wat sy gebring het, is in sy grootte en niks daarvan is nuut nie. Als lyk of dit al gedra is. Hy wonder hoe het sy dit reggekry. Hy kry die kortbroek naby die bodem en kies 'n T-hemp.

Terwyl hy aantrek, kyk hy in die kamer rond. Die mure is on-gelyk gepleister, met klein, diep vensters. Die plafon bestaan uit 'n laag riete dwarsoor growwe balke gepak. Die hout is donker ver-nis of het met die jare donker geword. Die huis is in 1831 gebou, volgens die datum wat in pleister op die gewel pryk. Die uitleg skep die indruk dat iemand later nog kamers aangebou het. Nie te lank gelede nie is die plaashuis in twee aparte suites verdeel wat uit die leefarea uit loop, elk met sy eie badkamer.

Hy gaan staan voor die lang spieël in sy badkamer en herken hom-self in iemand anders se klere. Sy kuite lyk dun tussen die knie-lengtebroek en die groot stewels. Selfs in die los donkergrys T-hemp lyk sy bolyf te skraal. Miskien sal sy hom laat spiere bou as deel van die vernuwing. Hy wonder wat sy vir hom in gedagte het, hoe sy hoop om hom onherkenbaar te maak vir die mense wat hom ken en vir diegene wat na hom soek.

"Is jy gereed?" roep sy.

"Ek weet nie," erken hy toe hy uitkom, "maar ek is opgetof vir die okkasie."

Sy is baie soos hy aangetrek, maar met heel ander effek. Met haar hare in 'n poniestert gebind, 'n ligte rugsak en 'n paar gespierde bene lyk sy soos 'n stapper.

"Is daar iets wat ek moet saambring?" vra hy.

"Ek het als."

Sy loop vooruit. Hy trek die deur agter hulle toe, wonder of hy dit moet sluit, maar sy is al by die hek en hy haas hom agter haar aan. Uit die bloute is hy bewus van sy arms. Sy hou hare in die rugsak se skouerbande gehaak. Syne swaai lomp rond. Hy sit een hand op sy heup en gebruik die ander om die son uit sy oë te hou, poseer so in die stap as Vreeslose Ontdekkingsreisiger.

Agter die huis val die grond effens weg, vermoedelik na die stroom toe waaroor hulle op pad hierheen gery het. Dan is daar 'n reeks steil heuwels, met kranse wat hier en daar uit die bosbedekte grond steek. Hoog op teen die helling het iemand witgeverfde klippe ge-pak om die woord *Coetzeesvallei* uit te spel. Hy hoop tog net nie dis waarheen sy op pad is nie. Sy rooklonge sal dit nooit maak nie. Die wye deel van die vallei lê anderkant toe. Van die grond is omgeploeg en ander dele staan vol weiende koeie. Dan is daar nog 'n reeks heuwels, 'n spieëlbeeld van dié agter die huis.

Sy loop met die tweespoorpad langs tot by die gruispad en dan oor na die ander kant toe. "Hierdie kant sal ons langer son hê," sê sy.

Insekte dreun rondom hulle – hop, vlieg en kruip rond, besig met die dinge wat hulle elke dag besig hou. Daniël het eenkeer gelees dat daar vir elke mens op aarde 'n gelyke gewig aan insekte is. Hier kan hy dit vir die eerste keer glo. Hulle breek formasie as hy aankom en swerm terug sodra hy verby is, vorm weer hul onpeilbare patrone.

Die veld is verbasend ongelyk. Op 'n afstand lyk dit altyd so glad gevorm. God moet 'n oog vir detail hê, dink Daniël. As God hoegenaamd bestaan, is Hy oneindig vindingryk. Hy vind dit uitputtend om sy voet elke keer teen 'n ander hoek te moet neersit, veral ná so lank van net op gladde vloere loop. Die vreemde skoene maak hom pynlik bewus van die gesukkel. Hulle skaaf sy voete by die kleintoontjie en agter by sy hak.

Die vrou vind 'n voetpad teen die helling uit en hou haar pas vol, al raak dit ook hoe steil. Hulle loop al teen een van die lae kranse langs en sirkel om tot by sy borand. Hier gaan staan sy en haal die rugsak af.

Daniël se bene jeuk van die sweet, van gras wat sy skene kasty en bosse wat hom skraap, sowel as die onvermydelike insekbyte. Hy buk af en krap. Sy knieë lyk rooi en pofferig.

Sy gaan sit op die krans se rand met haar bene wat afhang.

Hy hobbel daarnatoe en kyk af. Dis omtrent sewe meter loodreg, raai hy. Te veel. Hy staan liewer 'n tree of twee terug en gaan sit op sy hurke.

Die uitsig oor die vallei is asembenemend. Daar staan die huisie, omraam deur die eikelaning en die lemoenboord, met 'n ry donker sipresse wat 'n streep daarheen trek. Die plekkie is 'n reghoek van suiwer wit teen die stowwerige groen, bruin, rooi en grys van die omgewing – asof 'n waterverfkunstenaar 'n uitveër op sy skildery gelos het. Daar is geen ander geboue te sien nie.

Hoekom wou sy hom juis hierheen bring? Is daar 'n spesifieke rede waarom hy hierdie uitsig moet sien? Of dalk is dit deel van 'n proses om samehorigheid tussen hulle te skep, 'n geestelike pelgrimstog wat hy moet onderneem? Mense dink blykbaar aan God as hulle op berge is. Geologiese formasies getuig van prosesse wat soveel langer duur as die mens se lewe dat jy gekonfronteer word met die vlietende aard van jou bestaan. Is die koms hierheen veronderstel om hom nietig te laat voel, of ten minste skuldig?

"Is jy bang vir hoogtes?" vra sy.

"Ja."

"Dis gemakliker hier. Komaan, dis veilig. Jy sal regtig moet probéér om oor die rand te foeter. Jy sal nie sommer val nie."

"Ek's heel okay, dankie."

Sy leun agtertoe op haar hande, een been opgetrek met haar hak op die krans se rand gehaak, kyk die verte in. "Ek moet dinge oor jou uitvind sodat ek jou . . . kan oormaak, sal mens seker kan sê. Ek moet jou herontwerp as iemand anders. Natuurlik kan ek jou nie in wese verander nie. Ek kan net die inkleding rondom jou aanpas. Wat ek doen, is om 'n raamwerk van nuwe voorwerpe en rituele te vestig, die uiterlike aanduidings van wie jy is. Maar dit moet versoenbaar wees met wie jy is. Jy sal in staat moet wees om die mantel van leuens te dra wat ek weef."

"En wat moet ek doen om te help?"

"Wees maar net jouself, vir eers."

Hy wieg ligweg. "Niks ontsenu my soveel as iemand wat sê ek moet net myself wees nie."

"Is dit omdat jy nie weet wie jy is nie, of omdat jy weet en dit nie wil wys nie?"

"Kan jy nie maar sommer vir my 'n nuwe haarstyl, ID-boek en bankrekening gee nie, eerder as hierdie lekesielkunde?"

"Ons kan so maak," sê sy en staan op. "Maar hulle sal jou kry."

"Daar is dus werk wat ek moet doen, is dit wat jy probeer sê?" Hy rem aan sy sokkies in die hoop dat dit sy seer voete beter sal laat voel. "Hoekom moes ons heelpad hiernatoe loop vir jou om dit vir my te sê?"

"Ons het nie. Ons het gestap omdat ek dit geniet. Ek het gedog jy sal dalk ook."

"Hier is iets vir jou om te leer: Ek haat dit om moeg te word."

"Aha, een van daai mense wat wil hê alles moet maklik wees . . . Hoekom verbaas dit my nie?" Sy tel die rugsak op.

"Ek sal dit vat."

"Te laat."

"Hoekom het jy dit in elk geval gebring?"

"Ek het water en 'n paar ander goed. Wil jy iets hê?"

"'n Sluk water sal lekker wees." Hy vat die bottel by haar. "Watter ander goed?"

Sy hou die sak skuins dat hy binne-in kan loer. 'n Swart pistool. "Beskerming," sê sy.

"Teen wat?"

Sy draai om, kyk na die hele panorama – die ongerepte heuwels, ligblou lug. "Teen watookal."

Sy onthou klippe en gras, klippe sonder gras en klippe met bloed-spatsels. Sy kyk vlugtig na die man agter haar en dan weer weg. Hy is nogal pateties, dink sy, nes al die ander. Al die netwerke en wapens en illusies wat hulle hul eiewaarde gegee het, is weg teen die tyd dat hulle by haar kom. Hulle is soos klein hondjies wat naar-stiglik wag op elke beweging wat sy maak, ywerig om te doen wat sy vra, totaal onbewus daarvan dat daar niks is wat hulle ooit kan doen om haar tevrede te stel nie. Hulle kan doodgaan, natuurlik, maar dit op sigself gee haar geen satisfaksie nie. Dis bloot dat hulle dan minder van 'n bedreiging inhou. Dood kan hulle haar ewemin ontstel as wat hulle haar lewend gelukkig kan maak. Nie een van hulle besef dat hulle nie vir haar saak maak nie. Wie hulle is, is die laaste ding waarin sy belang stel. Sy vra maar net vrae sodat sy haar eie spore ná die tyd kan doodvee. In haar oë is hulle nie eens mense nie, nie op die manier dat sy mens is nie. Sy kan hom netsowel nou dadelik van die gras af maak, maar dalk is daar goed wat sy nog nie weet nie wat later moeilikheid kan veroorsaak. Nee wat, hierdie kammakastige getjommel moet maar eers so aangaan.

* * *

DAARDIE aand sak die son met die geluid van wind in droë gras. In 'n seilstoel langs 'n leë bierbottel steek Daniël 'n stuk nikotienkougom in sy mond. Hy kan sien hoe die skaduwees blou word, en later swart. 'n Pou paradeer verby, 'n donker gedaante met vere wat ritsel. Die voël vlieg op en verdwyn in die groter donkerte. Daniël raak bewus van 'n ander mens se teenwoordigheid.

Die vrou kyk van die deur af na hom. "Ek het vir ons iets gemaak om te eet."

Sy loop vooruit kombuis toe, waar twee borde in die gloed van 'n paraffienlamp gedek staan. Hulle eet geroosterde swart sampioene in 'n sous van ricottakaas met growwe swart peper, gekapte soetrissie en stukkies salot, saam met warmgemaakte suurdeegbrood en 'n eenvoudige groen slaai. Ná weke van hospitaalkos en wegneemetes geniet Daniël elke hap.

"Dis lekker, dankie."

"Ek wonder of terdoodveroordeeldes ook so sê met hul laaste ete."

Genade, dink hy, sy's darem vir jou 'n vrolike entjie mens . . .

"Oppas dat jy nou nie die stemming hierso gaan staan en bederf nie."

Ná die tyd was hy skottelgoed en maak koffie, vat dit buitentoe na waar sy op die stoep sit met haar rug teen 'n pilaar.

"Fokkit, dis mooi." Hy het vergeet hoe helder die sterre op die platteland kan wees. Hy hou sy hande om die beker, klou aan die warmte. As hy net 'n sigaret kan rook. Hy geniet die vreemdheid van die situasie – die heerlike stilte en sy eie onverbondenheid – maar dis ongemaklik met die vrou. Sy tree op asof sy niks daarvan hou om hier te wees nie, of dalk net sy teenwoordigheid wegwens. Hy kan verskoning maak en kamer toe gaan, maar dit voel asof hy selfs daarvoor eers 'n teken van haar af moet kry.

Die beker koel af totdat dit niks warmer is as die klipvloer waarop hulle sit nie. Dan praat sy. "Wat's jou verskoning?"

"Hoe bedoel jy, my verskoning waarvoor?"

"Vir die feit dat jy minder is as wat jy kon gewees het."

Hy het geen idee hoe om daarop te reageer nie.

"Jy het 'n graad, maar jou werk vereis nie daardie soort opleiding nie. Het jy dan geen ambisie nie, geen talent hoegenaamd?"

"Sukses het min te doen met mens se vermoëns. Dit gaan oor oortuiging."

"En waarvan is dit dat jy oortuig moet word, glo jy nie in jou eie waarde nie of wat?"

"Ek glo nie in die lewe nie." Die oomblik dat die woorde uit sy mond kom, besef hy dis die waarheid. Hy het nog nooit so daaraan gedink nie, maar natuurlik, dis wat dit is: Als is net te verskriklik teleurstellend.

Erica klap 'n muskiet op haar arm. Sy het nog nooit iemand in alle erns iets so buitensporig hoor sê nie. Hoe pateties, dink sy, hoe . . .

107

onthutsend. Stel jou voor om nie in die lewe te glo nie! Sy vryf haar arms teen die koue. "Ons moet maar liewer ingaan."

* * *

TOE Daniël alleen in sy kamer is, is dit so stil dat hy sy eie asemhaling kan hoor. Hy krap deur die tas op soek na iets waarin hy kan slaap. Daar is 'n pak donkerblou pajamas met 'n indrukwekkende wapen in goud op die sak geborduur – heraldiese helms en voëls en pluime en allerhande sulke goed, simbole vir die vale. Hy trek dit aan en kyk na homself in die spieël. 'n Derderangse derdewêreldse diktator as jy al ooit een gesien het, die onbetwiste heerser van hierdie slaapkamer. Die geborduurde stuk maak 'n harde skild wat oor sy tepel skaaf. Hy trek die baadjie uit, trek 'n T-hemp aan en kruip onder die komberse in. 'n Ruk lank lê hy op sy rug en kyk na die vreemde plafon. Daar is 'n leë perdebynes in die een hoek. Dan leun hy oor, lig die glas van die lamp af en blaas die vlam dood. Hy kan nie onthou dat hy al so 'n donkerte gesien het nie, of eerder nié gesien het nie. Jy sien nie donkerte nie. Jou pupille rek in die hoop om lig van iewers af op te vang, maar daar is niks. Of is die vae gloed wat jy sien miskien dalk tog meer as net verbeelding, sterlig wat om die gordyn se rand skyn?

Hy trek die laken op totdat hy die stywe katoen onder sy ken voel. Die oomblik dat hy sy oë toemaak, onthou hy hoe sy kamer van sy bed af gelyk het. Nie hierdie kamer nie, die slaapkamer in sy woonstel. In sy lewe. Hy het daardie Sondagoggend wakker geword – hoeveel weke gelede was dit al? – en daar uitgestap sonder enige vermoede dat hy nooit weer soontoe sou terugkeer nie, nooit weer daar sou slaap nie. Die lakens moet waarskynlik gewas word, en daar is dalk nog vuil skottelgoed in die wasbak. Kakkerlakke vier seker fees op die oorskiet. Hy het sy lewe verlaat so skielik soos in die geval van dood, met die verskil dat hy weet daardie werklikheid bly voortbestaan. Mense parkeer in die straat voor sy woonstel, kyk of daar vir hulle pos is voor hulle die trap uitklim. Die mense by die werk daag elke dag op en skakel hul rekenaars aan en drink tee en beantwoord telefoonoproepe en gaan na vergaderings toe. Die enigste verskil is dat hy nie daar is nie.

Dit sou lekker gewees het om te dink hy het meer van 'n verskil gemaak, dat hy op 'n manier die mense rondom hom se lewens daadwerklik geraak het. Maar selfs toe hy daar was, was hy so afwesig. Partykeer het dit gevoel asof hy binne-in 'n oorpak is, 'n papierdun blink plastiekpantser wat als rondom hom weerspieël sonder om ooit iets te verklap van wat binnekant aangaan.

Die verlede voel baie ver weg. Hy kan nie eens begin om hom te verbeel wat die toekoms inhou nie. Daar is net die hede tussen hierdie wit lakens in byna volmaakte donkerte, met die spook van sy asem wat aan sy lippe kleef.

Daardie nag droom hy van slange en visse. Hy loop in 'n modderige grot en oral is daar slange, half begrawe in die grond, hul koppe vleg heen en weer, hul tonge flikker. Hy loop tussen hulle deur, hoop sy stewels sal hom beskerm. Agter die volgende klip flap visse in die sand. Hulle kyk na hom met oë vol intelligensie.

*   *   *

FRANK word net ná ses die Sondagoggend wakker, geskok deur die stilte. Hy is alleen in die huis. Daar is geen verkeer te hore nie, niks. Dis asof die wêreld toegemaak het. Hy gooi die komberse af en staan op, groet die dag met 'n poep wat 'n mindere man se sfinkter sou verrinneweer het. Die volgende oomblik antwoord 'n duif, die voël koer vlak voor sy venster. "Ons is in besigheid," sê hy vir homself. Hy gaan badkamer toe, slaan water af en borsel sy tande.

Hy spoeg skuim in die wasbak uit, kom orent en kyk na homself in die spieël, sy deurmekaar hare. Vir 'n oomblik onthou hy die seun wat hy eens was. Hy wonder wat hy sou sê as hy daardie seun nou sou raakloop. *Wag net 'n bietjie, ou boetie* . . .

Hy slof deur die huis. Die sitkamer is 'n gemors. Pizza Hut-kartonne, leë Coke-blikkies en vol asbakke. Hy krap sy maag en tel die blikkies een ná die ander op totdat hy een kry waarin daar nog 'n bietjie oor is. Hy gooi die inhoud in sy keelgat af. Jig. Miskien het iemand hul as daarin afgetip. Hy kry 'n halfbottel Coke in die yskas en vat 'n paar slukke. Dis verslaan, maar darem beter as dié wat in die blikkie was. Hy dra die bottel saam met hom na die faksmasjien toe. Twee boodskappe, albei onbelangrik. Die antwoordmasjien het 'n boodskap opgeneem, maar wie ook al gebel het, wou nie 'n boodskap laat nie. Hy haat dit. 'n Amerikaanse sakenuusbrief is al wat op e-pos aangekom het. Dit lyk of dit 'n stil oggend gaan wees. Hy sit sy *Hits of '79*-kasset in die hi-fi in, druk die speelknoppie en draai die musiek harder. Dan skakel hy die TV aan en doof die klank. Dit help om beweging in die kamer te hê, iets wat lyk na lewe.

Dan gaan hy voordeur toe en kry die koerant op sy deurmat. Ver oorkant die vlakte maak die son 'n stralekrans agter die Hottentots-Hollandberge. Mooi. Terug in die huis kry hy vir hom 'n paar skywe koue pizza uit die yskas, maak hom tuis op die rusbank en vou die koerant op die mat oop.

Politiek, sport en moord. 'n Gekompliseerde nuwe skandaal wat deur 'n ambisieuse verslaggewer opgeblaas word en wat ongetwyfeld gou vergete gaan wees. Oor 'n paar jaar sal niemand kan verstaan dat hierdie besigheid ooit as belangrik beskou is nie. 'n Skrywer wat veronderstel is om beroemd te wees, is dood. Frank het lankal geleer as hulle nie die persoon se naam in die opskrif sê nie, is hy nie regtig beroemd nie. Hy blaai om ... Vervelig, vervelig, vervelig. 'n Brokkie onderaan bladsy twee.

LYK OP SPOORLYN. Die lyk van 'n man is gister tussen die spoorlyne naby Soutrivierstasie ontdek, volgens 'n polisiewoordvoerder. Stephen de Lange (36) van Simonstad het waarskynlik gespring of is uit 'n bewegende trein gegooi. Die polisie versoek dat alle passasiers op die Simonstadlyn in die vroeë ure van Saterdagoggend na vore moet kom as hulle enige inligting oor die voorval het. Die ondersoekbeampte is kaptein Blackie Swart (021) 461-8584.

Nog een ding minder waaroor hy hom hoef te bekommer. De Lange het 'n probleem geraak vandat hy verslaaf geraak aan die goed wat hy veronderstel was om te verkoop, nog voordat die polisie hom uitgeskop het. Die arme vent het gedink die aanval op Daniël Enslin is 'n manier om weer in Frank se goeie boekies te kom, maar die plan was van die begin af om daarna van hom ook ontslae te raak. 'n Mens kan nie toelaat dat 'n ou wat so 'n houvas op jou het, vry rondloop nie. Ongelooflik, eintlik, dat De Lange dit nie self kon uitwerk nie. Hoekom dink hy moes Daniël in die eerste plek geëlimineer word? Omdat hy geweet het van 'n moord ... Werk dit self uit, idioot. Frank kan dom mense nie verduur nie, behalwe as hulle nuttig is. Slier, byvoorbeeld, is sy gewig in goud werd. Dit waaraan Slier verslaaf is, kan hy net by iemand soos Frank kry. Hy moet die geleentheid hê om mense seer te maak en het self nie die verbeelding of die mag van sy oortuiging om sy eie slagoffers of metodes te vind nie. Slier kan nog lank hier rondhang. Jammer hy's nou nie juis goeie geselskap nie.

Frank staar by die venster uit terwyl hy eet. Hy het dit geniet om met Daniël te praat, maar dis nou oor en verby. De Lange het ge-

111

rapporteer dat hy hom 'n paar goeie houe gegee het. Frank het niks daarvan gesien in die koerant nie, maar dis die soort ding wat die polisie sal wil stil hou. Hulle is nie veronderstel om toe te laat dat iemand hulle getuies in hul selle kom doodslaan nie.

* * *

DANIËL sit op die gras, bene lankuit, arms agtertoe gestrek om sy bolyf te steun, met graspriete wat tussen sy vingers deursteek. Aan die rand van die grasperk waggel vier eende verby. Daar is 'n bries van die lemoenboord se kant af. Die oggendson sypel deur yl wolke. Erica sit 'n paar tree verder op 'n seilstoel, notaboek op haar knie. Hy hoop dat sy nie gaan praat nie, bang dat dit die oomblik sal bederf. Dis nie 'n tyd vir dink nie, net om oor te gee aan jou sintuie – die manier waarop die growwe groen gras teen sy palms druk, die effense geur van grond en lemoenbome. Hy wil dit als omhels asof hy 'n ouwêreldse god is. Agter hom begin sy deur haar boek blaai. Ook hierdie geluid word deel van die atmosfeer.

"Hoekom het jy in die eerste plek met iemand soos Frank Redelinghuys deurmekaargeraak?"

Hoe om dit nou te verduidelik? Daniël kan nooit net een rede vind vir die goed wat hy doen nie. Redes kom op hom af soos mierkolonnes, onstuitbaar, hoewel hulle een vir een onbeduidend kan lyk. Daar is niks wat hy vir haar kan sê nie. Sy wil 'n eenvoudige antwoord hê, selfs ten koste van die waarheid.

"My lewe was nou nie wonderlik nie, soos jy gisteraand uitgewys het. En ek het gehoop op meer."

"Wel, jy gaan dit nooit kan hê nie. Die beste waarop jy van nou af kan hoop, is dat als doodgewoon en middelmatig sal wees. Trek die geringste bietjie aandag en . . ." Sy klap haar vingers om 'n skielike dood aan te dui.

Hy sug by die besef dat hy, om aan die lewe te bly, juis dit moet aangryp wat nog altyd vir hom so moeilik was om te aanvaar. "Dit sal hopelik makliker wees noudat hierdie besigheid gebeur het. Ten minste het ek nou 'n verskoning. Daar is nou 'n storie, 'n manier om my middelmatigheid te regverdig."

"Maar dis nie 'n storie wat jy vir enigiemand durf vertel nie."

Hy kyk op. "Jy's altyd daar."

Vir 'n oomblik dreig 'n glimlag, 'n effense samepersing van die lippe. Haar oë glinster, versluier soos lamplig agter 'n sisgordyn. Dan beweeg haar hand voor haar gesig verby en vee die uitdrukking weg. Lokke donker hare trek tussen haar vingers deur en val op haar skouers. Sy is weer Mejuffrou Professioneel. "Jy kan my nou vertel as jy wil, en dit sal dan die laaste keer wees."

Daniël spoeg die kougom uit. Dit help in elk geval nie, hy wil nog steeds rook. "Wat wil jy hoor?"

"Ek weet nie wat daar is om te hoor nie. Vertel my enigiets wat jy dink van waarde kan wees." Sy wag, pen gereed bo die papier. Dit sal goed wees om die notas in 'n lêer te hê, deel van die dokumentasie wat wys hoe deeglik sy haar kliënt nagevors het.

Die besluit kom by hom op soos dryfhout uit die diepte. Daar gaan geen argument oor wees nie. Hy gaan haar die dele vertel wat hy van Acker weerhou het. Miskien is dit omdat dit regtig die laaste keer is dat hy hieroor kan praat, die laaste keer dat hy die knaende skuldgevoel kan deel. Miskien is dit omdat iets omtrent haar hom laat dink dat hy die beste mens moet probeer wees wat hy maar moontlik kan.

"Okay, wat gebeur het, is ek was oor die dertig, werk bedags by die stadsraad en saans kyk ek TV, en ek dink dat ek miskien 'n ander lewe moet lei, hoewel ek nie sou kon sê hoe daardie ander lewe moes wees nie.

"Daar was hierdie een aand, ek het na die weerkaatsing van my sitkamerlig in die venster sit en kyk. Dit het op en af geskuif soos die wind die ruit buig. As jy dit nog nie gesien het nie, sal jy dalk dink glas is stokstyf, jy sal dink glas sal breek voor dit buig. Maar in 'n wind soos daai het hy donnerswil gebult. Jy hoef my nie te glo nie. Ek bedoel, gaan kyk na die ruite daar by die huis, hoe hulle die wêreld verwring. Die glas het met die jare dikker geword aan die onderkant. Dit loop af soos baie dik stroop, dis glad nie so so-lied as wat jy dalk dink nie.

"Dis nie asof ek wil maak of wat met my gebeur het onafwend-baar was of 'n normale gevolg van hoe die wêreld is nie. Dis net dat ek nie wil hê jy moet te veel aannames maak nie. As iets so hel-der soos glas so misleidend kan wees ...

"Jy sou dink ek het op iets gehoop, maar ek het nie. Dit was juis die probleem, ek het hoop verloor. En dit was te veel vir my, die dag toe ek besef ek het niks om voor te hoop nie, toe ek nie meer kon dink aan enigiets wat my uit daardie situasie sou kon help nie. Wat doen jy as jy grootgeword het en jou lewe is so totaal sinloos? Dis net bloed en asem, geldmaak en nou en dan seks. Niks omtrent my lewe was soos wat ek my dit in my jeug voorgestel het nie. Niemand vertel jou dié klas goed as jy jonk is nie, of hulle doen dit maar jy luister nie, want jy kan in elk geval nie verstaan nie.

"Ewenwel, die telefoon lui en dis hierdie ou, Willem, wat saam met my in die army was. Hy was in die Kaap van Durban af en het gesê ons moet 'n bier gaan maak, hy't iets om my te vertel. Nou, dit was 'n tyd in my lewe dat ek nooit posbus toe geloop het sonder om te hoop dat daar goeie nuus sal wees nie, van iemand en iewers af wat ek nie eens ken nie. Dis soos daai Moody Blues-liedjie waar hulle sing *I was looking for a miracle in my life.* Toe kom hierdie oproep. Ek het teen my beterwete gehoop dat dit tot iets sou lei wat my lewe verander. Soos dit op die ou end uitgewerk het, was ek toe reg.

"Maar nie aan die begin nie. Toe Willem afkom na die ontvangs-toonbank toe waar ek veronderstel was om hom te ontmoet – dit was in die De Waal Hotel, bo in Meulstraat – klop hy my op die skouer en ons glimlag en maak opmerkings soos dat ons albei ouer is en ons praat oor hoe swaar die lewe is, maar hoe ons albei nog-tans goed doen en so aan. Hy beweer hy't hierdie meisie in sy lewe en ek maak daar en dan een op, want hy sou nie geweet het van my en Pauline nie. Ons vertel vir mekaar hoe goed dit gaan, sodat die ander een moet weet jy's nie sommer 'n nikswerd nie, jy's ie-mand wat hy moet vas kyk. Die gewone manstront. Ons het na die kroeg toe gegaan. Josh Sithole het gespeel, met sy soulful stem en baie goue kettings en goete. Die eerste keer dat ek 'Nkosi Sikelele' gehoor het, was in die tagtigs, toe hy dit gesing het. Ek dink dit was daai tyd nog verbied. Nou sing die Springbokke dit . . . Waar was ek? Die kroeg.

"Dis 'n dameskroeg, maar daar was meestal mans, te veel eintlik. Almal het gehoop om een van die dames op te tel wat nie te veel van 'n dame is nie, maar die enigste meisies daar het saam met hulle kêrels gekom. Die plek was 'n slegte keuse as ons wou meisies ont-moet. Ons het rondgesit en sommer nonsens gepraat tussen die liedjies deur en bier gedrink en gerook. Willem het genoem van 'n besigheid waarin hy betrokke is wat gemaak het dat hy Kaap toe moes kom. Ek het nie veel belang gestel nie en kon in elk geval net die helfte hoor van wat hy sê. Ou Willem was altyd vol planne. Soos hy altyd vertel, is dit net 'n kwessie van tyd voor hy die volgen-de Bill Gates word, mens leer dus maar om nie te veel ag daarop te slaan nie. Jy sê maar net nou en dan 'jislaaik' en 'wonderlik' en 'dit klink briljant' en so aan. Ewenwel, so babbel hy aan en die plek is

115

dik van die rook en Josh Sithole slaat die kitaar en sing asof daar nie 'n mikrofoon is nie. Dit als rol in een groot ding in, klank en kleur en beweging en reuke en die gevoel van die viniel teen jou boude . . . Dis hierdie kokon wat alle gevoel verdof.

"Skielik staan Willem op en ek het obviously nou net ja geknik vir iets wat ek nie gevang het nie en hy gaan na die toilet toe. Teen dié tyd het ek al meer bier in as wat goed is vir my en ek besluit ek wil ook gaan, maar as ek opstaan, vat iemand anders dalk ons plek, en ek besluit ek wag tot hy terugkom. Hy't sy tyd gevat. Ek was op die punt om te besluit te hel met dit toe ek my naam oor die luidsprekers hoor. Daar was 'n oproep vir my by Ontvangs.

"Een vloer ondertoe kry ek hierdie meisie by die ontvangstoonbank, moeg, maar met 'n verbete glimlag. Sy wys na die foon teen die muur, 'n ent in die gang af. Dit was Willem wat van iewers anders in die gebou af bel. Hy wil hê ek moet vir hom iets doen – net iets kleins, 'n guns vir hierdie ou wat hy ken. Ek moet na die manstoilet gaan, die een naby die kroeg. In die middelste hokkie is daar 'n toiletrol op die vensterbank. Binne-in sal ek 'n pakkie Durban Poison kry. Ek moet die dagga vat en met die lift opgaan na die boonste vloer toe. Iemand sal dit by my kom optel.

"Natuurlik was ek traag, maar hy sê ek moenie worry nie, niks gaan gebeur nie. Dis net 'n ou klein dingetjie en as ek dit nie doen nie, dan beland hy in die moeilikheid.

"Ek was donners bang, maar terselfdertyd was dit nogal opwindend. Ek het rondgekyk, heeltyd gedink die polisie gaan my om elke hoek en draai inwag, maar daar was niemand. Ek moes seker die hele besigheid op die plek gelos het, maar Willem het benoud geklink. Ek kon nie uitwerk hoekom hy dit nie self kon doen nie. Ek bedoel, skaars tien minute tevore was hy self daar, in daai einste toilette. Hoekom vir my by die ding insleep? Aan die ander kant,

116

as dit net dagga was . . . Ek het nie geweet wat om te dink nie. Ek dog toe maar as ek dit net doen, sal dinge dalk langs die pad duideliker word. Miskien kan ek met die ou praat wat die pakkie by my vat. As die polisie verskyn, sal ek hulle die hele storie vertel, het ek besluit, selfs al werk ek in die proses vir Willem deur die ore. Sy ewige blerrie plannetjies.

"Dit klink seker nou als baie verfoes, maar in daai stadium het dit vir my sin gemaak. Ek het gedoen wat Willem wou hê. Daar was 'n opgerolde koevert binne-in die toiletrol. Ek het dit in my sak gesteek en lifts toe gegaan. Daar was twee ander ouens wat ook vir die lift gewag het. Op die vierde vloer klim die een ou uit en nadat die deur toegaan, vra die ander een vir my iets wat ek nie kan vang nie. Toe ek kyk, hou hy sy hand uit. Hy vat die pakkie by my en stop iets anders in my sak. Toe druk hy die knoppie en klim af, sonder 'n woord, en dit was dit. Ek het nie weer daai aand vir Willem gesien nie.

"Die volgende dag, Sondag, ja . . . Dit was seker net so ná tien, want die Salvation Army was buite besig om die Here se lof te besing – hulle losie, of wat mens dit ook al noem, is naby my woonstel, en elke keer as dit lyk na reën, kom sing en bid hulle sommer net daar by ons en maak dat hulle uit die reën uit kom . . . Ewenwel, daar lui die foon. Dis Willem, van die lughawe af. Hy's op pad terug Durban toe.

"Ek sê hom ek het sy koevert met die geld, maar hy lag net en sê nee dis myne en ek het dit verdien. Ek sê ek wil nie moeilikheid hê nie, maar hy lag net. Dis toe ek hom sê: 'Sowaar as God, Willem, as jy nie die geld teruggee vir wie s'n dit ook al is nie, loop ek nóú by die trap af en gaan gee dit vir die Salvation Army. Hulle is net hier buite.' En ek hou die foon só dat hy kan hoor hoe hulle sing. Toe ek die foon weer by my oor het, sê hy okay, hy bel my nou-nou terug.

'n Paar minute later lui die foon en hy gee vir my hierdie adres bo in die Tuine waarheen ek die geld moet vat.

"En dis toe daar dat ek vir Frank die eerste keer ontmoet het..."

'n Pou het uit die bome uit afgekom en paradeer al met die rand van die grasperk langs. Erica sien Daniël kyk en sy kyk ook.

"Mooi, nè?"

Hy knik. "Op 'n baie obvious manier. Daar's 'n rooi haan hier iewers. Jy moet hóm sien. Mense kyk nie na hoenders nie. Hulle sien die dier en dink dis 'n hoender en dan kyk hulle nie verder nie, want hulle is beter gaar as lewend."

"Raai wat ek in die oond het."

"Is jy nou ernstig?"

"Ek jok nooit oor kos nie."

Die son bak sy nek en skouers warm. Die gras laat sy palms jeuk en hy dink aan wurms wat in die grond boor. Nogtans ... hoe wonderlik sal dit nie wees om hier aan die slaap te raak nie.

"Jy was besig om te vertel van hoe jy Frank ontmoet het."

"O ja ... Uhm ... Dit was Sondagoggend naby De Waalpark – ek kan nou nie die straat se naam onthou nie. Frank trek baie rond. Ek dink hy kan self nie eens al die plekke onthou waar hy al gebly het nie. Elke keer as die bure hom begin ken, trek hy weg. Ewenwel, hierdie plek, daar was drie ouens. Die een was Eddie Slier, wat nog steeds saam met Frank rondhang, en dan was daar hierdie ander ou, Van Zyl of iets van die aard, nie Meneer Persoonlikheid nie. Ek weet nie wat later van hom geword het nie. Ek hou my nie eintlik op met Frank se aanhangers nie. Dit was dadelik duidelik wie die groot hond is. Frank het op die rand van 'n onopgemaakte bed gesit, besig om op die foon te praat. Hy het vir my gewys om te gaan sit. Ek het probeer rondkyk en om nie na sy gesprek te luister nie. Ek vind dit altyd snaaks as mense op die foon praat met iemand anders, maar hulle kyk reg na jou toe, asof hulle dink die gepraat maak hulle onsigbaar.

"Die vertrek was chaos, maar dit het na 'n besige soort chaos gelyk. Daar was oop boeke met geskryf in hulle, 'n rekenaar. Die twee ander ouens het eetgoed uit die yskas gaan haal en by die venster gaan staan, hulle het nie probeer om met my te praat nie. Partykeer het hulle met mekaar gemompel. Uiteindelik het Frank die foon neergesit en verskoning gemaak dat hy my laat wag het. Ek weet nie of jy ooit die man ontmoet het nie, maar hy kan baie innemend wees. Hy boei jou aandag en kyk na jou op 'n manier wat jou laat dink jy's dalk baie belangriker as wat jy nog ooit vermoed het. En toe sê hy: 'So dis die ou wat nee sê vir geld. Dis iets wat ek nog altyd wou sien, iemand min of meer soos Vader Krismis en die Paashaas.'

"Ek het die geld uitgehaal en vir hom gegee. 'Jy kan dit tel,' het ek gesê.

"'Dit sal nie help nie,' het hy gesê. 'Ek weet nie hoeveel daar veronderstel is om te wees nie.'

"Hy het gelag en dit was pragtig. Iemand wat so kan lag . . . ek kan hom baie vergewe. Die meeste mense wat ek nog teëgekom het, het minstens een eienskap wat hulle red. Weet jy wat dit is met Acker? Hy lag nou wel nie, maar hy soek altyd na 'n rede daarvoor, asof dit sal vergoed vir die gebrek aan goed om in te glo. Frank is die teenoorgestelde. Hy kry dit reg om in goed te glo, wat op sigself 'n wonderlike eienskap is. Ek probeer al my lewe lank desperaat om in goed te glo. Frank, aan die ander kant, hy glo nie net nie, hy glo net wat hy wil.

"Ek het van die begin af daarvan gehou om in sy geselskap te wees. Ek was seker die enigste een daar wat nie betaling gekry het nie. Miskien het dit my op 'n hoër vlak geplaas – ek kon meer soos

119

'n vriend vir hom wees. Moet my nou nie verkeerd verstaan nie, ek wou nooit soos hy wees nie. Ek het nie 'n heldeverering vir hom gehad nie, sy geselskap het my eenvoudig opgebeur. Wanneer ek van hom af weggaan, het ek baiekeer gevoel of ek van 'n high af kom. Sy idee van homself is so grandioos en hy kan jou saam met hom laat glo, solank hy in die omtrek is. Ek neem aan dis wat charismatiese mense doen.

"Hy het die ander twee uitgestuur vir middagete en toe vra hy my of ek dit geniet het die vorige aand toe ek vir hom die guns gedoen het. Tot in daardie stadium het ek nog nie daaroor gedink nie, maar ja, ek het dit geniet. Dit was iets buitengewoons. Dit het my lewe vir 'n ruk bietjie interessanter gemaak, en ek het gevoel dat ek self ook interessanter sou kon word. Ek dink Frank het dit als raakgesien. Die helfte van die James Bond-goed wat hy aanvang, is net om sy lewe interessanter te maak. Hy het teenoor my bely dat hy partykeer selfs eenvoudige take kompleks en gevaarlik laat klink om sy trawante geïnteresseerd te hou. Jy kan mense minder betaal, het hy gesê, as hulle dink hulle is besig om pret te hê. Ek het hom gesê as ek pret kan hê, hoef niemand my 'n sent te betaal nie . . . Dit het die grondslag van ons verstandhouding geraak. Ek het vir hom goed gedoen, vir die pret. Ek dink hy het dit gerespekteer.

"En dis hoe als begin het, hoe ek betrokke geraak het. Ek was gereed daarvoor – iets het opgeduik en my lewe het verander."

Soos hy daar op die gras sit, besef Daniël dat dit waaroor hy indertyd gedroom het basies dit is wat hy nou het – geen verbintenisse nie, die moontlikheid van 'n splinternuwe lewe. Hy kan weer probeer, dink hy. Die vorige keer het hy nie volgens enige plan probeer lewe nie, hy't dit sommer opgemaak soos hy aangaan. Dit was nou nie juis 'n sukses nie. Miskien, as die vrou hierdie keer die storie opmaak . . . miskien sal hy dit dan gelukkiger tref as met sy eie poging.

"Hoe ook al, die tyd toe ek vir Frank leer ken het, het ek daaraan gedink om my werk te bedank en oorsee te gaan. As my broer dit kan doen, kan ek ook, het ek gedink. Hy's in Nieu-Seeland. Of miskien kon ek iewers na 'n klein dorpie toe trek en my eie groente kweek of 'n vulstasie oopmaak of iets. Dit het selfs by my opgekom dat ek in 'n posisie is om derduisende rande by die stadsraad te steel. Die gedagte het my bang gemaak. Dis altyd so as jy besef dis in jou mag om enige dag jou lewe te verwoes.

"Selfs al sou ek daarmee kon wegkom, sou ek dit nie doen nie, nie aan mense wat ek ken nie. Ek weet dat dit wat ek vir Frank gedoen het dikwels met dwelms te doene gehad het, maar dit het my gevoel of ek net goed aangee van die een hand na die ander. Ek het nooit die eindresultate gesien nie. Hulle sê dwelms kan mense se lewens verwoes, maar dis dieselfde met sigarette en die lotery. Wat ek gesien het, was basies sakemanne wat met transaksies besig is, g'n vuil spel nie. Hulle het 'n bietjie rowwer gepraat en hul afleweringskedules was nou nie so eenvoudig as vir motorbande of sulke klas goed nie, maar dit was in beginsel dieselfde. Daar was 'n paar ouens wat vir my bietjie skrikwekkend gelyk het, maar hulle het my uitgelos . . .

"Ek sien hoe jy na my kyk en ek weet jy dink dis als net 'n verskoning en dit kom basies neer op 'n gebrek aan morele waardes of beginsels of te min ordentlikheid. Daar steek waarheid in, dit kan ek nie ontken nie. As ek 'n engel was, sou ek dit seker nie gedoen het nie. Ek bedoel, selfs as Willem enige ander naweek gekom het, sou ek dit dalk nie gedoen het nie. Op daardie oomblik het dit eenvoudig gelyk na . . . die minste moeite. Ek het nie gedink ek gaan enigiemand te na kom nie, dis net dagga. As Frank dit nie verskaf nie, sal iemand anders dit wel doen. Hy het my gesê dis nie sy belangrikste bedryf nie, net iets wat hy doen om 'n paar van sy vennote tevrede te hou.

121

"Ek weet nie hoekom ek hierdie goed eens aan jou probeer verduidelik nie. Ek hoop net jy sal onthou wat ek sê en eendag as jy jouself betrap dat jy iets doen waarop jy nie trots is nie, wanneer jou swakker eienskappe die oorhand kry en iets jou geloof in jouself skud, dat wanneer daardie oomblik kom, jy sal onthou wat ek jou vandag hier vertel het, en miskien sal dit dan vir jou meer sin maak. Ek bedoel, ons is soos spinnerakke, almal van ons, en ons dink ons is donnerswil in brons gegiet. As jou spinnerak die dag losskeur, as dit soos 'n aaklige sluier in die wind flap, dan, as jy dít beleef het en jouself teen jou sin herken en jy's wit geskrik vir die afskuwelikheid daarvan . . . daarna is jou lewe nooit weer dieselfde nie. En jy kan dit nie verduidelik vir iemand wat dit nie self gevoel het nie."

Hy staan op en vee sy hande af. Die gras het kruis en dwars merke op sy palms gemaak.

*   *   *

ACKER haat Sondae. Daar is niks om te doen om sy aandag van sy tekortkominge af te lei nie. Die wete sit soos 'n swart obelisk op sy bors, onmoontlik om te ignoreer. Dis die een dag van die week wat mens veronderstel is om die vrug van jou arbeid te geniet. Die hele week lank doen hy als wat die wêreld van hom vra. Vyf dae lank werk hy. Die sesde word gewy aan sport, inkopies en herstelwerk by die huis. As hy die res van die week ongelukkig is, kan hy verskonings vind daarvoor, maar as Sondae hom nie gelukkig maak nie, het hy net homself te blameer.

Hy hou daarvan om Sondae laat te slaap, nie soseer vir die rus nie, maar eerder om die onafwendbare besluit uit te stel van hoe om hierdie kosbare dag ten beste te benut. Dis altyd 'n netelige saak. Hy wil net by die huis rondlê, maar Lizette wil ontsnap uit die saai huis waarin sy al heelweek ingehok is. Hulle seun wil ontsnap van die twee van hulle af. Acker het voorheen gedink hy het 'n goeie verhouding met Pierre, maar hy vind die seun se gedrag al hoe moeiliker om te aanvaar. Hy vrees hy is besig om 'n monster te word in sy seun se oë. Sy dogter, gelukkige ding, kies gewoonlik om by die universiteit te bly eerder as om naweke huis toe te kom. Die ergste is as hulle die hele dag lank probeer besluit wat om met die dag te doen. Dit kom by Acker op dat iemand soos Frank Redeling-huys nie met hierdie klas nonsens hoef te sukkel nie, al die moei-like klein onderhandelinge en toegewings wat 'n gesinslewe inhou. Acker kyk na die skrefie lig wat tussen die gordyne deur sny. Ten minste lyk dit of die weer lekker is.

Die ander twee is al op. Die radio speel in die sitkamer. Hy raai Lizette sit opgekrul in 'n gemakstoel met een van die eindelose his-toriese romanses wat sy lees, verhale van vreeslose mans en weer-lose vroue. Tussen die musiek deur kan hy die bliepgeluide van 'n rekenaarspeletjie uit Pierre se kamer hoor.

Tyd vir hom om die verhoog te betree. Hy staan op en skuifel toi-let toe.

Tien minute later het hy vasgestel die boek is *Anguished Heart* en die speletjie *Doomsday Terror III*. Lizette wil Boschendal toe gaan vir middagete. Pierre wil gaan fliek. Acker wil teruggaan bed toe en wil met goeie nuus wakker gemaak word. Hy sê hoekom gaan hulle nie Houtbaai toe nie. Dis nader as Boschendal, en dan kan hy en Pierre miskien nog vyfuur 'n fliek inpas. Hoewel dit niemand gelukkig maak nie, is almal ten minste bereid om by die plan in te val.

Later, toe hy skeermes in die hand in die spieël na sy seepge-smeerde wange kyk, wens hy homself geluk dat hy so 'n goeie ge-sinsman is. Dalk kan hy selfs suksesvol wees met ander goed ook.

As hy kan uitvind waarheen Erica vir Daniël gevat het, kan hy soontoe gaan. Dan kan Daniël 'n positiewe identifikasie van sy aanvaller maak en als sal in plek begin val. Hy het reeds inligting gekry dat De Lange voorheen met Frank Redelinghuys deurmekaar was, daar was aantekeninge daaroor in 'n ou saak.

*　*　*

SEDERT Daniël haar vertel het hoe hy vir Frank ontmoet het, bly Erica afsydig, asof sy belydenis geen indruk gemaak het nie. Hy dek die tafel, gaan haal op haar versoek die een en ander terwyl sy middagete inskep. Hulle begin eet. Sy staan op en sit musiek aan op die kassetspeler, al vreet dit batterye. Die stilte is te veel om te verduur. Hy let op die kos is weer eens heerlik.

Sy vlek 'n stuk hoender met haar mes en vurk uitmekaar. "Hoekom het jou vrou jou gelos?"

"Waar val jy nou uit?"

"Jy het gister gesê jou vrou was 'n goeie kok. Toe ek jou sien eet, toe dink ek daaraan."

Hy kou en sluk. Die vleis het ietwat droog geword. 'n Mondjie wyn help. Die gesukkel om te sluk laat sy oë traan, wat emosioneel gepas voel. "Ek het haar gelos."

"Hoekom?"

Hy kyk oor die onderdeur. Daar is blou lug, 'n helling vol geel gras en, aan die oorkant, die fyn groen blare van 'n bos wat hy nie ken nie. Dis 'n antwoord wat hom jare lank ontwyk het en die polisievrou wil dit sommerso uit die vuis uit hê. "Ek dink ek het nie gehou van wie ek was saam met haar nie."

"En wie wou jy wees?"

"Ek sou haar graag wou red, op een of ander manier."

"Red van wat?"

124

"Van als wat haar ongelukkig maak. Ek kon nie. Miskien was dit die ding, die oomblik toe ek besef ek gaan misluk, dat ek nie geroepe was om haar te red nie, dis toe dat ek nie meer kon aangaan nie."

"En toe begin soek jy iemand anders om te red? Iemand wat ook te ver heen is vir . . . verlossing, of wat jy dit ook al wil noem."

Daniël huiwer voor die hap wat hy wou vat. "Ongelooflik, die sielkunde wat hulle deesdae op polisiekollege aanbied."

"Ek is niks hiervan geleer nie. Ek is 'n bietjie dronk en gee nie om wat ek vir jou sê nie."

"Dis omdat jy nie omgee wat ek van jou dink nie. Omdat ek in jou opinie 'n laer klas kreatuur is, en ek in elk geval binnekort uit jou lewe uit weg gaan wees."

"Waar het jý sielkunde geswot?"

"Dit het niks met studie of eens met insig te make nie, dis eerder oor onbeskoftheid."

"Dan wens ek mense was meermale onbeskof."

Daar is niks meer te sê nie. Hulle eet en drink. Droë blare wat in die kombuis ingewaai het, skuur oor die grond in klein kringetjies.

* * *

"HEI, Frank, is dit nie ons De Lange nie?" Slier kom nadergestaan met die oop koerant.

Frank frommel 'n sigaretpakkie op en boul hom tot in die vullisdrom. "Jip, dis gevaarlike tye hierdie waarin ons leef. Eers Daniël en nou De Lange." Hy hervat die e-pos wat hy besig was om vir 'n kontak in Illinois te tik, met twee vingers.

"Hoe bedoel jy, eers Daniël?"

Frank kyk verras op. "Het jy dan nog nie gehoor Daniël is dood nie?"

Slier skud sy kop stadig heen en weer. "Wanneer het dit gebeur?"

"Ek weet nie presies nie, 'n paar weke gelede."

"Soos in twee, of baie?"

"Ek kan nou nie presies sê nie, meer as twee in elk geval. Hoe moet ek al hierdie goed onthou?"

Slier gaan sit op die bank en lê die koerant voor sy voete uit. "Ek het hom nou die dag nog in die stad gesien."

"De Lange?"

"Nee, Daniël. Dit was verlede week iewers."

"Jy't vir Daniël in die stad gesien?"

"Dit het soos hy gelyk. Ek het nie met hom gepraat nie. Daar was mense by hom."

Frank doen sy bes om kalm te bly. De Lange en Acker, die mense wat vir hom gesê het Daniël is dood, sou albei rede gehad het om vir hom te lieg, besef hy. "Dalk het ek net verkeerd gehoor dat hy dood is."

Vir die res van die middag gee Frank voor dat hy normaal aangaan, maar hy kan nie ophou dink oor wat Slier laat val het nie. Natuurlik kon die vent 'n fout gemaak het, dit sal nie die eerste keer wees nie. Maar om dit nie verder te ondersoek nie . . . dis 'n kans wat hy nie kan vat nie. Hy stuur Slier uit na 'n winkel toe waar hulle 'n paar biere kan koop, en dan bel hy Daniël se nommer. 'n Bandopname lig hom in dat die nommer nie meer in gebruik is nie. Hy blaai deur die foonboek en kry Daniël se suster se nommer. Dit lui 'n ruk voor sy optel. "Kan ek met Daniël praat, asseblief."

"Ekskuus?"

"Daniël Enslin, jou broer."

"Hy is nie hier nie . . ."

Frank hamer die foon neer. *Nie hier nie.* Dis nie wat sy sou gesê het as hy dood was nie. Jissis fok. Hy draai om. Meteens kan hy nie genoeg asem kry nie. Die donnerse Coke het in sy maag opgeblaas. Hy wikkel sy lyf in die hoop dat dit hom sal help om 'n wind op te breek. Dis 'n gemors hierdie. Hoe kon hy so dom gewees het? Wat het hom laat dink dat hy vir De Lange of Acker kan glo? Hy wóú dit graag glo, dis wat. Dit was sy fokken fout.

Hy is bang, nie omdat Daniël nog lewe nie, maar omdat sy waaksaamheid so verslap het. Dit het nog nooit tevore gebeur nie. As ek so raak, sê hy vir homself, gaan iets verskrikliks binnekort gebeur. Die ouens soos Acker, hulle gaan vir hom lag. Hy kan nie toelaat dat die kleinlike donners wen nie, al daai beteuterde en hopelose mense wat in reg en geregtigheid glo. Hy haat hulle. Hy haat die wêreld wat hulle voorstaan. Dis die teenoorgestelde van die menslike gees. Hy glo in die mag om jou eie lot te bepaal. Jy besluit wat jy wil hê en jy kry dit. Geen verskonings nie. As jy gevang word, is dit omdat jy agterlik of agtelosig is. Hy is nie een van die twee nie. Hy is vasbeslote om dit nie te wees nie. Hy kan nie mense uitstaan wat omstandighede blameer nie, dit beteken bloot hulle het nie die vermoë om dit te oorkom nie. Hy het al bo stapels vol stront uitgestyg. En hy het dit nie gedoen om net weer daarin terug te val nie.

Okay, so wat's volgende? Kry vir Daniël. Maak hom van kant. Dis al weke, hy kan fok weet waar wees. Maar Acker sal met hom kontak hou. Acker sal nie vir Daniël heeltemal afsny nie. Al wat hy dus moet doen, is om 'n ogie op Acker te hou – waarheen hy gaan, wie hy bel, als.

Die besluit maak hom 'n aks kalmer. Hy het 'n eenvoudige filosofie: Sien dinge vir wat dit is. Sien toe dat dit reggemaak word. Hy het dit nou gesien vir wat dit is, en hy gaan dit regmaak.

* * *

HULLE het die seilstoele op die gras geskuif na 'n plek waar die ry sipresbome skaduwee maak. Erica skink vir haar water uit 'n beker en maak haar notaboek oop. Sy besluit om versigtig te wees met wat sy vir Daniël vra, om te bly by die misdaadstorie. Sy eks-vrou het met die saak niks uit te waaie nie. Hy is nie haar vriend nie en sal dit ook nooit wees nie. Hy is Nommer 5 en sy kan nie toelaat dat hul verhouding ontwikkel in iets meer as dit nie, anders sal sy nie die program kan deurvoer nie en dis noodsaaklik dat sy dit doen. As sy dit laat vaar, wat bly dan vir haar oor? Jy moet jou roeping vervul, en hare is vir haar baie duidelik. Sy het geen twyfel daaraan nie. Vir die lewe om betekenis te hê, moet jy soms onaangename dinge doen. Dokters moet swere oopsteek, generaals moet soldate na hul dood stuur, Jesus moes aan die kruis sterf. Almal betaal 'n prys.

Hoe meer die polisievrou hom uitvra, hoe meer begin Daniël die besigheid bevraagteken. Wat hy ook al sê, sy antwoorde klink nie na die volle waarheid nie. Hoe wys jy vir iemand 'n prentjie een kleur op 'n slag? Hy probeer nog steeds vir haar verduidelik hoekom hy met Frank vriende geraak het.

"Hy't . . . ballas."

"Ek kon dit nog nooit verstaan nie, dat mans dit van ander mans sê om te wys hulle is sterk of taai. Ek sou dink jy's veel minder kwesbaar as jy dit nié het nie."

"Jy weet wat ek bedoel. Die ding van Frank is, hy het waagmoed, hy speel nie volgens die reëls nie."

"Soos iemand wat halfpad deur 'n skaakspel die bord optel en iemand anders daarmee slaan?"

"As ek die ou geslaan het wat teen my speel eerder as die een wat my aanval, dan sou ek die reëls gebreek het soos Frank dit doen."

Erica kyk na die boomtoppe, bewegende verfkwaste wat geen

merke teen die blou lug maak nie. Tyd vir 'n nuwe invalshoek. "Wat het gemaak dat jy hierdie man verraai, die een wat jy so bewonder, jou enigste vriend?"

Dit was die manier waarop die meisie se hand die laken vasgeklou het... Hoe moes sy nie gevoel het nie? Te veel verbeelding kan mens uitmergel. Daniël wou nie daardie aand daar gewees het nie. Hy was vies dat Frank hom uit die bed uit kom opjaag het. Daar was daardie droom van die mannetjie wat hom wou versmoor. Die musiek op Nazla se kasset het hom herinner aan 'n tyd toe hy jonger en suiwerder van hart was. Frank se drillende wit boude . . . Daniël het al hierdie redes en nog meer. Maar as hy enige van hulle teenoor Erica sou noem, sal hulle nietig lyk, alsbehalwe oortuigend.

"Dit het my geruk toe ek die koerantberig sien. Dit het nie reg gevoel nie."

Sy kyk na hom, draai die pen tussen haar vingers, skryf nie. "So . . . dit het nie reg gevoel nie?"

"Nee." Die lug bo die boomtoppe is 'n blou waarin jy heel kan verdwyn. Dit lyk eindeloos. "Ek het seker op 'n manier skuldig gevoel."

"Oor wat spesifiek?"

Asof hy so baie het om oor skuldig te voel. "Ek het niks gedoen om dit te stop nie."

"Jy't dus geweet wat aangaan en jy het hom net laat begaan?"

"Ek het nie geweet . . . ek het net geweet iets was nie reg nie." God, daai hand op die laken spook by hom. "Ek het hulle net vir 'n oomblik gesien, maar ek het die indruk gekry dat sy dit nie wou hê nie, of dit ten minste nie geniet het nie. Hy was rof. Frank is 'n groot man, hy kan iemand seermaak sonder om dit te bedoel. Ek het gehoop als sal okay wees. Ek het teruggegaan kombuis toe en gewag. Toe hy terugkom en sy nie, moes ek seker probeer uitvind het hoekom . . . Maar dit sou in elk geval te laat gewees het. Wat ek moes gedoen het, was om in die kamer in te gaan en hom weg te kry van haar af."

"Hoekom het jy nie?"

"Ek het nie in daai stadium geweet nie."

"Jy het besluit om die polisie in kennis te stel. Wat het jy gedink gaan ons doen?"

"Hom voor die gereg daag, hoe jy dit ook al wil stel. Ek het gehoop julle kan dit regmaak."

"Niemand kan haar terugbring nie."

"Maar daar is hierdie balansstaat, julle kon dinge laat uitbalanseer deur hom te straf."

"Wat ons ook al doen, sy sal nog steeds dood wees, en jy is die enigste een wat haar kon gered het."

"Allamagtig, ek het nog nooit só daaraan gedink nie."

"Moenie sarkasties raak met my nie."

"Dink jy ek is 'n hartelose donnerse monster of iets?"

"Ek weet nie. Is jy?"

Hy staan op.

"Sit, ons is nog nie klaar nie."

"Kyk, ek weet jy doen net jou werk en . . . ek dink, miskien . . . Is dit regtig nodig dat jy my so . . . teister? Ek bedoel, jissis, ek is feitlik onskuldig hier. Ek het die polisie probeer help, ek is aan julle kant."

Sy wys na die stoel, dat hy moet sit. "Feitlik onskuldig . . . daar's nou 'n interessante konsep. 'n Klein bietjie skuldig?"

"Ja."

* * *

TOE hulle terug is van Houtbaai af, herinner Lizette vir Acker dat hy veronderstel was om die badkamerkraan se waster te vervang.

130

Pierre het buitentoe gegaan met sy skaatsplank. Acker is vasbeslote om nie 'n sekonde langer te vat as wat absoluut nodig is om die taak klaar te maak nie. Drie nerfaf kneukels en ontelbare vloekwoorde later maak hy uiteindelik sy gereedskapskis toe, was sy hande en trek 'n droë hemp aan. Lizette is in die eetkamer, besig om 'n stapel resepte te sorteer wat sy oor maande uit tydskrifte geskeur het. Sy knip die rante netjies en pak hulle soort by soort. Pierre het nog nie teruggekom nie. Acker sien 'n gaping en kondig aan dat hy iets by die kantoor moet gaan haal, 'n verslag wat hy veronderstel is om teen môreoggend gelees te hê.

"Ek dog Sondae is vir die gesin."

"Ek sal gou maak."

"Kersfeespoeding," mompel sy en sit die knipsel by die verste stapel.

Dis net ná vier toe hy by die kantoor parkeer. Die konstabel by die toonbank groet nie terug toe Acker by hom verbyseil nie. Sy aandag is by twee ontstoke mense wat in die aanklagkantoor staan en stry. Anderkant die deur wat sê *Slegs Steun Staf* is Acker alleen. Hy het nie verwag dat hy iemand daar sou kry nie, nie dié tyd van die dag en week nie. Waar hy ook al kyk, lyk dit net eenders – toe deure, toe vensters, niks wat roer nie. Hy maak sy eie deur agter hom toe, maak die venster oop en leun uit. Erica se kantoor is langs syne. Halfpad tussen die twee vensters is 'n afvoerpyp. Hy sal moet strek, maar hy sal aan die pyp kan vashou en omklim tot op haar vensterbank. Hy kan 'n mes gebruik om haar venster se knip oop te skuif. Hierdie ou skuiframe is nie moeilik om oop te maak nie. Dis beslis 'n moontlikheid, mits die pyp hou. Maar iemand by een van die ander vensters op die binnehof sal hom kan sien. Buitendien is daar iets belagliks aan – dis nie die soort ding wat volwasse mans doen nie, behalwe in flieks.

131

Hy gaan terug na die gang toe en staar na haar deur, hoop dat 'n ingewing hom sal tref. Die luik bo die deur lyk of dit nie styf toe is nie. Hy gaan haal 'n hoë houtstoel uit sy kantoor en staan daarop om van nader te kyk. Hy wikkel die raam en kry sy vingers op die moer wat jy moet draai om die luik verder oop te kry. Dit maak buitekant toe oop. Toe hy die luik op sy wydste oop het, kan hy albei arms oor die rand kry, maar dis al. Dit kan dalk genoeg wees, besluit hy. Hy trek sy belt uit en laat hang die lus binnetoe met die twee punte in sy hande, probeer dit om die knipslot se knop te haak. Dan is dit net 'n kwessie van die belt styf trek dat hy genoeg greep op die knop kry, en dan moet hy die regte kant trek om die knop te draai. Op die regte oomblik moet hy dan die deur se handvatsel met sy voet afdruk en teen die deur druk. Dis die teorie. Hy probeer tien, vyftien minute lank, totdat sy arms en bene later bewe van inspanning. Hy vat 'n ruskans, sit sommer op die stoel. Miskien sal die venster op die binnehof tog werk, maar hy hou nog steeds nie van die idee nie. Hy besluit om weer te probeer, en dié keer werk dit met die tweede probeerslag.

Hy vat die houtstoel in Erica se kantoor in, maak die deur toe en dan die boluik. Hy is uitasem en verlig. Dis die naaste wat hy nog ooit daaraan gekom het om 'n misdaad te pleeg. Dis vir 'n goeie saak, herinner hy homself. As dit kan help om Frank Redelinghuys opgesluit te kry, hoekom nie? Vir iemand soos Frank sal 'n klein oortredinkie soos hierdie skaars tel. Acker probeer homself wysmaak dat dit sy sin vir geregtigheid is wat maak dat hy vir Frank wil straf, maar hy het die knaende vermoede dat die rede veel meer persoonlik is: Deur die reëls te breek en daarmee weg te kom, maak mense soos Frank sy lewe belaglik, al sy jare van sy gat af werk, binne die reëls. Hy gaan nie toelaat dat mense wat geen sin vir verantwoordelikheid het 'n grap van sy lewe maak nie. Wat dit nog swaarder maak, is die feit dat hy die reëls omtrent net soveel haat as Frank, en moontlik met meer rede, want hy is gebonde deur hulle.

Acker loop rondom Erica se tafel en gaan sit op haar stoel. Dis dus hoe dit voel agter die lessenaar van 'n jong offisier wat opgang maak, sê hy vir homself. Hy probeer hom in die posisie indink, maar gee op. Dit voel maar net soos om agter sy eie tafel te sit – hý is nog dieselfde. Eers as hy verander, sal dit verander hoe hy voel. Hy soek rond na 'n dagboek, maar kry niks. Daar is 'n skryfblok op die tafel. Hy skakel die leeslamp aan en hou die papier skuins in die hoop dat hy die afdruk van geskryf sal kan sien. Die papier is perfek glad. Kennelik het sy die boonste klompie blaaie weggegooi. Versigtige meisie. Hy probeer haar laaie. Die boonste een is gesluit. Die middelste een het 'n boks tissues, tandeborsel en allerhande skryfbehoeftes in. Die onderste een hou die kar se logboek en ander administratiewe papiere. Hy kruip onder die tafel in en voel rond of daar 'n opening agter die boonste laai is waar hy sy hand kan insteek. Dis so smal dat hy net een ding op 'n slag kan uithaal. Hy kry 'n adresboek, maar dit gee geen aanduiding waarheen sy vir Daniël gevat het nie. Die tweede boek is 'n plattelandse verblyfgids. Dit moet die ding wees wat hy soek. Acker kruip uit en maak homself gemaklik op die stoel. Eers gebruik hy sy duim om die boek se blaaie een ná die ander te laat verbyflits, op soek na 'n boekmerk of nota. Daar's niks van die aard nie. Dan blaai hy blad vir blad. Nog steeds niks.

Hy kruip weer onder die tafel in en vis die res van die boonste laai se inhoud uit. Daar is niks wat lyk of dit 'n aanduiding gee waarheen sy is nie. Dit moet die adresboek of verblyfgids wees. Dan kry hy 'n gedagte. Hy hou die gids op die tafel, regop op sy rugkant, en vat sy hande weg. Die eerste keer val die boek net eenkant toe. Hy probeer nog 'n paar keer. Elke keer as die boek oopval, skryf hy die bladsynommer neer. Ná tien, vyftien minute is die patroon duidelik – die boek val meer geredelik oop op twee spesifieke blaaie, mis-kien 'n derde. Hy bekyk die inskrywings op elk van hierdie bladsye noukeurig, kies die beste kandidate en bel die nommers.

Meestal is daar geen antwoord nie. Ander huise word duidelik nie uitgehuur aan iemand wat aan Erica se beskrywing voldoen nie. Een vrou sê ja, 'n vrou uit die stad uit huur haar plek vir twee weke. Acker skryf die aanwysings neer, sit als terug nes hy dit gekry het, sover hy kan, en sluit weer Erica se deur met die knipslot. Sending suksesvol.

Sy goeie luim verdwyn die oomblik toe hy by die huis kom. Li-zette en Pierre is besig met aandete. "Ek is jammer ek is laat."

"Nie so jammer soos Pierre nie. Jy't gesê julle twee kan gaan fliek."

*   *   *

DIE badwater het dermate afgekoel dat hy hoendervleis kry, maar Daniël merk dit skaars op. Iets wat Erica vroeër die aand gesê het, maal in sy kop. "Jou lewe is oor." Dis een frase, gepluk uit ure se gepraat uit. As hy die konteks kan onthou, sal dit miskien minder onheilspellend klink, minder finaal. Maar dit voel vir hom of die woorde 'n aparte ding is, soos 'n glashelder albaster in water, byna totaal versink in 'n gesprek, maar tog fundamenteel anders.

Hy verstaan nie heeltemal wat die doel van hul samesyn is nie. Hy weet dis haar werk om vir hom 'n nuwe identiteit te skep, maar haar metodes is onduidelik. Die relevansie van die vrae wat sy vra, ont-gaan hom baiekeer . . . "Jy moet jou skuld aanvaar. Jy moet besef dat jou dade bygedra het daartoe om 'n persoon te skaad en die gemeenskap te ondermyn. Jy moet erken dat wat jy gedoen het, ver-keerd is, uit die bose, en dat jy daarom magteloos staan voor die mag van die gereg."

Hy klim uit die bad uit en droog hom met 'n groot wit handdoek

134

af. Als is koud – die water, die bad se emalje, die klipvloer, selfs die handdoek.

Erica hoor die badwater gorrel en kyk op om seker te maak dat sy haar deur toegemaak het. Sy wil nie vir Daniël sien of deur hom gesien word nie. Sy teenwoordigheid begin haar pla, hy is te veel van 'n mens.

Sy haal haar pistool uitmekaar, 'n Walther PPK, sit die onderdele op 'n handdoek neer om seker te maak als is skoon en geolie. As jy die wapens op die swartmark koop, kan jy nooit seker wees hulle is in goeie werkende toestand nie. Sy is nie veel gepla oor akkuraatheid nie, maar as die skoot nie afgaan nie, sal dit 'n probleem wees. Sy moet skiet in daardie oomblik van verdwasing, voordat vrees hom tot aksie aanspoor. Sy sou graag langer wou wag, hierdie deel van die program wou uitrek, sodat hy meer ontspan, sodat die verrassing groter sal wees. Maar pleks van meer gerus raak in mekaar se teenwoordigheid, is hulle albei besig om toenemend gespanne te raak. Sy hanteer hierdie een nie goed nie. Hy begin haar verkeerd opvryf en sy wil hom seermaak. Emosie is sleg onder hierdie omstandighede, enige emosie. Die enigste uitweg is om dit so gou moontlik te beëindig.

*   *   *

FRANK haat dit hoe die wêreld oor vakansies en naweke sy vorm verloor. Niemand is waar hulle veronderstel is om te wees nie. Almal is iewers anders, besig om hul "vrye tyd" te geniet, asof daar so iets is. Dit vat hom ure om mense op die foon te kry. Lestrade het gesê Frank kan hom tienuur sien. Frank wil nie vir Slier saamvat nie. Hy glo dat as jy mense in jou vertroue moet neem, jy dit bietjies-bietjies moet doen met baie mense, om te verhinder dat een van hulle later te veel weet. As Slier meer sou weet en een en een

135

begin bymekaarsit met dit wat hy weet . . . Hy moet eerder vir Erasmus bel. Maar Rassie is op nagdiens by die polisiekantoor. Op die ou end bel hy vir Jeannette. Sy het nie die ooglopende afskrikwaarde van 'n aap soos Slier nie, maar sy kan baklei, en dit wys. Sy was die dag op die strand en wil eers stort, sê sy. Sy sal teen nege-uur daar kan wees.

Dis vyf-en-twintig oor toe sy die deurklokkie lui. Sy lyk bloesend. "Jammer ek is laat."

"Solank jy 'n goeie verskoning het."

Sy staan en frommel haar handsak se skouerband. "Wat's op die program vanaand?"

"Ons gaan 'n entjie ry, na die ligte kyk. Baie romanties."

"Jinne, ek hoop nie jy wil té romanties raak nie."

"Vanaand los ek jou uit. Dis net besigheid."

"Enigiets wat ek behoort te weet voor die tyd?"

"Nee, wees net daar. Hou jou oë oop."

"En my ore toe? Wanneer gaan jy begin om my te vertrou, Frank?"

Kort voor ek jou moet doodmaak, dink Frank. "Ek vertrou jou. Daar is party goed wat jou in gevaar kan stel net omdat jy dit weet." Hy vat sy beursie en sleutels. "Vertel my van jou dag."

"Ek sal liewer nie." Sy kyk hom reguit in die oë. "Daar is party goed wat jou in gevaar kan stel net omdat jy dit weet."

Jeannette, enig in haar soort. Eendag gaan hy nog haar hemp oor haar kop trek en haar sat spyker.

Toe hulle in die kar klim, sien hy sy vroetel in die handsak. Sy voel seker of haar pistool nog daar is.

Hulle ry deur die stad, verby een of twee leë dubbeldekkerbusse. Oorlaaide township-taxi's skree verby. Middelklasgesinne in mid-delslagkarre probeer kom waar hulle wil wees sonder om in enig-iemand se pad te beland. Namate Frank en Jeannette die sakesentrums en woongebiede agterlaat, raak die strate stiller, op pad na die industriële gebied in Epping.

"As dit jou idee van 'n romantiese draaitjie is, verdien jy om eensaam dood te gaan," sê Jeannette.

"Ek sal nie doodgaan nie, eensaam of andersins, nie met jou hier nie."

Frank trek by 'n vulstasie in waar twee pompjoggies op paraffienblikke teen die muur sit. Een staan op en slof nader. "Bly jy in die kar," beveel Frank, klim uit en maak die enjinkap oop.

Dis Lestrade in 'n BP-pet en oorpak. Die twee van hulle duik onder die kap in. "Nuwe probleme?" vra die bendeleier.

"Nee, ek wil net seker maak dat ek nie nuwes kry nie."

Lestrade trek die dipstick uit en vryf hom met 'n lap af.

"Daar's hierdie polisieman, Acker."

"Om 'n cop uit te vat gaan jou kos."

"Ek wil hom nie dood hê nie. Ek wil net weet oral waar hy gaan."

"Agtervolg?"

"Hy is besig om iets uit te broei en ek wil weet wie hy sien en waar."

"Okay, het jy 'n foto?"

"Nee." Frank sit 'n flenter papier op die enjinblok neer. "Dis sy adres. Hy ry 'n pienkerige Ford Telstar. Dis waarskynlik die beste om hom op te tel as hy van die huis af ry."

* * *

DIT voel of die lakens sy vel skaaf. Daniël kan geen oomblik langer in die bed bly nie. Hy sit orent en wag vir die dofheid in sy kop om weg te gaan. In die nag het sy asem die hele kamer volgemaak. Wind roer die gordyne, maar hy kan nie genoeg lug kry nie. Hy loop op sy tone deur toe en loer uit. Die swart van die nag begin wyk, maar dis nog nie dagbreek nie. Die skielike koue lug gee hom hoender-vleis. Hy gaan buitentoe. Die laning bome is 'n soliede swart blok wat sag ritsel. Die klippe onder sy kaal voete is koud en glad. Hy loop versigtig, vreemd opgewonde sonder om te weet hoekom. Om buite te wees voor dagbreek laat hom voel asof hy die wêreld voor die skepping sien. Hy loop om die hoek en mik na die lemoenboord toe. Op een plek val hy amper in 'n leivoor wat in die gras uitge-grawe is, van die kraan teen die huis af tot onder by die boord. Die reuk van klam grond meng met die skerp sitrusgeur van die blare. Hy laat hulle teen hom skuur. Sy asem kom in wit wolkies uit. Hy wil lag toe hy wydsbeen gaan staan en na 'n boom se kant toe pie. Dit maak ook stoom. Hy loop verder in die boord in. 'n Ruimteman op 'n nuwe planeet kan nie meer opgewonde wees as dit nie. Dan sien hy haar en steek in sy spore vas.

Sy staan roerloos in wit, haar rug na hom toe, arms weg van haar heupe af. Sy staan 'n ruk lank so, trek dan haar arms nader en sak stadig af tot op haar hurke, vou haar arms om haar knieë. Haar hare gly oor haar skouers en val vorentoe as sy haar kop op haar voor-arms laat rus.

Hy trap versigtig agteruit. Een tree, nog een. Hy kyk vir oulaas na haar en gaan dan terug na sy kamer toe. Die vrou is buitengewoon. Is dit die een of ander Oosterse gebedsritueel of sommer net alle-daagse angs?

*　*　*

DAAR is drie mense in die huis en minstens twee te veel. Acker en sy vrou en seun loop aanhoudend in die gang in mekaar vas. Bad-kamer, kombuis, slaapkamer, vinnige stop in die sitkamer om die nuushoogtepunte op TV te vang, en dan is hulle almal in hul dag-klere en om die tafel en praat oor hul graanvlokkies by mekaar verby. Acker skep rond in die melk om die laaste paar stukkies te vang, gee op en mompel dat hy moet waai.

Hy is halfpad deur toe as Lizette opmerk: "Jy sê nooit meer vir my koebaai nie." Acker steek vas. Daar is niks wat hy eerder sal wil doen as om weg te gaan nie, dis die groetslag wat hy nie kan verduur nie. Hy kom terug om haar te soen, maar dan draai sy opsluit haar rooigeverfde lippe opsy en syne land op haar wang. Haar hand raak lig aan sy voorarm. "Geniet jou dag."

Hoe op dees aarde het die lewe so saai geraak? Hy het die loopbaan gekies wat hy wou hê, met die vrou getrou wat hy wou hê, het twee kinders waarvan mens kan hou en op wie jy selfs trots kan wees. Jy tel dit als bymekaar en sit met soveel minder as wat jy verwag het. Acker sê vir homself hy sal nie toelaat dat dit hom onderkry nie, hy sal 'n goeie dag hê. Hy sal vir Erica en Daniël opspoor, miskien al voor middagete, as als goed verloop. Hy sal met Daniël praat, hy sal die oorblywende stukke van die legkaart kry om die tweede saak teen Redelinghuys waterdig te maak. Hy sal bevordering kry. Hy sal sy liefde vir sy vrou herontdek. Sy dogter sal meer gereeld huis toe kom. Hy sal sy seun se geselskap geniet. Hy sal vervul voel.

Nou waarom voel hy dan so jaloers op Daniël? Die man het niks, behalwe die vooruitsig om 'n nuwe lewe te begin.

Acker sit sy flikkerlig aan en verwissel van baan, weef doelgerig deur die verkeer. As hy die hoofweg kan bereik ses karre voor die een wat eers voor hom was, sal hy voel hy't 'n soort oorwinning behaal. Klein oorwinnings berei jou voor vir die grotes, probeer hy homself wysmaak. As hy maar net dié klas stront kon glo.

* * *

"HAAI!" roep sy, maar die figuur onder die komberse roer nie. Moet sy hom gaan wakker skud? Erica sou verkies om nie te naby aan

139

hom te kom nie. Sy naam is die een ding wat hom seker uit sy slaap sal wek. "Daniël," fluister sy. Dis die eerste keer dat sy sy naam gebruik. "Daniël!"

Hy kreun.

"Tyd om op te staan."

"Okay." Hy maak nog nie sy oë oop nie.

"Ontbyt is gereed."

Hy wag vir haar om te loop, dan staan hy op. Daar is nog modder tussen sy tone, maar die lakens lyk redelik wit. Hy trek die komberse tot bo en trek die bed min of meer reg. Tien minute later is hy aangetrek en gereed vir haar.

"Goeiemôre."

"Uiteindelik."

Sy breek 'n paar eiers op die rand van 'n warm pan. Die spek is eenkant opgestapel, klaar gaar. Sy hou aan om die repe om te ruil sodat die onderste een nie brand nie. "Dêmmit!"

"Wat?"

"Die spek het gebrand."

"Ek hou daarvan bros."

"Ek wil net nie hê enigiets moet vandag verkeerd loop nie."

"Wat's so spesiaal aan vandag?"

Sy kyk hom aan. "Dis die een wat ek op die oomblik het, dis al."

Hy kyk rond of daar iets is wat hy kan doen, maar die hele ontbyt is klaar uitgesit, selfs die glase skuimende lemoensap. Die toast spring uit die masjien uit. Hy gaan kry die brood en toe hy omdraai, staar twee gebakte eiers uit sy bord na hom. "Dankie." Ná sy eerste sluk lemoensap vra hy: "Hoe't jy geslaap?"

Sy kyk op, ontwyk dan sy blik. "Goed . . . en jy?"

"Jy't mos self gesien, nou net."

Sy knik. Hoe is dit dat iemand soos hy so lekker kan slaap, terwyl sy met nagmerries sukkel? Sy troos haarself met die gedagte dat orde gou herstel sal word. "Ons gaan vandag in die veld in."

"Stap ons al weer?"

"Ons gaan eers 'n ent ry, maar ja . . . Hou jy nie daarvan nie?"

"Dis nie die soort ding wat ek geniet nie."

"Des te meer rede om dit te doen. Jy moet uit jou ou gemaksones uit beweeg."

"Jy dink dis 'n gemaksone vir my hierdie?"

Sy praat verder asof sy hom nie gehoor het nie. "Die lekkerte daarvan om alleen in die natuur te wees, is jy leer ken jou natuurlike self." Dit was nou gladdebek, dink sy, en wens haarself geluk. "Ek dink dalk ontmoet jy die nuwe jy daar bo in die kloof."

Hy maak sy glas leeg. Die koue lemoensap laat sy mond styftrek binne. "Jy's die een wat ek eerder sou wou leer ken."

Sy besef hy is nie so vasgevang in homself dat sy anoniem kan bly nie, nie soos die ander nie. En vir hom om net 'n nommer vir haar te wees, moet sy vir hom ook onbekend bly. Dit raak al hoe moeiliker, hoe langer hulle bymekaar is. "Ons moet aan die gang kom."

"Wat's die haas? Dis seker nie veel ná nege nie."

"Ons moet daar kom en terug wees voor donker."

"Waar is hierdie plek, Namibië of iewers?"

"Wat laat jou so dink?" Skerp.

"Ek maak maar net 'n grap." Aarde tog, sy is liggeraak vandag.

"Ons het omtrent twee uur om in die kloof te kom, 'n ruk daar, dan twee uur terug . . . Als vat tyd." Hoekom verduidelik sy in die eerste plek enigiets aan hom? "Laat ons nou nie verder tyd mors nie. Ek het al lank genoeg vir jou gewag vandag."

"Kan ek darem net eers my koffie klaar drink?"

Terwyl hy die kombuis opruim, gaan kyk sy of haar rugsak reg is. Al het sy dit al oor en oor gedoen, voel dit nog steeds of sy iets misgekyk het. Dis net senuwees, sê sy vir haarself. Als sal presies volgens plan verloop.

Hulle verlaat die huis teen tien voor tien. Dis 'n winderige oggend, met groot, stadig bewegende wit stapelwolke in die lug. Sy vat die pad noordwaarts op in die vallei, een wat nêrens heen lei wat 'n naam het nie. Ná elke hek waardeur hulle ry, raak die pad 'n ent slegter. Teen halfelf is dit skaars meer as twee spore. Kort daarna loop dit dood by 'n hek wat met 'n swaar ketting vasgemaak is. Erica stuur vir Daniël om die hek oop te maak.

"Die vrou by wie ek die huis huur, sê my die boere in die vallei hou hierdie stuk vir noodweiding. Dis jare vandat iemand dit laas gebruik het."

Die omgewing lyk ongerep en oorgroeid. Die bosse en gras groei gelyk met die vensters. Die kar hop en hink met die twee spore langs, omtrent teen stapspoed. Daniël steek sy hand deur die venster en oes 'n handvol grassaad. Sprinkane spat weg soos die kar deur die plante ploeg. Gras skraap die kar se onderkant. Nou en dan tref hulle 'n klip met so 'n slag dat Daniël hom uit sy sitplek wil oplig, asof dit die kar makliker oor die hindernisse sal laat loop. Erica lyk totaal onbewus van enige skade wat die kar kan opdoen.

"Is jy seker dis pret hierdie?" vra Daniël.

Sy lag. Dit hou meer in as humor, maar hy kan nie agterkom wat agter haar uiting sit nie. 'n Fisant vlieg uit die gras uit. Hy klap sy vlerke en dryf sy swaar lyf omtrent dertig meter ver, waar hy weer tussen die gras verdwyn. Erica skakel die enjin af en die kar rol tot stilstand. Sy klim egter nie uit nie. Hulle sit en luister na die tikgeluide terwyl die enjin afkoel. 'n Bries waai deur die oop vensters en laat die haartjies op Daniël se voorarm tril. Hy draai na haar toe. Sy kyk stip vorentoe deur die voorruit. Iets aan haar voorkoms herinner hom aan hoe sy die oggend in die lemoenboord gelyk het.

Hy kyk waar sy kyk. Daar is niks, net die ruwe heuwels en 'n kloof na regs. Dit moet wees waarheen hulle op pad is. Hy is in elk geval nie haastig nie en verkies dit om in die kar te sit eerder as om te stap. Die insekte skop 'n helse kabaal op, kompeteer met mekaar – sonbesies en wat ook al wat met hulle harde lywe lawaai so al wat hulle kan. Daniël wikkel sy tone in die onbekende stewels.

"Kom ons loop." Erica klim uit, swaai die rugsak op haar rug en verstel die skouerbande.

Daniël klim ook uit. Klippers knars onder sy sole. Hy rek sy bene, strek sy arms wyd oop en suig die stowwerige lug diep in sy longe in. Toe hy weer al die ledemate in hul gewone posisies het, sien hy Erica is al klaar 'n ent weg. Hy slaan sy deur toe en volg haar. "Haai, dat ek die rugsak dra!" Sy skud haar kop en loop aan sonder om om te kyk.

Sy stap teen 'n stywe pas, en ná 'n rukkie begin hy rem om sy sweterige hemp van sy rug af te lig. Die son brand die agterkant van sy nek en hy slaan sy boordjie op. Sy het natuurlik die luukse van lang hare wat tot op haar skouers hang, hoewel dit seker warm is, raai hy. Haar bene blink van die sweet. Sy beweeg met 'n grasie wat dit makliker laat lyk as wat dit is, handhaaf 'n gelykmatige ritme, verstel die lengte van haar treë byna onmerkbaar om die beste plekke vir haar voete te vind. In vergelyking met haar voel hy lomp. Hy stamp aanhoudend sy tone teen klippe en vermoed die stewels is eintlik 'n entjie te groot. Dis nie wat hy vir homself sou gekoop het nie, en ook nie die hemp nie. Hy dra altyd suiwer katoen. Hierdie een bevat 'n sintetiese vesel wat sy rug laat jeuk. Gelukkig het sy al die etikette afgehaal, nes hy altyd maak. Wat sou klerevervaardigers laat dink dat mense blokkies harde materiaal teen hul vel wil voel? Sodra hy weer sy eie lewe aan die gang het, sal hy al hierdie klere vervang.

143

Hy kyk rond. Dis 'n indrukwekkende gesig om met die lengte van die vallei af te kyk. Hy weet daar moet geboue wees, hulle het op pad verby 'n paar gery, maar hy kan nie vir seker sê hy sien enige van hier bo af nie. Hy hou ook van die reuk, die droë, suur kwaliteit daarvan. Hy sou kon doen sonder die insekte, die klewende hemp en die hitte.

"Jy raak agter."

Hy het gaan stilstaan sonder om dit te besef.

Sy wag hom in. "Ek dink as ons nou rus, gaan dit net moeiliker wees om weer aan die gang te kom. In elk geval, dit sal goed wees om soveel tyd as moontlik bo in die kloof te hê. Partykeer is daar poele waarin mens kan swem."

"Jy moes my gesê het om swemklere te bring."

"Dit sal nie nodig wees nie."

Sy is drie treë ver voor hy agterkom sy het weer begin loop. Swemklere nie nodig nie . . . Is hy op pad paradys toe of wat? Hy kyk vinnig na haar figuur soos sy wegstap. Dis 'n goeie een, besluit hy. Die dag kan dalk beter raak as wat hy verwag het.

Hoe verder hulle vorder, hoe makliker raak dit. Hulle sak uit die skerp son uit, klim steeds. Die rante weerskant is nog steiler as die dowwe voetpad wat hulle volg. Die kloof raak nouer. Eers toe hy sien dat Erica gaan staan het, kyk Daniël op. Daar is 'n krans reg voor hulle, seker 'n goeie vyftien meter hoog.

Sy haal die rugsak af en tree versigtig vorentoe. "Kom kyk hierso."

Voor haar voete is 'n gat, net minder as 'n meter wyd en so anderhalf meter diep. "Dis die water wat hierdie gat gemaak het. Daar is nog 'n klompie ander – wees versigtig."

Daniël staan opsy. Hy kan omtrent sewe of tien soortgelyke gate sien. Hulle lyk onwerklik. "Dis asof hulle geboor is."

"Dit was seker sagter klip as die res, of miskien die stamme van prehistoriese bome."

Die twee gate naaste aan die krans het poele vrot water in die bodem, byna onsigbaar onder 'n wolk muggies. Hy kyk om en sien die rugsak staan oop by Erica se voete. Agter haar bibber die vallei in die hitte.

Sy tree by die sak verby, loop na een van die dieper gate toe en buk om daarin af te kyk. Daniël vang 'n glimpsie in haar bloes af. Sy lig haar hand om haar hare uit haar gesig uit te hou. In die proses stamp sy haar sonbril af en dit val in die gat. "Ag nee." Sy kom orent en haak haar hare agter haar oor. Daar is iets baie meisierig omtrent die gebaar.

Hy kom staan nader. "Is die bril stukkend?"

"Ek dink nie so nie . . . Wie gaan inspring om dit op te tel?"

Hy moet seker galant wees, maak 'n gelate gebaar en gaan sit op die gat se rand.

"Oppas dat jy nie daarop trap nie."

Hy kyk in die gat af, skerm die lig van bo uit sy oë. Daar's die bril. As hy sy voete wyd uitmekaar hou, sal hy dit mistrap. Hy spring die laaste ent, staan skouerdiep in die gat. Dit sal nie te moeilik wees om uit te klim nie, nie so moeilik as om by die bodem by te kom nie. Daar is nie genoeg plek om te buk nie, en hy moet dus sy knieë knak en so ver moontlik oorbuig na die kant toe. Hy voel rond. Daar's hy, het hom! Hy kom orent, trek sy arm verby sy lyf en hou die bril na haar toe uit. Hoewel hy dit oorkruis hou, na haar regterkant toe, vat sy dit met haar linkerhand. Sy bedank hom nie. In stede daarvan sê sy: "Glo my, dis regtig die beste so."

Hy skreef sy oë en kyk na haar silhoeët teen die lig. Iets glinster in haar regterhand. Hy weet oombliklik wat dit is en hoekom. Dis soos toe daardie man in sy sel ingestorm het, verskrikking en 'n

145

skielike stuwing van lewenskrag. Hy koes kant toe so ver hy kan, gryp haar enkel en ruk. 'n Skoot klap naby sy kop. Die skoot tref klip en woer-woer weg met 'n geluid wat eensklaps stop as die koeël iewers vasslaan. Die vrou steier. Die pistool val op die grond. Daniël is al halfpad uit die gat uit. Daar's hy, een voet uit. Sy is op haar rug, rol op haar sy. Met sy eerste tree stamp hy haar weer plat. Sy linkervoet trap op die pistool en hy verloor byna sy balans. Die wapen gly sywaarts en klater in die gat in.

Daniël wag geen oomblik nie. Hy herwin sy balans en hardloop, spring oor klippe en bars deur bosse. Hy koes en swenk diékant en daaikant toe dat sy nie 'n maklike skoot kan inkry nie, ingeval sy nog 'n wapen het of die ander een uit die gat uitkry. Iets laat sy oë brand – 'n tak, die wind, iets – en sy visie verskiet in trane. Sy asem hort in sy keel en sy hart klop woes. Hy hardloop om 'n bult en verslap sy pas. Hy is ver genoeg dat dit moeilik sal wees om hom raak te skiet. Hy loer terug oor sy skouer, sien haar nêrens. Hy moet stadiger, hy kan nie anders nie. Dis al hoe hy aan die beweeg kan bly, en hy moet so ver as moontlik van haar af kom. So in die hardloop soek hy plekke wat skuiling kan bied, al is dit net in die verbygaan. Een keer gaan staan hy agter 'n groterige bos, sak op sy knieë en skep asem. Hy probeer nie eens dink oor wat gebeur het nie. Hy kan dit later doen, as hy lank genoeg leef.

*   *   *

DIE wolke wat bo die rotswand se rand beweeg, laat dit voel of die krans op haar gaan val. Dis nie hoe dit veronderstel was om uit te werk nie. Het haar skoot maar vir Daniël – vir Nommer 5 – getref, sou hy in die gat ingesak het. Sy kon dit binne 'n halfuur met klippe en sand opgevul het. Die area is nie so leeg en afgeleë as wat sy graag sou wou hê nie, maar die kitsgraf was 'n plus. Hoe kon sy hom op so 'n kort afstand mis geskiet het? Het sy net 'n oomblik te lank geweifel?

Sy staan stadig op en stof haar boude af, probeer kalm dink. Teen hierdie tyd is hy ver weg. Sy is nie bekommerd dat hy sal terugkom nie, hy is veels te bang om dit te doen. Dit sal 'n hele ruk wees voor hy ophou hardloop en begin dink. Sy spring in die gat af en tel die pistool op. Moet sy agter hom aangaan? Noudat hy uit die kloof uit is, sal dit te gevaarlik wees om na hom te skiet. Dit kan aandag trek as sy te veel skote afvuur. Selfs al sou die eerste skoot 'n kolskoot wees, wat sal sy kan doen om die lyk weg te steek? Sy kan hom nie terugsleep hierheen sonder om duidelike sleepmerke te laat nie. Wat dan? Moet sy maar net wag?

Sy besluit om terug te gaan na die huis toe. As hy dink dit wat pas amper gebeur het, is wat die polisie nog die hele tyd in gedagte gehad het, sal hy aanhou vlug. Of dalk sal hy wraak wil neem. Gegewe dat hy niks anders het as die klere aan sy lyf nie, raai sy dat wraak vir hom die opsie sal wees wat die mees onmiddellike bevrediging sal bied. Aan die ander kant, as hy weet sy doen haar eie ding, kry hy dit dalk in sy kop om vir Acker te kontak. Sy sal haar storie agtermekaar moet kry ingeval dit gebeur.

* * *

ACKER kyk na die stuk papier waarop hy die adres neergeskryf het. Hy ry stadig, soek na die regte afdraai. Daar's hy. Hy draai van die pad af en stuur sy kar met die tweespoorpad af na die huis toe. Hy sien geen kar onder die afdak nie. Verdomp. Wel, dan sal hy maar vir hulle wag. Hoe ver kan hulle nou wees?

Hy het niks saamgebring om te eet nie, maar daar is 'n buitekraan en hy kan ten minste sy dors les. Hy kan 'n hele klompie ure wag as dit nodig is. Hulle sal so verras wees om hom daar te sien! Dis tyd vir Erica om erkenning te gee aan sy speurvernuf. Hy loop om die huis, loer by die vensters in. Hy probeer in sy gedagtes 'n prentjie opbou van die vorige paar dae. Wat doen sy om 'n geloofbare karakter te ontwikkel wat 'n ander mens vir die res van sy lewe kan uitbeeld? Erica was nog altyd ontwykend hieroor. Miskien sal hy hierdie keer sien hoe dit gedoen word.

Hy sit voor die huis en kyk na die see, in die hoop dat hy 'n walvis of twee sal sien. Hulle is volop langs hierdie deel van die kus. 'n Paar uur later besluit hy om terug te gaan stad toe voordat iemand agterdogtig raak oor sy afwesigheid. Hy steek sy visitekaartjie in die gleuf tussen die voordeur en die kosyn. Hy hoor nie die enjin nie, dis net 'n geknars van wiele op die gruis wat hom laat omdraai. Hy herken nie die kar nie, dis seker gehuur. Die weerkaatsing op die voorruit maak dit onmoontlik om te sien wie binne is. Hy glimlag en wuif in elk geval. Die bestuurder skakel nie die kar af nie. Hy sien die ruit oopgaan. "Verras?" vra hy.

"Kan ek help?"

"Meer as wat jy sal kan raai." Die kar loop effens agteruit. "Hei!" Hy sit sy hand op die dak se rand en buk om binnetoe te kyk.

'n Verskrikte vrou kyk hom aan, iemand wat hy nog nooit tevore gesien het nie, iemand wat hom nog nooit gesien het nie. "O jirre, jammer, jammer." Hy pluk sy polisiekenteken uit.

"Wat het ek gedoen?"

Hy staan agteruit dat sy kan uitklim. "Niks. Ek het gedog jy's iemand anders."

"Wat het sy gedoen?"

"Niks."

Die vrou ontspan ietwat. "Dit lyk na 'n gevaarlike ding, hierdie niksdoenery."

"Sy is een van my kollegas. Ek dog sy het hierdie huis gehuur."

Die vrou staan arms gevou, kyk hom aan.

"Jammer ek het jou gepla. Ek loop nou dadelik. As jy net jou kar kan skuif dat ek kan uitkom."

Toe hy by die grootpad kom, sien Acker drie ouens wat 'n minibustaxi se wiel omruil. Een van hulle kyk na hom. Hy wonder of dit dieselfde taxi kan wees wat hy 'n paar keer op pad hierheen opgemerk het. Dis moeilik om te sê, hulle lyk almal eenders. Hy draai in die pad in en sit voet in die hoek. Terug na Erica se kantoor toe.

Skaapwagter

Skerp skeurgeluide maak vir Daniël wakker. Hy is omring deur skape, bleek gedaantes in die donker. 'n Ooi wei so naby sy kop dat hy aan haar sou kon raak. 'n Veraf geblêr laat haar opkyk, dan hervat sy weer die geknibbel. Daniël rol om op sy rug en kyk rond. Klippe steek in sy sy in en sy rug en heup voel asof hy geskop is. Hy moes in die harwar van die hardlopery teen iets gestamp het. Nadat hy van Erica af weggekom het, het hy gedraf so lank as wat hy kon, en toe begin loop. Iewers in die laatmiddag het hy onder 'n bos ingekruip om te rus. Hy moes aan die slaap geraak het, van fisieke uitputting, of dalk was dit 'n emosionele verdedigingsmeganisme. Hy sou verder kon slaap, maar hy is moeg en dors. Hy sleep sy lyf onder die bos uit en kom langsaam orent, strek die stywe spiere en senings. Dit lyk of die skape sy teenwoordigheid aanvaar. Hulle beweeg skaars weg, snork net deur snotgekoekte neussplete en soek nog gras om aan te kou.

Hy kyk op na die sterre. Daar is meer van hulle as wat hy ooit in die stad gesien het, ontelbare naaldpunte wat in die groot swart ruim brand. Hy kry die gevoel die sterre doen hul bes in oorweldigende omstandighede. Die nag is vol geluide – skape en krieke, 'n uil, en 'n jakkals in die verte. Al hierdie gediertes oorleef. Wurms en molle grawe ondergronds, insekte kruie op die oppervlak aan, 'n geruis van vlerke swiep oorheen. Die stryd om oorlewing duur onverpoosd voort.

Hy gaan nie doodgaan nie. Hy gaan nie toelaat dat sy hom doodmaak nie. Daar is lewe en die wil om te lewe wat dieper lê as logika, dieper as die soeke na betekenis. Hy trek die naglug in sy longe in, warm en klam, die kosbaarste ding. Hy begin loop en die skape maak stilweg vir hom 'n pad oop. Dan kry hy 'n nuwe reuk. Daar is stof en gras en skaapmis, en iets anders – vuur. Hy snuif die lug. Dis weer weg. Nog 'n sweempie. Dit kom op die wind. Hy loop 'n paar minute lank windop voordat hy die gloed van kole sien. Iemand slaap langs die vuur, 'n knopperige gestalte onder 'n donker kombers. Nou ruik hy kos ook, en koffie. Hy gaan nader. "Hallo," sê hy. Die man roer nie.

Die skaapwagter is oud, sy gesig 'n landskap van riwwe en valleie, maar aan die slaap lyk hy soos 'n kind. Daniël vind dit onmoontlik om nie daardeur geraak te word nie. Hier het onskuld sy laaste vastrapplek, in die gesig van slapendes.

Daniël besluit om nie die man wakker te maak nie. Hy gaan sit en kyk na die oorskietkos. Daar is sweetcorn wat sommer in die blikkie warm gemaak is, die etiket is afgeskroei. 'n Paar wit bene wys dat die skaapwagter ook skaaptjops geëet het. Daar is iets ellipties daaromtrent, 'n skaapwagter wat skaapvleis eet. 'n Swartgebrande blik is halfvol koue koffie. Daniël drink dit en eet die res van die sweetcorn, skep dit eers so goed hy kan met sy vinger uit en vee dit later van die blikkie se wande af. Hy voel genoop om die man te betaal, maar hy het nie geld nie. Buiten sy klere het hy net 'n sakdoek en 'n polshorlosie, als deur die polisievrou verskaf. Hy haal die horlosie af en sit dit in die leë blik.

Toe hy in die sel aangeval is, was hy kwaad, beledig en persoonlik verontreg. Hierdie keer ervaar hy nie die aanslag op sy lewe so persoonlik nie, miskien omdat hy in die weke tussenin so met sy selfbeeld moes worstel. Daniël Enslin lyk nie meer na so 'n kosbare entiteit nie. Die gepoogde moord stem hom in beginsel hartseer:

Mense moenie doodgemaak word nie. Die delikate sakke been, sopperige spons en vloeistowwe wat ons bestaan onderhou, moet nie inmekaargedruk, stukkend gebreek of geskeur word nie. Die lewe moet nie daaruit getap word nie. Lewe is 'n loperige ding in 'n lekkende lagie vel. Jy moet versigtig wees. Moenie met 'n skêr hardloop nie. Moenie gate in mense steek nie. Moenie die bene breek wat hulle orent hou of die senings uittorring wat hulle aanmekaarhou nie. Moenie die vloei van gasse en vloeistowwe wat hulle aan die lewe hou, belemmer nie. Dis nie moeilike reëls om te onthou en te handhaaf nie.

Rondom hom blêr die skape. Hy voel soos God en dis skrikwekkend. In die bleek maanlig lê die klipbesaaide landskap in swart geëts. Bosse bibber. Die lig verdof as yl wolke voor die maan verbywaai. Hy moet met iemand praat.

* * *

DIE deur is alreeds gesluit. Erica loop van venster tot venster, maak die luike toe en sit die knippe op. Dit sal nie noodwendig iemand stop wat wil inkom nie, nie as hy regtig probeer nie, maar dit sal 'n geraas afgee wat haar sal wakker maak. Wakker en gewapen het sy niks te vrese nie, maak sy haarself wys.

Sy het geen idee wat die man dalk sal doen nie. Sy verlede dui daarop dat hy die maklikste uitweg sal kies, maar dis moeilik om te raai wat hy onder die omstandighede as die maklikste sal beskou. Hy kan die wêreld invaar, probeer om sy eie pad te vind op watter manier ook al. As dit sy keuse is, is daar niks wat sy daaraan kan doen nie. Of hy kan met Acker in verbinding probeer tree. Dit sal die ergste wees. Sy moet haarself daarop voorberei. Dit sal die beste wees om vir Acker te vertel die kamtige skietery is deel van die program, 'n oefening wat die ou mens simbolies doodmaak, 'n sielkundige noodwendigheid in die proses om vir iemand 'n nuwe identiteit te gee, en Daniël se fout is dat hy dit op sigwaarde geïnterpreteer het.

As sy nou na die kantoor toe terugkeer, sal dit moeiliker wees om die vrae te beantwoord wat Acker dalk het, want dit sal uit pas wees met haar verskoning dat sy net gemaak het of sy na Daniël skiet. Nee, wat haar te doen staan, is om te wag dat Daniël tot sy sinne kom, die pad vat of terugkom hierheen.

Sy sal hom skiet die eerste kans wat sy kry, die saak afhandel. Dit sal morsig wees, gevaarlik om dit in die huis te doen, maar sy wil niks aan hom verduidelik nie. Kry dit net oor en verby, steek die lyk weg so goed sy kan en gaan voort met die res van haar lewe. Watter ander opsies het sy?

Sy bad vinnig met die deur oop en die pistool gereed op 'n handdoek binne maklike bereik. Die geluid van die water herinner haar aan die keer in die dam in Namibië saam met die groenoogman. Sy verlang na daardie suiwering, die bevestiging dat sy 'n ander mens plesier gegee het, dat als nie vuil en sinies is nie. Agter die wasbak se voet merk sy 'n bol stof en hare, oorgeslaan deur wie ook al laaste hier gevee het.

*   *   *

MAANSKYN verlig die witgeverfde klippe wat in letters op die berghang gepak is. Daniël hurk, werk sy arms onder 'n klip in en wieg agtertoe op sy hakke; sy voorarms druk op sy dye voordat hy sy bene reguit maak om die klip op te lig. Dan volg 'n paar vinnige skuifelstappies oor die ongelyke grond en hy herhaal dieselfde proses agterstevoor, sit die klip op sy nuwe plek neer. Dis seker die wind, maar dit voel asof dit die maanlig self is wat sy wange afkoel. Hy kan nie vergeet wat sy in die kloof gesê het nie, iets daarvan dat

153

dit die beste is so. Elke nou en dan kyk hy af in die vallei, na die plat wit huisie. Sy is daar. Hy weet hy behoort so ver as moontlik weg te kom van haar af, maar al probeer sy sy lewe beëindig, is sy ook die enigste bereikbare band met die lewe wat hy voorheen geken het. Hy staar na die wit mure onder die grasdak en na die swart vierkante van die vensters. Kyk sy miskien? Aan die een kant staan die ry sipresse loodreg op hul skaduwees. Daar is geen beweging en geluide buiten sy eie nie – onwillekeurige steungeluide, gejaagde asem en die sagte klop van klip op klip. Hy lek sy lippe en spoeg in sy hande, gaan pak die volgende klip.

Teen die tyd dat die riwwe oorkant die vallei in die ooste 'n grys glans begin kry, lig hy die onderpunt van sy hemp op om sy klam gesig af te vee en kies koers teen die steilte af.

* * *

ERICA word wakker met vrees wat haar soos 'n verkragter oorweldig, wat haar bewussyn saamwurg tot net 'n splintervonk, die wil om te oorleef. Sy rol uit haar ineengekrimpte posisie oor na haar rug, die pistool tussen haar opgetrekte knieë, mik na die venster, swaai dan deur se kant toe. Niks. Die houtdeur hang swaar aan sy skarniere, en sy kan deur die gleuf in die gang in sien. Die donkerte is leeg. Sy lê en hyg na haar asem toe die dag breek. 'n Rooi gloed brand tussen die luik se skrewe deur, dan neem 'n streep geel lig vorm aan op die bed.

Teen dié tyd is sy heeltemal wakker en haar gedagtes is helder. Daar is dinge wat gedoen moet word. Sy staan op en loop deur die huis, maak kamer vir kamer seker als is veilig, soos sy geleer is. Sy hoop om juis dit te vind waarvoor sy bang is. Dan kan sy hom doodmaak en dit verby kry.

Niks in Daniël se kamer is versteur nie. Die deure is gegrendel soos sy hulle laas gelos het. Sy hou als toe terwyl sy ontbyt maak. Koffie en toast. Sy eet, gaan die pistool weer na. Loer deur al die luike.

Die werf is stil. 'n Enkele pou sleep sy vlerke op die grond langs. Klein voëltjies kwetter in 'n boom waar sy hulle nie kan sien nie. As daar iemand daar buite is, besluit sy, sit hy nou al vir 'n baie lang tyd doodstil, anders het die voëls nie so geraas nie. Sy maak die voordeur oop, steek haar kop uit en kyk goed rond. Sy sien niks wat agterdog wek nie en maak die deur weer toe. Haar vreesagtigheid verbaas haar eintlik. Sy is die een met die vuurwapen, en selfs daarsonder sal sy hom waarskynlik in sy hel in kan skop. Hy is nie die fisieke tipe nie, en sy het klas geloop in selfverdediging. Miskien is sy so bang omdat sy al so lank vrees vir hierdie einste situasie, dat sy op die kritieke oomblik sal faal, wanneer dit te laat is om terug te draai en als ongedaan te maak. Sy verwens haarself. Dan dink sy: asof ek dit nodig het, asof ook ek teen myself moet draai.

Die area by die agterdeur is nie so oop soos aan die voorkant nie, en dit lei na die ander groot voordeel wat sy het, die kar waarmee sy vinnig ver kan kom. Sy maak die deur stadig oop, kyk stip in die rigting van die sipresse. Net voëls. Weer daai donnerse pou. Of is dit dié keer 'n ander een? Sy is skielik de hel in vir hoe beteuterd sy is, pluk die deur wyd oop en stap uit, gereed vir enigiets.

Die fris oggendlug, pragtige blou hemel, die reuk van grond en gras ... Sy draai op haar hakke, oorweldig deur die oggend se goddelike skoonheid. Dan sien sy dit, die klippe. Die lyne is krom, die vorms skeef. Maar sy kan dit lees. Dit sê: *Dalk is jy verkeerd.*

Die asem steek in haar keel vas. Sy is bewus daarvan dat sy in 'n wit naghemp daar staan sonder onderklere. Stringe hare plak teen haar voorkop. Die toneel voor haar verander in betekenislose vlekke, groen en dowwe geel. Iewers in haar agterkop roer die herinnering aan 'n melodie, die soort waar jy jou oë toemaak en heel meegevoer raak. Die slang van tyd draai terug op homself, 'n rolbeweging van end oor end sonder end.

* * *

ACKER maak nie die voordeur heeltemal toe nie. Hy vis deur sy bos sleutels op soek na die een wat die knipslot kan draai sodat hy die deur kan toetrek sonder dat dit raas. Hy wil vroeg by die werk kom en daar is geen rede om nou al die gesin wakker te maak nie. Daar moet nog 'n aanduiding in Erica se kantoor wees wat hom na haar toe kan lei sodat hy vir Daniël kan sien. As hy dit vroeg genoeg kry, is daar die kans dat hy vandag nog kan uitry na hulle toe.

Hy ry verby iemand wat agter 'n swart sportmotor se stuurwiel sit en slaap, kop teen die venster. Eerder dit as dat die ou dronk bestuur. Daar is seker lande waar dronkbestuur die polisie se grootste probleem is. Hier lyk misdaadbestryding na 'n hopelose saak. Acker vra egter nie veel nie. Hy sal tevrede wees as hy vir Frank Redelinghuys agter tralies kan kry. Dit sal die weegskaal van die gereg effens in die regte rigting laat kantel.

Die konstabel in die aanklagkantoor is al heelnag wakker en lyk ooglopend so.

"Moeilike nag?"

"Die een of ander doos het die strate ingevaar en al wat bergie is aan die brand probeer steek – wat seker nie te moeilik is om te doen nie, hulle het mos omtrent net soveel spirits as bloed in hulle are. Elke stink fokken bergie vir myle het hier kom saamdrom op soek na genade, wraak en Germolene. Ons moes op die ou end verklarings vat tot my vingers wou afval."

"Jy wou mos 'n poeliesman word."

"Ek dink nie ek sal ooit weer my hand kan gebruik nie."

"Leer om met die ander een draad te trek, jy sal okay wees."

Die konstabel grinnik. "Hulle sê as jy die ander hand gebruik, voel dit of iemand anders dit doen."

"As dit maar so was."

Acker voel opgeruimd, loop fluitend in die gang af na sy kantoor toe. Gister se ryery was 'n mors van tyd, maar hy voel vol vertroue. By Erica se deur kyk hy weer na die boluik. Moet hy weer deur die hele ou gedoente gaan? Hy moes seker die deur ongesluit gelos het, maar hy was oortuig hy het die regte adres. Daar is 'n nota van sy baas op sy tafel. Superintendent Joubert was twee keer daar om hom te kom soek, sê dit. *Ek moet dringend met jou praat. Waar was jy heeldag?* Acker frommel die nota op en gooi dit in die drom. Hy moet vandag vir Joubert gaan sien, ja, maar eers is daar ander goed wat hy moet doen. Hy besluit om al sy sleutels op Erica se deur te probeer, net ingeval. Een gaan 'n ent in die slot in, maar haak vas. Hy wikkel en druk daaraan. Die sleutel gaan niks dieper in nie, maar die deur beweeg. Die knip het seker nie goed ingehaak toe hy dit laas toegemaak het nie. Hy druk die handvatsel af en stoot met sy skouer teen die deur. Dit maak 'n skuurgeluid en swaai oop. Dis wragtig makliker as om die slot met sy belt deur die boluik te moet oopmaak. Acker kruip onder die tafel in, kry die verblyfgids uit haar boonste laai en kom weer uit. Hy steek 'n gevoude stuk papier in die deur sodat dit nie heeltemal sal toegaan nie en hy altyd weer kan terugkom indien nodig.

Sy eie deur maak hy dig toe. Hy wil nie gesteur word nie. Wat hy moet doen, is om eenvoudig die boek van voor af deur te gaan en die kontaknommer vir elke waarskynlike plek te bel. Dis nou nie 'n slim manier van doen nie, maar hy vertrou dat dit die nodige resultate sal lewer.

157

Teen die middel van die oggend het hy twee baie warm ore en niks anders om te wys vir sy moeite nie. Hy loer by die venster uit. Die kranse aan die borand van Tafelberg is helder in die oggendlig. Die wind het oornag al die rookmis uit die stad gewaai. Dit lyk vir Acker asof hy sy hand sal kan uitsteek en stukke van daardie veraf rotse optel, soos breekgoed in 'n kombuiskas. 'n Vlaag wind skud die vensters. Dan lui sy foon.

"Jis."

"Kaptein Acker?"

"Dis hy wat praat."

"Ek probeer al vir ure deurkom, maar die foon is heeltyd beset. Ons het 'n dooie vrou hier in die distrik gekry. Sy het jou besig-heidskaartjie in haar hand gehad. Ek het gedink jy sal dalk wil weet."

Acker gaan sit. "Sê weer?"

Die man verduidelik hulle is uitgeroep na 'n vakansiehuis waar 'n lyk gevind is. Die vrou is erg geslaan en gelos vir dood. Sy het daarin geslaag om deur die huis te kruip en is naby die foon aan-getref, met Acker se kaartjie in haar hand.

Acker maak sy oë toe. Dit moet die vrou wees wat hy gister teë-gekom het. "Ek kom soontoe."

* * *

FRANK ry op tot by die groot huis in Italiaanse styl en parkeer agter 'n Ferrari in die sirkelvormige oprit. Die voordeur staan oop en hy loop in. Die plek gee alle tekens van geld wat vinnig gemaak is, duur goed wat bymekaargesit is sonder die gemaklike kombina-sies wat mense skep as hulle oor jare heen met hul goed saamleef. Frank verwag nie om lank met die eienaar te moet sake doen nie, dis net een transaksie: maak geld en maak spore. Hy wonder net wat hy kan doen om iemand se aandag te trek toe 'n man in tennis-klere by die skuifdeur inkom. "Hallo, Frank."

"Jess."

Die brutale indruk wat Jess Cooper se swaar, gespierde lyf maak, word gebalanseer deur 'n kop vol rooierige hare wat in 'n traak-my-nie-agtige haarstyl geklits is en 'n goue ketting om sy nek.

Frank vermoed al lank die man is verslaaf aan dwelms. Hy maak dit 'n reël om dié tipe te vermy, hulle is baiekeer agtelosig. Wat Jess wel het, is 'n netwerk van muntmasjiene wat hom die perfekte ver-skoning bied om enige hoeveelheid kontant voorhande te hê. Frank het probleme om sy kontantvloei aan Jan Taks te verduidelik. Die maklike uitweg is om eiendom teen 'n kunsmatig hoë prys aan Jess te verkoop en om dan vir Jess 'n klomp geld vir die transaksie te leen uit sy eie onwettige voorraad. Op dié manier kry Frank sy eie geld terug, maar uit 'n skynbaar wettige bron. 'n Paar maande later kan Jess die eiendom teen markwaarde aan Frank terugverkoop en die verlies teen belasting afskryf. Hulle albei wen. Frank het dit voorheen geniet om met eiendom te spekuleer, veral toe hy nog vir Daniël kon pols oor komende veranderinge in sonering, maar nou gebruik hy dit net vir geldwassery.

'n Selfoon wat biep, laat beide Frank en Jess na hul sakke reik. Dis Frank s'n. 'n Gejaagde stem vra hom om 'n landlynnommer van 'n ander landlyn af te bel. Jess begryp en wys na 'n rooi foon op 'n glastafel teen die verste muur. Dis in die vorm van 'n sportmotor, met die enjinkap as gehoorstuk. Frank skakel die nommer deur op dele van die grys enjin te druk. Dis Lestrade.

"Jou man is na 'n huis naby Gansbaai toe. Hy't 'n rukkie daar ge-bly. Daar was 'n vrou daar, g'n man nie."

"Geen man nie, is jy seker?"

"My ouens sê my hulle het goed gekyk – g'n man nie, net 'n vrou."

"Dan moet julle aanhou probeer."

"Dis jou geld."

Frank sit die foon neer. Toe hy gister die boodskap kry dat Acker verby Hermanus ry, was hy seker die polisieman is op pad na Daniël toe. Waarom anders sal hy op 'n werksdag so ver ry? Maar dis duidelik dat die besigheid met Daniël nie so maklik opgelos gaan word as wat hy gehoop het nie. Dit maak nie saak nie, die dag sal wel kom.

"Luister, ek moes my fooi opsit na twintig persent toe." Jess pluk aan sy tennisraket se snare terwyl hy praat. "Daar was ekstra kostes. Ek hoop jy's okay daarmee."

Dit is meer as waarop hulle ooreengekom het. Boonop irriteer die man se slapgat houding vir Frank. Jy kan nie iemand vertrou wat dié klas ding doen nie. Nooit weer nie, onderneem hy. Maar moet hy kop uittrek uit die huidige transaksie? Natuurlik kan hy sy geld op ander maniere aan die owerhede verklaar, maar hierdie plan is reeds opgestel. Jess weet dit natuurlik. "Jy't dan laas gesê vyftien."

Jess haal sy skouers op. "Komaan, jy weet hoe dit is."

"Laat ek jou vertel hoe dit is. Jy't pas besigheid verloor, dis hoe dit is." Frank draai om en stap uit. Hy kyk nie terug om die uitdrukking op Jess se gesig te sien nie. Hy weet presies wat dit sal wees, en dis genoeg. Hy het die uitdrukking al baie gesien, op die gesigte van dobbelaars wat hul hand oorspeel het.

* * *

DANIËL sit onder 'n boom in 'n droë rivierloop, skaars 'n kilometer van die huis waarheen hy weet hy moet probeer gaan. Dis nie regtig 'n besluit nie, net iets wat hy weet hy moet doen, al kos dit hom dalk sy lewe. Wat vir 'n lewe sal hy in elk geval kan hê as hy sonder geld of dokumente rondfoeter? En na wie toe anders kan hy gaan as net na Erica? Acker, miskien, maar wat sou die sin daarin wees as hy net weer vir Daniël na Erica toe oorgee soos laas? Dis haar verantwoordelikheid om mense soos hy te laat verdwyn. Wat hy moet doen, is om haar sover te kry om dit anders te doen.

Sy is nog daar. Hy het die kar gesien.

Lang wilgertakke sleep in die wind. Die riviersand is droog en besaai met ronde grys klippe. Agter die gordyn van takke is daar modder en 'n stroompie wat sukkel-sukkel sy pad see toe soek. Agter hom verrys 'n wal van hard gebakte grond om versonke klippe en gebreekte boomwortels. 'n Huiwerige wind het die blare aan 't bewe, dit klink soos 'n waterval. Die skadu is genadig. Hy is egter honger en dors, en kan nie tot die aand wag om die huis te benader nie.

* * *

DAARDIE woorde teen die bergwand . . . Probeer hy eenvoudig die punt maak dat hy nog in die omtrek is, of is daar die een of ander boodskap? Dit pla Erica. Sy sê vir haarself dit verander niks. Hy kan nie by haar uitkom sonder om gesien te word nie, en sy het die vuurwapen. Sy het die mag. Die verhaallyn het nie verander nie, net die choreografie.

Sy bly in die huis, loop van kamer tot kamer en loer deur die luike. Die dwalinge eggo die patrone in haar gemoed, dieselfde gedagtes oor en oor. Die voorkant lyk na 'n onwaarskynlike roete vir hom, dit sal moeilik wees om ongesiens (en ongeskiet) oor die grasperk te kom. Die bome aan die noordekant bied goeie skuiling, maar laat ook 'n hele ent om in die oopte oor te steek. Die bome agter die huis is yler, maar nader. Die lemoenboord is 'n goeie roete, maar selfs

161

daar sal hy oor 'n hele klompie meters van oop grond moet kom. Solank sy op haar hoede bly, sal niks verkeerd loop nie.

* * *

DANIËL bestudeer die roete. Die lemoenboord bied die beste dekking naby die huis, met net iets soos sewe meter van die laaste boom af tot by die muur. Dan moet hy 'n onbewaakte deur of venster vind . . . Maar dis 'n probleem vir later, die eerste is om in die lemoenboord te kom. Daar is omtrent vyftig meter tussen die bome op die rivierwal en die eerste lemoenboom. Vir daardie hele afstand is daar nie dekking nie, en hy sal miskien sigbaar wees van die huis af as sy hierdie kant toe kyk. Na die pad se kant toe is daar lang gras waardeur mens miskien sal kan kruip tot by die boord, maar dit beteken 'n lang ompad, en sy kan maklik die beweging in die gras raaksien.

Hy probeer dit uitreken. Sê nou so vyf-en-veertig minute met die gras langs. Aan die ander kant kan hy reguit oor die oopte hardloop. Sê maar dis iets soos tien sekondes. As sy uit die huis kyk, sal sy hom moontlik kan sien. Maar net die twee badkamervensters en sy kamervenster wys diékant toe, en die badkamervensters se ruite is ondeursigtig. Hy probeer agterkom of hulle oop is, maar die lig val so dat hy nie seker kan wees nie. Sou sy hulle oophou, om beter te kan sien, of toe, sodat hy die glas sal moet breek om in te kom?

Die volgende oorweging: As sy hom wel sien hardloop, sal sy weet hy is in die lemoenboord en kan sy hom inwag wanneer hy tussen die bome uitkom. Behalwe as hy haar so lank kan laat wag dat sy later nie meer seker is nie, as hy miskien met die sloot langs kan kruip wat hy die oggend ontdek het toe hy haar gesien het . . . was dit maar net gister? Miskien kan hy haar van die bome af sien, en dit kan nuwe moontlikhede skep. Hoe meer hy daaroor dink, hoe beter lyk die opsie om reguit na die boord toe te hardloop.

Dit sou selfs beter gewees het as daar iets was wat haar aandag kan aflei. Maar hy is veels te ver om 'n klip op die dak te gooi of iets. Miskien is dit iets wat hy kan oorweeg as hy eers nader is, wanneer hy daardie laaste paar meter na die huis toe moet aflê.

Hy raak bewus van die geluid van 'n kar in die verte, een wat in die pad afkom wat naby die huis verbygaan. Hy probeer hom in-dink hoe sy wag, kyk en ure lank niks sien gebeur nie. As die kar kom, sal sy wel daarna kyk.

Hy raak al hoe meer gespanne hoe nader die klank kom. Op sy naaste sal die kar omtrent 'n halfkilometer ver wees. Hy sal moet bepaal wanneer die kar omtrent daar is, en hy kan dit net doen op grond van die geluid. Net op daardie oomblik verander die toon-hoogte – die kar is verby hom. Hy spring op en hardloop, gly en herwin sy balans, pomp sy bene en arms so hard hy kan. Fokkit, dis verder as wat hy gedink het. Sy lyf is nie gereed vir die skielike aksie nie. Hy het 'n steek in sy sy en voel of hy wil kots. Kyk sy? Hy kyk vinnig na die huis en word onverhoeds gevang deur 'n holte in die grond, en sy linkerbeen gee in. Hy val en rol, kom op die been en skarrel tussen die bome in, waar hy plat val, hygend en vloekend.

Hy laat sak sy kop op die grond en maak sy oë toe, wag vir sy hart-klop om te bedaar en die pyn in sy sy om te verdwyn. Hy roggel slym los en lig sy kop om dit uit te spoeg. Aan 'n tak net bo sy kop hang 'n enkele lemoen, al is dit nie die regte seisoen nie. Hy sit reg-op en trek die vrug af, draai dit om dit van die tak af te breek. Dis nie heel ryp nie, maar hy breek dit oop en eet dit in elk geval, meest-al vir die vog. Sover is dit nog okay. As sy hom gesien het, het sy ten minste nog nie na hom geskiet nie. Dit kom by hom op dat sy dalk na die boord toe kan kom om hom te soek. As jy laag afsak en onder

163

die takke deurkyk, sal jy iemand kan sien wat daar wegkruip. Hy kry 'n boom met geskikte takke, net 'n meter van die grond af, en klim daarin. Dis genoeg om hom tussen die blare te verberg en hopelik van 'n afstand af onsigbaar te maak. Hy leun teen die takke en maak hom so gemaklik moontlik. Hy sal probeer om 'n halfuur of meer daar te wag.

Hy het natuurlik geen idee wat sy regtig besig is om te doen nie. Sy kan dalk op hierdie juiste moment op hom afsluip, of sy kan wild en wakker tussen die bome in begin skiet. Of sy kan haar kar pak om die pad te vat. Of dalk slaap sy, salig onbewus van sy teenwoordigheid, oortuig dat hy nooit weer sal terugkom nie. Die gedagte laat hom glimlag. Dan sal hy eenvoudig in die huis kan inwals, in haar kamer ingaan, die pistool van die bedkassie af vat en haar wakker maak. Gawe gedagte . . . Jissis, sy stuitjie is seer, dit druk teen 'n tak. Hy beweeg, wat die hele tak laat skud. 'n Geoefende oog sal dit dadelik raaksien. Hy pluk 'n blaar en vryf dit tussen sy duim en voorvinger. Die vars reuk is verfrissend in sy neus.

Tyd om die laaste paar meter aan te durf. Hy bly eers in die boom, gryp 'n tak vas en hang met sy kop onderstebo sodat hy grondlangs tussen die bome deur kan kyk. Hy kan nie die sloot sien nie, maar hy weet min of meer waar dit moet wees. Hy klim uit die boom en loop koes-koes vorentoe. Die sloot moet iewers aan sy regterkant wees. Daar, daar waar die gras langer is. Hy sit op die rand en toets die sloot se bodem met sy voet. Dis modderig maar ferm. Hy kyk na die huis toe. Dit lyk nou verder as wat hy geskat het, maar die sloot loop tot teen die muur. As hy daar kan kom en dan met die muur langs sluip, sal hy waarskynlik onsigbaar wees vir iemand wat van binnekant af uitkyk. Hy rol in die sloot in. Hy kan vorentoe wurm deur sy knieë te buig, sy voete in die grond te skop, sy lyf effens op sy elmboë te lig en dan sy bene reguit te maak. Dit gaan stadig, maar hy sal onsigbaar wees selfs van net 'n paar meter af. Sy klere raak nat en die sand skaaf sy skouers en voorarms. Dun wit wortels steek uit die sloot se harde wande, geraamtevingers wat na hom toe reik. Hy stop om asem te skep. Dis harde werk.

Hy hou vol met die wurmbeweging totdat hy opkyk en die dak se hoek bo hom sien. Dan lig hy sy kop stadig. Tussen die gras deur kan hy twee van die huis se mure sien – geen teken van haar nie. Hy hys homself uit die sloot uit en rol tot teen die muur. Anderkant die lemoenbome kan hy die klipperige rant in die son sien. Van waar hy lê, is die rivier self buite sig. Die lug is poeierblou, 'n beeldskone dag. Mens sal op so 'n dag wil sterf, as jy hoegenaamd wil sterf.

Hy knak sy nek agteroor om te probeer sien presies waar hy is: tussen sy kamer en die badkamer se vensters. Hy staan op, skuur met sy rug teen die muur langs. Van hier af kan hy die toppe van die wilgerbome by die rivier sien, 'n ligter groen bo die lemoenbome. Hy sluip vorentoe totdat hy langs die kamervenster is. Sy is dalk net 'n armlengte van hom af, besig om uit te kyk, gereed. Hy vat 'n diep asemteug, swaai om en druk sy gesig teen die glas. Hy maak 'n duikbril met sy hande om weerkaatsings uit te hou. Niemand. Hy skuif een hand en probeer sy vingerpunte aan die rand van die vensterraam haak, trek om te kyk of dit kan oopgaan ...

Op daardie oomblik kom sy in die kamer in, steek vas toe sy hom sien. Haar hand lig die swart pistool. Fok! Hy koes. Hy het gehoop hy sou tot by haar kon kom voordat sy hom sien. Dis nou te laat. Die bloed raas in sy kop. Dis moeilik om te dink. Dan hoor hy die agterdeur klap. Hy swaai om en begin hardloop, om na die huis se voorkant toe.

Hy hardloop voor die vensters verby. As sy binne staan, sou sy 'n klompie goeie skote kon inkry. Hy swenk om die hoek en hardloop hom byna vas in 'n groen houttrap wat op na die solder toe lei. Hy

165

het skoon van die trap vergeet. Hy het dit nog glad nie oorweeg om in die solder te probeer kom nie. Nou lyk dit na 'n goeie plan. Hy vat die trappe twee-twee en gryp die deurhandvatsel voor hy die slot sien. Die hangslot en kram lyk of dit in geen jare oopgemaak is nie, die metaal is vasgeroes. Hy kyk terug teen die trap af. Wat nou? Hy ruk uit pure desperaatheid aan die deur en dit vlieg oop met die geluid van skroewe wat uit die verrotte hout skeur. Hy tree binne-toe, trek die deur agter hom toe en staan doodstil, vee die spinne-rakke van sy gesig af en wag vir sy oë om aan die donkerte onder die dak gewoond te raak.

Toe Erica sy gesig by die venster sien, het sy glad nie gedink nie. Sy het heel instinktief na die venster toe gemik. Maar toe verdwyn sy gesig. Ná die spanning van al die gewag wil sy net 'n einde aan als maak, en sy hardloop buitentoe om hom te kry. Ná 'n paar tree stop sy. Wat as hy van die ander kant af om die huis kom en dan by die agterdeur inglip? Sy sorg dat die knipslot aan is, vat haar sleutels en trek die deur toe. Hy kan nie te ver wees nie. Sy loer om die hoek. Nie hier nie. Het hy tussen die bome in gevlug, of om die hoek na die voorkant van die huis toe? Sy sak laag, loer onder die blare deur tussen die bome in. Nie daar nie. Dan loop sy voetjie vir voetjie, soek na sy spore. Niks wat sy kan sien nie. Hy is ook nie voor die huis nie. Hy kon oor die grasperk gehardloop het na die lang gras toe, maar sy dink nie so nie. Dit sou hom te lank sonder enige be-skerming laat, en hy sou nie kon geweet het dat sy by die agterdeur tyd sou mors nie. Sy loop oor die stoep, maak by elke pilaar seker dat hy nie daaragter skuil nie. Sy hou ook 'n ogie op die laning bome, skaars vyftien meter ver. 'n Pou skree allerverskrikliks, iets moes hom skrikgemaak het. 'n Man op vlug. Maar watter kant toe is hy? By die volgende hoek sien sy die trap en kyk op na die solderdeur.

Dis stikdonker onder die grasdak, maar daar is 'n skynsel van

166

onder af, deur die rietplafon. Lig syfer deur die skrewe aan die mure se borande, asook vanuit die huis, tussen die rietbondels van die kamers se plafonne deur. Ná 'n rukkie kan hy die balke uitmaak, en selfs die mure se borande. Hy tree van balk tot balk totdat hy by 'n muur kom en loop dan op die stene. Sitkamer aan sy regterkant, eet-kamer links, kombuis, sy kamer se deur, badkamer. Hier gaan lê hy op die muur en bewerk 'n opening tussen van die riete. Die bad-kamer lyk leeg. Hy gaan sit op die muur met sy rug teen 'n regop balk, skop sy hakke tussen die rietbondels in en stoot, forseer 'n gaping oop in die plafon. Sodra dit groot genoeg is, gaan sit hy op die rand met sy bene wat in die vertrek afhang. Hierdie donnerse ou huise met hulle hoë plafonne, hy kan nie afspring nie. Gelukkig is hy naby die deur en hy kan sy bene strek totdat sy voete op die deur trap. Hy laat sak sy gewig totdat hy op die wikkelende deur staan, met sy hande wat teen 'n dakbalk steun. Hy staal homself, laat los die balk en gryp na die deur, hurk 'n breukdeel van 'n se-konde op die borand voordat hy agteruit spring, met sy arms wat sy spoed probeer breek. Hy land agter die deur en steek sy geskraapte hande onder sy arms in om die pyn te verdof. Hy is binne. Al wat hy nou nog moet doen, is om 'n gewapende en opgeleide gevegsken-ner te oorrompel wat hom inwag.

Hoewel die solderdeur diep terug in die dik muur sit, kan Erica sien dat die hangslot nog in posisie is. Sy sluip tot by die hoek en loer daarom, terug in die agterdeur se rigting. Hy kruip iewers naby weg, voel sy. Maar dit voel nie na 'n goeie idee om agter hom aan te probeer gaan as sy nie eens weet in watter rigting nie. Hy het dit duidelik gemaak dat hy na haar toe probeer kom. Laat hom probeer. As sy weer binnetoe gaan, sal sy die kans hê om deur die vensters na hom te loer sonder dat hy haar sien. Haar jeans sit styf, maak dit moeilik om haar hand in haar sak te kry, en sy sukkel om haar vingers om die sleutels te kry. Iets beweeg tussen die bome. Sy ver-wissel vinnig van hande, sit die sleutels in haar linkerhand en die pistool terug in die ander. 'n Hoender verskyn. Voor haar geestes-oog kan sy al sien hoe hy in bloed en vere ontplof. Die hoender pik aan iets op die grond. Erica sluit oop en glip in die huis in. On-danks die feit dat die deure gesluit is en die vensters op grendel, wil sy seker maak dat hy nie dalk ingekom het terwyl sy buite was nie, net ingeval. Sy loop vinnig deur die huis, op haar tone, en kyk dat al die vensters en deure nog heel en toe is. Sover lyk dit of hy nog steeds daar buite iewers is, van plan om in te kom.

Sy hervat haar patrollie, loop van venster tot venster en kyk bui-tentoe. "Komaan nou," sê sy sag, "wees dapper." Sy is nie seker of die woorde vir hom of vir haar bedoel is nie. Sy kyk deur die voor-ste vensters. Dis seker nie die mees waarskynlike roete vir hom nie, maar dit gee haar die wydste blik op wat buite aangaan. Sy kyk deur al die vensters, sny nou en dan oor na die oorkant toe ingeval hy haar kan sien en die patroon probeer uitwerk. By sy kamer gaan sy versigtiger in. Dis waar sy hom netnou gesien het, en boonop lê sy goed oral rond. Sy assosieer die kamer met hom. Daar is 'n ongemaklike intimiteit daaraan om so saam met iemand te leef.

Die vensters wys haar niks, net bome en voëls. Die badkamer-venster is ondeursigtig, maar as sy dit oopmaak, sal dit haar 'n blik gee op die huis se agterste hoek, wat nie eintlik van iewers anders af sigbaar is nie. Toe sy by die badkamer instap, is sy net vaagweg bewus van die onverklaarbare sand op die vloer. Haar aandag is by die venster en sy stuit nie in haar pas nie.

Hy het die kamerjas wat hy agter die deur gekry het, oopgemaak en oor 'n lus gesit wat hy met sy belt gemaak het, met die hand-doekstof in die middel ingedruk om 'n soort vangnet te maak. Toe sy by die deur se rand verbykom, gooi hy die wip oor haar kop, trek dit hard af en ruk die leerband se punt. Dit verblind haar en knel terselfdertyd haar elmboë teen haar ribbes vas.

Sy snak na haar asem, skop en mis. Sy skop weer, maar hy skuif die deur se rand in die pad in. "Eina gots!" Haar hande probeer die pistool in sy rigting swaai, maar met haar elmboë vasgeknel is haar bewegings beperk. Hy tree vorentoe en stamp haar, draai haar in die proses sodat sy in die bad val. Dan gryp hy die pistool, trap op haar maag en maak die belt vas. Sy wriemel en skop, 'n wit papie. Hy moet na die pistool kyk om die veiligheidsknip te kry. Hy sit sy duim daarop en hou dit naby haar oor voor hy die knip skuif. Dis asof hy 'n speelding afskakel. Die oomblik toe sy die geluid herken, raak sy stokstyf, laat sak haar bene in die bad in. Net haar asemhaling is nog hard.

Hy staan agteruit, maak byna geen geluid op sy kaal voete nie. Hy het die kamerjas se belt opgerol in sy sak. "Lig jou bene en hou hulle bymekaar."

Sy roer nie.

"Ek het 'n steakmes uit die kombuis gebring. As ek jou sny, sal al die bloed netjies in die drein afloop." Hy ys vir die onverskillige klank van sy eie stem.

"Jy sal my nie durf doodmaak nie."

"Miskien nie. Maar ek sal jou vingers afsny, jou tone en enigiets anders waarsonder ek dink jy sal kan oorleef."

Sy glo hom, of is ten minste onseker genoeg, want sy lig haar voete. Hy bind hulle aan mekaar vas en bind die los punte van die gordel aan die badkrane vas. Sy kan taamlik gemaklik lê, maar sy sal nie kan opstaan nie. "Sit jou hande bymekaar." Hy bind hulle met sy sokkies vas, soek dan na voorwerpe wat sy sal kan gebruik, vat 'n skeermes weg uit die seephouer. Dit lyk nie of daar enige ander bruikbare gereedskap binne haar bereik is nie.

169

"Jy het my nou vas. Vat asseblief hierdie ding van my kop af. Ek kan dit nie vat as ek nie kan asemhaal nie." Haar woorde kom hortend.

"Ek kan dit nie vat as iemand my probeer doodmaak nie." Hy drink water by die wasbak. Dan gaan sit hy op die toegemaakte toilet, kyk hoe die vrou haar asemhaling onder beheer probeer bring. Hy spoel die toilet en gebruik die dekking van die geraas om uit die badkamer te sluip. Hy vind 'n rol plastiekbedekte wasgoeddraad in die kombuis en kom terug terwyl die watertenk nog sis. Hy lig haar kop op en bind 'n lus om haar nek, vat die lang punt van die draad oor die bad se rand en bind dit om die toiletbak se basis vas. Dit sal haar op haar plek hou. Hierdie keer verlaat hy die badkamer met meer selfvertroue.

Hy kry 'n paar broodrolletjies in die kombuis, smeer dit vinnig en sit dit op 'n bord saam met 'n perske. Hy onderbreek die proses deur op sy tone terug badkamer toe te loop om te kyk wat sy maak. Sy is besig om ligweg te wriemel om te voel hoe styf sy vasgebind is. Hy sluip tot digby haar en sê in haar oor: "Jy gaan nie wegkom nie." Daarna gaan hy uit en kom 'n ruk later terug met 'n skinkbord vol kos en 'n koppie koffie. Sover hy kan sien, het sy nie weer geroer nie. Hy sit die skinkbord op die vloer, gaan haal vir hom 'n kussing om op te sit. Hy sit die pistool langs hom neer en begin eet.

"Ek kan nie asem kry nie . . . asseblief."

Hy kom op die been, skud die broodkrummels van hom af en gaan na haar toe. Hy vat die materiaal voor haar mond in 'n bondel bymekaar en gebruik die steakmes wat hy teen dié tyd regtig uit die kombuis gebring het om deur die lap te sny, maak 'n gat voor haar mond. "Beter so?"

Sy oorweeg dit momenteel om na hom te spoeg, maar knik net. Sy kan nie sien waar hy is nie, en haar mond is in elk geval droog.

"Miskien kan jy nou praat," sê hy.

"Waaroor?"

"Jy kan vir my verduidelik hoekom."

"Wat wil jy hê?"

"'n Uitweg uit hierdie situasie uit sonder dat iemand doodgaan."

Sy probeer 'n gemakliker posisie vind sonder om te veel te beweeg. Sonder water om haar gewig te dra is die bad verbasend hard. "Jy't 'n hoop."

"Ja."

Sy wriemel, maar sê niks.

"Is dit hoe jy gewoonlik jou getuies beskerm, of was dit spesiale behandeling net vir my?"

"Jy's nie spesiaal nie."

Hy sit die tweede, halfgeëete stuk brood neer. Dus was hulle nog die hele tyd van plan om hom dood te maak. Acker ook. Van die begin af. Die wêreld is 'n bose, bose plek. "Wie besluit hierdie goed?"

"Jy doen dit self, deur met misdadigers deurmekaar te raak." Dit behoort genoeg rede te wees, dink sy. Maar is dit? *Dalk is jy verkeerd,* eggo die woorde van die berg af in haar kop.

"Sê Acker jou wat om te doen?"

Natuurlik, dink Erica. Hy sal verwag die besluit word deur 'n man geneem. "Hy laat dit aan my oor . . . As jy eers by my is, kan Acker jou nie help nie."

* * *

ACKER ry van die vermoorde vrou se huis af weg. Die manier waarop sy doodgemaak is, suggereer 'n lukrake aanval met roof as motief. Maar daar het klein, waardevolle voorwerpe op die toneel agtergebly. Toe hy in die hoofpad indraai, onthou hy dat hy die vorige dag 'n taxi naby die kruising sien staan het. Dis iets wat hy aan die ondersoekbeampte kan noem, miskien het die mense in die taxi iets gesien. Om hulle in die hande te kry sal egter bykans onmoontlik wees. Wit minibustaxi's is volop. Aan die ander kant is hulle territoriaal oor roetes, en daar is dalk net 'n handjievol wat hierdie pad gebruik. Hy probeer onthou of daar iets kenmerkends aan die voertuig was. Hy het 'n flits agter die voorruit gesien – miskien het daar 'n CD aan die truspieël gehang. Hy kan nie seker wees nie.

*   *   *

DANIËL kan die gesiglose figuur in die bad nie langer aanskou nie, dis soos om met 'n lewende dooie te praat.

Toe hy die kamerjas van Erica se kop afhaal, sien sy 'n magtelose man wat gevaarlik geraak het. Dit wek by haar verwyte eerder as vrees.

Hy onthou haar soos sy oor hom gestaan het met die pistool op hom gerig, saam met 'n honderd ander herinneringe wat, al lyk dit hoe onvanpas, tog almal sy is.

"Ek kan nie glo jy't probeer om my dood te maak nie. Dit kan tog nie maklik wees om 'n ander mens te skiet nie."

"Dit hang af."

"Hang af van wat?"

"Wat daardie mens is."

"En wat is ek dat ek verdien om doodgemaak te word?"

Sy byt haar lip. "Ek is dors. En ek moet die toilet gebruik."

Hy gryp 'n vuisvol van haar klere en ruk haar regop.

Die draad om haar nek wurg haar. "Maak my dan dood," hort sy.

"Ek is nie soos jy nie." Hy staar na haar, hyg na sy asem. Eindelik wend hy sy oë weg en gaan karring by haar vasgebinde enkels. Die knope in die kamerjas se gordel het so styf vasgetrek dat sy vingers hulle nie kan loswikkel nie, en hy sny die band naderhand met die mes af. "As jy wil hê ek moet aanhou om tegemoetkomend te wees, beter jy nie moeilikheid maak nie. Ek kan jou in die bad laat lê en jy kan in jou broek skyt, dit traak my nie. So gedra jou." Hy help haar om oor die bad se rand te rol en kry haar op die been. Die draad om haar nek beteken hulle moet versigtig wees. Dis lank genoeg vir haar om te loop, solank haar bene gebuig bly. Hy stoot haar toilet toe, lig die deksel met sy voet op voor sy daar kom. "Ek gaan jou hande ook losmaak. Dan gaan ek terugstaan en die pistool op jou gerig hou. As jy enigiets probeer, skiet ek jou in die voet."

"Ek kan dit nie doen met jou wat na my kyk nie."

"Al wat jy kan sónder dat ek na jou kyk, is om in die bad te lê. Maar moenie worry nie, ek sal nie na jou onderstel kyk nie. Ek het geen begeerte nie. Ek is nie so fokken pervers nie, wat jy ook al dink."

"Ek het nog nooit gedink jy is nie."

"Ek het dit ook nie van jou gedink nie."

Sy snap wat hy nie sê nie, dat hy verkeerd was oor haar.

Hy staan terug na die deur toe. "Luister, ek gaan my oë toemaak, okay? Maar ek gaan luister. As ek nie die regte geluide hoor nie, of enigiets hoor wat verkeerd klink, dan's hulle so gou soos nou wawyd oop. As daar 'n harde geluid is soos die toilet wat spoel, dan's my oë oop, so sorg dat jy gereed is."

Sy staan in 'n ongemaklike posisie, roerloos. "Hoe weet ek jou oë is regtig toe?"

"Omdat ek so sê. Jy verstaan dat ek hier 'n spesiale toegewing maak, uit die goedheid van my hart?"

"Dankie."

"My oë is toe," sê hy. Hy wag tot sy haar jeans oopknoop voor hy hulle regtig toemaak. Om 'n gyselaar te hê is glad nie so eenvoudig

173

as wat hulle dit in die flieks laat lyk nie. Mense het hierdie ding dat hulle van afvalstowwe ontslae moet raak. Hoe kan mens ernstig wees oor die lewe terwyl hierdie klas stront aangaan?

Dis embarrasserend vir Erica om te weet hy luister, dat hy dalk haar urine ruik. Hoe kan ek verleë voel hieroor, wonder sy, meer as toe ek hom probeer doodmaak het? Ons behoort geen geheime meer vir mekaar te hê nie. Hy het vernietigende getuienis gesien van die ergste dinge in my, en tog het hy teruggekom. Hy het gesien daar is geen ander uitweg nie, en ons moet saam verby hierdie duiwel dans.

* * *

DIE foto is van swak gehalte, kennelik met 'n weggooikamera geneem. Dit wys 'n kar by 'n kruising. Die lig val op so 'n manier dat Frank nie kan sien wie bestuur nie, maar dit lyk of daar net een persoon in die kar is. Dis belangrik. Dit beteken Acker het nie vir Daniël opgelaai nie, dat dit nie die rede is dat die vrou alleen was nie. Hy vou die koerant toe, maak die foto daarin toe, en sit dit neer op die leë stoel langs syne. Hy kyk na die aankomsbord om te sien watter vlugte geland het, al is die persoon wat hy op die lughawe kom ontmoet het reeds daar.

Lestrade sit twee stoele van Frank af. Toe hy sien dat Frank die foto neersit, haal hy sy selfoon uit sy sak en maak of hy bel. Vir iemand wat hom sien, sal dit lyk of hy op die foon praat, pleks van met die man op die tweede sitplek van hom af. "Wat dink jy?" Sy enkele oog kyk na iets in die verte.

Frank maak of hy agter sy hand gaap. "Ons moet maar aangaan." Hy voel nog steeds seker dat Acker hom na Daniël toe gaan lei. Miskien moet hy iemand anders ook op die jop sit, vir ekstra sekerheid.

* * *

174

DANIËL is tevrede met hoe hy vir Erica vasgebind het. Elke enkel is apart vasgebind, met 'n kort stukkie wasgoeddraad tussenin. Sy kan loop, maar net met kort treetjies. Haar arms is op 'n soortgelyke manier vasgemaak, elke gewrig op sy eie vasgemaak, met 'n stuk draad tussenin. Hy het ook 'n stuk draad om haar lyf vasgemaak, met 'n lus laag op haar kruis. Die draad tussen haar hande is deur hierdie lus geryg, sodat sy een hand agter haar moet hou om meer met die ander een te kan beweeg. Op dié manier kan sy baie dinge vir haarself doen. Hy hoef haar nie te dra of rond te sleep nie, hy hoef haar nie te voer nie, maar sy sal sukkel om weg te kom of om hom aan te val.

Hulle sit voor die kaggel, eet toebroodjies by kerslig en drink wyn. Nogal heel romanties, buiten die netelige detail dat sy met draad vasgebind is. Hy voel besonder ontspanne. Die kos en wyn maak 'n warm gloed in sy maag. Dit lyk moontlik dat die lewe dalk tog miskien goed kan wees, ongeag enigiets.

"Ek kan nog steeds nie verstaan nie. Hoekom sal jy iemand wil doodmaak?"

"Ek word betaal om die getuies iewers te plaas waar hulle nie gevind sal word nie. Dis wat ek doen." Daar is geen teken van bitterheid in haar antwoord nie, geen sweem van eiegeregtigheid nie. Dis vir haar op 'n manier 'n verligting om uiteindelik oor hierdie goed te kan praat. Sy het die gevoel dat dit nie saak maak nie, hulle is verby daardie punt.

"Maar daar moet tog 'n beter manier wees – al daai goed waarvan ons gepraat het, 'n nuwe identiteit en so aan."

"My manier is makliker. Die eerste een wat ek moes doen, het doodgegaan. Ek het een oggend in sy kamer gekom en hy was morsdood. Eers dog ek, wat gaan ek met hom doen? Ek kan nie die dokter of die polisie bel nie. Hoe sou ek verduidelik wie hy is? Toe wag ek tot donker en sleep sy lyk in my kar in en gaan gooi hom in die see. Toe besef ek watter elegante oplossing dit is, hoeveel meer volledig en finaal as om hom die wêreld in te stuur met net 'n paar stukkies papier as vermomming."

Hy moet toegee dit maak sin, wat natuurlik nog nie beteken dis reg nie. "Ek kan net nie sien hoe . . ."

"Laat ek jou 'n storie vertel wat ek nog vir niemand vertel het nie." Sy breek twee toebroodjies oop, ruil die helftes om en sit hulle weer bymekaar – kaas en konfyt. Sy kan nie langer die drang onderdruk om van die las in haar gemoed ontslae te raak nie.

"Ek kom seker uit 'n baie beskermde agtergrond. Ons het in hierdie groot huis in Waterkloof gebly, hoewel ons nie so ryk was soos die bure nie. Ons het soontoe getrek toe daardie deel van Pretoria nog net oop veld was, een van die eerste huise. Mense het in ons voortuin kom piekniek hou sonder om te weet ons is daar. Ek het in die bosse rondgesluip en hulle afgeloer."

Sy glimlag by die herinnering en skeur 'n hoek van die brood af.

"Dit was op 'n manier 'n idilliese lewe, of miskien is dit maar hoe ek dit onthou. My pa was 'n polisieman, maar hy het nooit sy werk huis toe gebring nie. Dis hy wat die Arcadia Ripper gevang het . . . jy onthou, die maniak wat al daai vrouens in Pretoria vermoor het? Dis al jare en ek kom nou nog mense by die werk teë wat saam met hom gewerk het, wat hom ken of ten minste al van hom gehoor het. Hy moes baie goed gewees het om nog so onthou te word. In daai dae het ek geen idee gehad hiervan nie. Hy was maar net Pappa, wat by die voordeur inkom en vra hoe my dag by die skool was of hoe dit by die tennistoernooi gegaan het. Ek dink dit was seker doelbewus dat hy sy werk en huislewe so apart gehou het, hy wou nie ons lewens besmet met al die verskriklike goed waarmee hy elke dag gekonfronteer is nie.

"Ewenwel, daar was hierdie dag, ek was veertien en . . . ek was op my eie in die tuin. Jy kon in ons tuin wees en heel onsigbaar wees van die huis af, die erf het so afgedip en daar was hierdie bos akasias. Dit was my gunstelingplek. Toe ek klein was, het my ma gesê daar woon feetjies daar. Teen die tyd waarvan ek nou praat, was ek al veels te oud om nog in sulke goed te glo, maar dit het nog steeds 'n sekere betowering gehad. Ek was op 'n ouderdom wat ek ongemaklik was by ander mense, maar daar op my eie tussen die bome kon ek 'n kind wees as ek wou, en oor seuns droom as ek wou. Hoe ook al, daar was ek daai dag, in hierdie gesmokte wit katoen-bloes met die gepofte kortmoue . . . dit het pienk blommetjies uit-gewerk gehad om die nek . . . en, uhm, lemmetjiegroen shorts, eint-lik seker lelik, maar . . . Ek het 'n stuk grond skoongevee en het met 'n stokkie daarin gekrap, my naam geskryf. Dit het gevoel asof ek my handtekening op die aarde sit."

Sy wonder of sy hom moet vertel van die miernes langs die klip-muur, van die janfiskaal wat bo haar kop van tak tot tak gespring het . . . Dis vrek moeilik om te begin praat oor wat gebeur het.

"As ek nou terugdink, dink ek daar moes geluide gewees het, waarskuwings wat ek moes opgemerk het. Miskien het ek bewus geraak van iets ongewoons, maar ek het nie gekyk nie, want voor-heen was dit altyd net my verbeelding, en ek wou grootword. Die volgende oomblik is daar 'n hand oor my mond en ek word op-gelig, al skop ek hoe . . .

"Moenie so geskok lyk nie. Dis regtig nie so ernstig nie. Ek bedoel, verdomp, erger dinge gebeur dag vir dag met mense.

"Toe ek weer bykom, is ek vasgemaak . . . So jy sien, hierdie klas ding is nie vir my heeltemal nuut nie. Daar was drie mans. Hulle het wapens gehad. Ek was in 'n pondok of 'n ding, 'n plek sonder 'n ordentlike vloer of elektrisiteit of lopende water, net 'n dop van 'n gebou met splete waardeur die lig skyn. Ek was op 'n matras op die vloer. Net 'n hulpelose kind . . . Ek het nog nooit tevore of daarna meer hulpeloos gevoel nie, of minder soos 'n kind."

Sy kou en sluk op haar tyd.

"Dit het 'n ruk lank so aangehou. Ek het die vreemde vrees ontwikkel dat my oë sou uitdroog soos rosyntjies. Van wat die mans gesê het, het ek uitgewerk dat dit iets met my pa te doen het, hoewel ek nie kon uitmaak of hulle wou gehad het hy moet iets doen en of hy net gestraf moes word vir iets wat hy klaar gedoen het nie.

"Toe, op die derde oggend, word ek wakker en die deur word oopgestamp en daar staan my pa. Hy lyk meer skrikwekkend as enige van die mans wat my ontvoer het. Dit was seker moeilik vir hom om my in die donker raak te sien, want hy staan net daar en staar my aan, maar dit lyk of hy my nie herken nie. Toe ruk sy kop eenkant toe en daar is hierdie rooi bobbel wat bo sy oor bars, en hy sak inmekaar. Ek kon nie by hom uitkom nie, ek was aan 'n paal vasgemaak.

"Ek het karre gehoor en nog 'n klomp skote, toe kom 'n klomp polisie in uniform. Ek het myself in 'n kombers probeer toerol so goed ek kon. Ek wou met niemand praat nie."

Sy het lankal opgehou om na Daniël te kyk. Sy weet presies waar hy is, kan sy teenwoordigheid voel, maar rig haar woorde af grond toe.

"Ek was okay ná die tyd, maar my pa . . . die koeël het in sy brein ingegaan en . . . dit het hom nie doodgemaak nie. Ek kon nog nooit weer met hom praat nie. Wag, dis nie waar nie. Ek praat wel met hom, maar ek dink nie hy weet eens wie ek is nie. Hy is in 'n inrigting. Hulle vat hom in die oggend na 'n sonkolletjie toe en sit hom in die middag voor die TV. My ma het nooit van hom geskei

178

nie, maar ek dink nie sy was spyt toe sy dood is nie, sewe jaar ge-
lede hierdie Desember. My pa lewe nog, vir wat dit werd is."

Buite roep 'n uil, aanhoudend. Daniël besef die geluid het geen
betekenis nie, anders sou dit teen hierdie tyd al opgehou het. Die
voël raas net om te raas, drapeer sy geroep van een tak na 'n ander.
Hy het geen idee wat hy vir Erica kan sê wat meer sin sal maak as
daardie dieregeluid nie. "Wat het met die mans gebeur, die mense
wat..."

"Ek weet nie. Hulle is nooit gevang nie. Ek kon nie onthou hoe
enige van hulle gelyk het nie, ek kon die polisie niks van waarde
vertel nie ... Hulle het gesê dit was seker skok of ontkenning van
wat gebeur het, maar partykeer dink ek dis omdat hulle deur hul
dade die reg tot herkenning verbeur het."

Dis nie noodwendig 'n logiese afleiding nie, maar haar storie oor-
tuig Daniël dat dit net háár idee is om die getuies te vermoor, nie-
mand anders s'n nie. Acker het niks hiermee te doen nie. Niemand
in die polisie het nie, behalwe miskien haar pa.

* * *

ACKER kan nie help om te voel hy doen iets verkeerds nie. Hy het
die oggend 'n ongemaklike onderhoud gehad met superintendent
Joubert, wat kennelik eerder sou wou gehad het Acker moet meer
soos sy kollega Erica van der Linde wees, pleks van om betrokke
te raak by 'n moord 'n honderd myl daarvandaan. Die bevelvoer-
der het dit nie gesê nie, maar die onvleiende vergelyking was daar,
net agter sy toegeklemde tande. Of dalk is dit vervolgingswaan wat
Acker hom dit laat verbeel, nes dit hom nou laat dink hy word agter-
volg. Dis tog duidelik absurd. Die polisiemag het nie die mannekrag
om agter sy eie mense aan te hol nie, wat dalk juis die rede is hoe-
kom die baas so de vieste in is. Acker is nie veronderstel om na

179

Erica te soek nie, met haar onbenullige getuie van 'n misdaad wat nie eens een van sy sake is nie. Hy sal dit al hoe moeiliker vind om te verduidelik, tensy hy vinnige en onteenseglike sukses behaal. Niemand bevraagteken sukses nie.

Hy vat die lang draai na die N7 toe, ry presies teen die snelperk, noordwaarts met die roete wat heelpad tot in Namibië loop. Hy gaan nie vandag só ver ry nie. Die vrou op die foon het gesê die af- draai na die huis toe is nog duskant Piketberg. Hy het lank laas hier- die pad gery, maar kan nie dink dat dit veel meer as 'n uur en 'n half sal vat nie. Hy is seker dis waar hy Erica sal vind. Hy het 'n drukstuk van haar onlangse telefoonoproepe in die hande gekry deur te maak of haar nommer syne is. Niemand het die moeite ge- doen om te kyk of dit wel so is nie. Toe het hy eenvoudig die nom- mers wat sy gebel het, opgevolg. Hoekom het hy nie vroeër daar- aan gedink nie? Die agent het gesê die huis is gehuur deur 'n jong vrou en haar man, van verlede Saterdag af vir 'n week. Vandag is Woensdag, dus verwag hy Daniël sal nog daar wees.

Links in die verte kom die Koeberg-kernkragsentrale in sig, reg op die kus, besig om die koue oseaan kilometers ver met sy uit- vloei warmer te maak.

Die landskap langs die pad is lieflik landelik, met swart-en-wit melkkoeie teen digte groen gras. Party eet gras, ander lê en her- kou. Jy sien altyd een skyt. Dis soos 'n fotoreeks wat die vertering- stelsel van die koei stap vir stap uitbeeld.

'n Leë minibustaxi swiep by hom verby, lyk sover hy kan agter- kom nes die een wat hy die vorige dag gesien het. Maar natuurlik – hulle is omtrent almal Toyotas. En hulle jaag om lewe en dood.

*   *   *

DANIËL het sleg geslaap, met die pistool onder sy kussing. Toe hy 'n kind was en een van sy tannies getrou het, het hy met 'n stukkie troukoek onder sy kussing geslaap, omdat hy die ouvroustorie gehoor het dat jy van jou toekomstige wederhelf sal droom as jy dit doen. Die volgende oggend kon hy geen drome onthou nie en het selfs van die stuk koek vergeet. Sy ma het daarop afgekom en die storie het deel van die gesinsmitologie geword, 'n staaltjie wat tot sy groot verleentheid by vele geleenthede herhaal is. Hierdie keer kan hy onthou wat in die nag by hom gespook het – die vrou in die kamer langsaan.

Sy behoort nog stewig aan die bed vasgemaak te wees. Hy was die vorige aand oortuig dat sy nie sal kan wegkom nie, nou is hy nie meer so seker nie en weet nie eens of hy omgee nie. Tog loer hy op pad badkamer toe by haar kamer in. Sy lê nog in die bed, wawyd wakker met toe oë; hy kan die spanning in haar lyf sien. Hy hoop dis haar gewete wat haar pla, eerder as die opwinding van 'n ontsnappingsplan. Op pad terug uit die badkamer uit sien hy haar weer, nog steeds in dieselfde posisie, steeds kamma aan die slaap. Miskien is sy net nie gereed om die dag in die gesig te staar nie, of om hom te sien nie.

Hy gaan kombuis toe en maak French toast en spek vir ontbyt. Hierdie keer roep hy uit voordat hy by haar kamer kom: "Ontbyt is gereed!" Haar oë is oop toe hy inkom, haar gesig uitdrukkingloos. Hy maak die drade om die bed se pote los, die knope op plekke waar sy nie kan bykom nie. Sy dra nog steeds die vorige dag se klere. Hy het aangebied dat sy slaapklere kan dra, maar dit was moeilik met haar wat vasgemaak is, en op die ou end het hy besluit sy moet maar in haar klere slaap.

Sy is onvas op haar voete toe sy opstaan. Hy hou haar aan die drade vas soos 'n perd aan sy leisels.

181

"Ek moet badkamer toe gaan."

Hy gaan saam met haar en maak die draad om die toiletbak se basis vas. "Drie minute." Hy maak die deur toe en wag buite. Sy maak die deur oop voordat die tyd om is, hy maak die draad los en hulle stap saam kombuis toe. Hier maak hy haar weer aan die tafel vas.

"Ek is jammer, die kos is seker nou al koud."

Sy vat 'n sny van die toast, wat nou taai geword het. "Dit lyk my ek het nie 'n mes nie."

Hy staan op en kom om na haar kant van die tafel toe. Daar staan hy gebukkend en sny die brood in happies.

Sy kyk na sy hande, hoe versigtig hy werk. 'n Herinnering aan haar pa tref haar meteens, en ook van 'n droom wat sy die oggend oor hom gehad het. Hel, dat Daniël haar tog net nie sien huil nie, hy sal die verkeerde idee kry. In haar droom het haar pa gesing, nie wysieloos soos in die werklikheid nie. Dit was 'n lied oor die afwesigheid van dinge, 'n lied waarin leegheid gestalte aanneem. Hy het gesing terwyl hy skeer, sy kakebeen vorentoe gestoot voor sy eie beeld in die spieël. Toe val die skeermes.

Daniël kyk na haar en wonder of dit nie beter sou gewees het as hy wel dood was nie. Ten minste sou sy dan deur haar beplande prosedures kon gaan, eerder as om soos 'n hond vasgemaak te sit voor hierdie onaptytlike ete. Hy wonder hoe dit sal voel om dood te wees – seker soos om op die donkerste van nagte te luister na die ligste van briese.

Hy staan op en begin die tafel afdek. Hulle praat glad nie. Sy hou op eet. Hy was die skottelgoed. Dan maak hy die knope om die tafelpote los, lei haar na die voorste kamer en maak haar by die eetkamertafel sit. Deur die venster sien hy die pou op die grasperk.

"Luister, ek is regtig jammer oor wat daardie mans aan jou gedoen het . . . en vir dit wat jy dink jy aan jou pa gedoen het."

Erica konsentreer daarop om haar asemhaling egalig te hou. Het hy pas gesê wat sy dink hy gesê het? Het hy ingesien dat die ergste van als nie is wat met haar gebeur het nie, maar wat met haar pa gebeur het? Beraders in haar tienerjare het haar gesê dis nie haar skuld nie, dat die mans sleg was en dat haar pa net sy werk gedoen het, maar sy kon nie daarby verbykom nie dat sy, toe sy daardie dag in die tuin ingegaan het, toe sy haarself deur daardie mans laat vang het, 'n tragedie oor hul gesin gebring het. Dis nie weerwraak wat haar dryf nie, dis skuldgevoel.

"Jy kan nie toelaat dat een ding jou hele lewe bepaal nie. Dit hoef nie als te affekteer wat jy doen nie." Daniël kyk haar reg in die gesig. "Ons gaan die hele ding oordoen, en hierdie keer gaan jy dit reg doen. Ek en jy, ons gaan vir my 'n nuwe identiteit skep, elke klein detail van hierdie papiermasker wat my van nou af veilig gaan hou . . . Sê my net wat jy nodig het."

Haar stem is gelate, leweloos, toe sy sê: "Bring vir my die lêer in my kamer, en 'n pen."

Agter uit die lêer haal sy 'n bruin koevert en sprei die inhoud oor die tafel oop. "Dis al die dokumente waarvoor iemand jou ooit sal vra."

Hy staar daarna. "Jy't al klaar hierdie goed vir my gedoen gehad?"

"Nie vir jou nie. Dis om my spore te dek."

"Wel, dit lyk of dit vir my ook sal kan werk." Hy vat wat lyk soos sy matrieksertifikaat en lees: "Leonard Jacobs . . . Dis nie 'n naam wat ek sou gekies het nie."

"Presies."

Die volgende uur lank werk hulle daaraan om sy lewensverhaal uit te werk.

"So ná skool het ek gaan werk by hierdie . . . wat is dit? 'n Elektriese winkel?"

183

"Daar's iemand op pad hiernatoe."

Hy kyk by die venster uit. "Dit lyk na die soort kar wat Acker het."

Erica probeer opstaan, maar die drade ruk haar terug en sy sak op die stoel neer.

Hulle het 'n bietjie tyd. Die pad loop eers 'n ent verby die huis, dan moet mens regs draai en terugry tot agter die huis.

"As jy dit nie vir my opneuk nie, sal ek jou geheim hou. Okay?" Daniël kyk na haar vir bevestiging.

Hy weet sy pleeg die moorde alleen en kan haar aan Acker verklap. Tog, hier is hy, besig om haar hande los te maak.

"Ek sal uitstap na hom toe. Raak jy ontslae van die drade."

Acker sien die huis onder die bome en glimlag in die wete dat hy einde ten laaste die regte plek gekry het, selfs al spel die klippe teen die berghang *Dalk is jy verkeerd*. Dis seker gedoen deur dieselfde soort idioot wat *The Human Cause* op 'n muur sal verf. Dis 'n perfekte wegkruipplek vir verliefde paartjies, of ander mense wat goed wil doen wat niemand anders aangaan nie. Dat iemand net sê Erica weet nie hoe om haar werk te doen nie! Hy haal die Telstar uit rat en laat hom stadig tot stilstand kom onder die bome. Hoenders maak spore tussen die krismisrose in. 'n Enkele sonbesie skree aan en af. Acker klap die deur toe en loop huis toe, bewus van sy knarsende voetstappe op die gruis.

Daniël kyk oor die onderdeur na hom. "Hallo daar! Wat bring jou hierheen?" Daniël hou steeds die pistool in sy hand, onder die deur se rand.

"Ek wou maar net sien hoe dit hier met jou gaan."

"Soos jy kan sien . . ." Daniël voel langs hom rond en maak 'n laai oop, sit die pistool daarin en stoot dit weer toe. Dan maak hy die onderdeur oop sodat Acker kan inkom.

"Waar is sy?"

Erica verskyn van die gang af, vryf haar gewrigte. "Hoe het jy geweet waar ons is?"

Acker vee sy voete aan die deurmat af. "Ek is 'n speurder, onthou."

"Niemand was veronderstel om ons te kan kry nie. As jy dit kan regkry, kan ander ook."

"Ek sou my nie daaroor bekommer nie. Dit lyk of ons vir Frank Redelinghuys op die ou end tog sal kan opsluit." Acker wend hom tot Daniël. "Ons het die ou gekry wat jou aangeval het."

"Wat beteken dit? Kan ek teruggaan na my ou lewe?"

"Miskien. Dit hang af."

"Weier hy om te getuig?"

"Ek sou dit nie so stel nie. Hy's dood."

Daniël steun met sy hande op 'n kombuisstoel se rugleuning.

"Is dit hoekom jy hier is?" vra Erica.

"Ja. En ek wou jou ook sien, natuurlik. Ek wil sien hoe jy hierdie goed doen."

"Daar's nie veel te sien nie. Hoekom gaan sit julle twee nie in die sitkamer nie, dan maak ek koffie. Of wil jy liewer 'n bier hê?"

"Hoe laat is dit? Te vroeg vir bier, dink ek. Ek moet in elk geval nog terugry. Hoekom kry julle nie twee koues nie, dan drink ek koffie."

"Daniël, nie by die tafel nie, okay? Sit in die gemakstoele."

Daniël verstaan dat sy vir Acker van die dokumente af wil weghou. Hy wys vir die polisieman om deur te stap sitkamer toe.

"Wonderlike ou huis."

"Dit is."

Met die twee mans weg, sit Erica die ketel aan en begin kasdeure en laaie oop en toe te maak. Daniël het hierheen gekom met die pistool, maar hy't dit nie meer by hom nie. Wat beteken hy het dit hier iewers weggesteek. Sy kry die Walther maklik, steek dit haastig agter by haar jeans se band in en laat haar bloes daaroor hang.

Acker is besig om vir Daniël 'n foto te wys toe sy met die skink-bord inkom.

Daniël herken die gesig. Hy probeer syne uitdrukkingloos hou. "Is dit veronderstel om die ou te wees?"

"Hy pas by die beskrywing wat jy gegee het en ons kan hom met Frank verbind. Die twee van hulle kom al 'n lang pad saam."

"So al wat jy nodig het, is dat ek getuig dis die man wat my aan-geval het, en dan het jy vir Frank vas op poging tot moord?"

"En dwarsboming van die gereg."

"En wat van Nazla?"

"Onwaarskynlik. As ons gelukkig is, sal ons ook kan bewys dat Frank betrokke was by die moord op hierdie ou, De Lange."

"Wat moet ek doen?"

"Kom terug en getuig."

"En dan?"

"Wel, dit hang als af van die uitslag. Jy sal dalk kan teruggaan na hoe dinge voorheen was."

Daniël dink 'n oomblik daaroor. "Ek is nie seker dat ek dit sal wil doen nie."

"Of jy kan net voortgaan van waar jy nou is, hier saam met Erica."

Die polisievrou vang Daniël se wrang glimlag. Sy wil nie hê hy moet iets doms kwytraak nie. "Julle koffie word koud."

Daniël vat die beker by haar. As hy voortgaan met hierdie besig-heid, saam met Erica, en sy het die vuurwapen . . . Vergeet daarvan. Aan die ander kant, as hy saam met Acker gaan, kry hulle dalk vir Frank in die tronk, hoewel nie vir die misdaad wat Daniël aanvank-lik sien plaasvind het nie. Hy kyk weer na die foto. "Ek kan nie vir seker sê nie."

"Maar alles pas! Hy het 'n polisie-uniform. Ons weet dat hy en Frank kop in een mus was. 'n Kort rukkie ná die aanval op jou kry ons hom dood . . . Dit werk darem als baie lekker uit vir Frank, dink jy nie?"

"Dit mag so wees. Maar jy wil nog steeds hê ek moet onder eed verklaar dat dit die man is wat my aangeval het, en ek dink nie ek kan dit doen nie."

Daar is 'n skreegeluid buite. Acker sit kiertsregop. "Wat was dit?"

"Daar's 'n pou wat hier rondloop," verduidelik Erica.

"Wat 'n aaklige geluid."

"Wat 'n mooi voël."

Daniël hou sy hande bak om die beker. "Ek het hom vanoggend in die gras sien pik. Ek dink hy eet wurms."

Acker gaan staan by die venster. "Daar loop hy." Iets is nie heeltemal pluis nie, maar hy kan nie sy vinger daarop lê nie. Nie een van hulle lyk bly om hom te sien nie. Miskien is dit verstaanbaar, gegewe die noodsaak dat dit 'n geheim moet wees waar hulle is. En nou is Daniël nog traag om te getuig ook, om 'n rede wat Acker nie kan peil nie. Hy is seker De Lange is die regte man.

Erica kom staan langs hom en stoot die gordyn opsy.

"Wat het hier gebeur?" Hy raak aan die rooi swelsel op haar gewrig.

"Dis van die drade. Ek was vasgemaak."

Agter hulle staan Daniël op.

"Dis 'n spel wat ons gespeel het," hervat Erica. "Dis 'n oefening om vertroue te bou, waar ons om die beurt vasgebind is en jy moet die ander een vertrou om na jou te kyk."

Acker kyk ongelowig na haar.

"Dis taamlik algemeen dat mense wat tussen misdadigers gelewe het, 'n gebrek aan vertroue in ander mense het. Hulle neem altyd aan dat mense nie vertrou kan word nie, want dis waaraan hulle gewoond is. Dit wys op allerhande maniere. Vir iemand om die wêreld in te gaan sonder die besmetting van 'n kriminele verlede, moet hy eers leer om op ander te vertrou."

Die pou sprei sy stertvere in 'n waaier met baie oë.

"Dit wys jou net hoe min ek weet," sê Acker.

Daniël merk iets vreemds op omtrent die vorm van Erica se hemp aan die agterkant, iets wat in haar jeans gesteek is . . . Dan besef hy wat dit is. Sy hand skuif agter haar rug in en sy probeer hom wegkeer sonder dat Acker agterkom.

Toe Acker uiteindelik terugkyk van die venster af, staan Daniël en Erica sy aan sy. Daar is iets sameswerend omtrent hul gedrag. Dan tref dit hom: 'n man en 'n vrou alleen op 'n afgeleë plek, baie intiem betrokke by mekaar, hulle kan maklik verlief raak . . . Hy glimlag in sy binneste, voel beter noudat hy uitgewerk het wat aangaan. Miskien lyk dit wat in die wêreld daar buite aangaan vir 'n verliefde man minder belangrik as tevore. En hoe kan Acker iemand anders dít misgun wat hy self so graag sou wou hê?

"Is jy baie seker jy sal nie kan getuig dat De Lange die een is wat jou aangeval het nie?"

Daniël skud sy kop. "Ek kan nie." Hy het die pistool uit Erica se jeans gewikkel en hou dit buite sig agter sy rug, staan terug tot teen die naaste stoel se rugleuning.

"As jy getuig, sal ons vir Frank kan vastrap."

"Maar nie om die regte redes nie."

"Partykeer moet mens maar vat wat jy kan kry."

Erica kan nie toelaat dat Daniël weer teruggaan in die stelsel in nie, sy moet hom weghou van die gereg af, haar kanse vat soos dit kom. "Ek weet jy wil regtig hierdie man vang, maar moenie ander mense opoffer om dit reg te kry nie."

Acker kyk van die een na die ander. Met Erica wat Daniël ondersteun, gaan hy nêrens kom nie. Hy sou kon kwaad word hieroor, hy kan raas en skel . . . Maar toe hy praat, is sy woorde sag, ingetoë. "Dis nie my voorneme om enigiemand op te offer nie, ek wou maar net seker maak. En nou moet ek gaan."

Hulle stribbel nie teë nie, loop eenvoudig saam met hom uit na die kar toe. Dit voel vir hom party wolke beweeg in die teenoorgestelde rigting as ander, en dat die bome se skaduwees sonkant toe wys.

* * *

FRANK se foon lui net voor middagete. Dis Jeannette. "Ek het vir Daniël gekry."

Die groot man probeer naarstiglik die knop kry om die radio sagter te draai. Dis te ver, maar hy kom die muurprop by en skakel die krag af. "Sê weer?" Hy luister en klap sy knie. "Ek het dit fokkenwil gewéét."

"Daardie poeliesman het na 'n plaas toe gery. Daniël is daar, lyk of dit net hy en 'n vrou is."

"Het jy goed gekyk?"

"Deur 'n telefotolens. Dis hy. Jy kan na die foto kyk as jy wil."

Frank kry 'n pen tussen al die kitskosbokse op die koffietafel en maak gereed om op die naaste deksel te skryf. Hy het geweet dit sal help om die agtervolgery aan Jeannette toe te vertrou. Daar is 'n kans dat sy mettertyd te veel van sy sake sal weet, maar dis 'n probleem vir 'n ander dag. "Verduidelik vir my waar dit is." Hy hou die pen gereed. "Jeannette, jy breek op. Sê weer . . . Nee, ek kan fokkol hoor. Is jy in die kar? Bel my as jy 'n sterker sein het."

Donnerse selfone. Maar hulle het hul voordele, soos om oproepe te maak wat nie nagespeur kan word nie. Hy gaan na sy kamer toe en grawe tussen sy skoene rond tot hy 'n boks met 'n halfdosyn selfone kry. Hulle het almal voorafbetaalde oproeptyd, gekoop deur voormalige eienaars. Hy vat twee en gaan terug sitkamer toe. 'n Blok sonskyn tref die spikkelmat. Hy sit agteroor en rek hom uit, strek sy voete tot in die warm kol.

Sy bel tien minute later en hy skryf die aanwysings na die plaashuis toe neer. Dan bel hy vir Lestrade op een van die gesteelde fone. "Bel terug in tien. Tel 83,574 by." Dit sal die polisie van die spoor af gooi as hulle die oproepe probeer volg. Frank en Lestrade het elkeen 'n basiese nommer wat maklik is om te onthou. Al wat jy moet doen, is om vir die ander een te sê wat om by hierdie getal te tel, en dis die nommer wat hulle volgende moet bel. Hulle maak die nuwe oproepe van ander fone af, wat dit byna onmoontlik maak om na te speur.

Frank vat die foon en die Mercedes se sleutels. Hy wil ver weg wees van ander ore as hy met Lestrade praat. Hy ry in Setlaarsweg af en vat die Liesbeeckparkweg-afdraai. Langs die Liesbeeckrivier parkeer hy, klim uit en loop oor die gras na die rivier toe. Dis 'n plek waar die meeste mense net verbyry. Dis maklik om hom raak te sien hier, maar hy gee nie om nie. Laat hulle maar vermoed wat hulle wil, solank hulle niks kan bewys nie. En as iemand naby hom probeer kom, sal hy hulle ook maklik opmerk. Op die rand van die betonkanaal gaan hy staan en kyk af na die stroompie vuil water. Melkbottels en bierblikke het vasgespoel teen stringerige dooie onkruid. 'n Papnat sigaretpakkie draai stadig op een plek in die rondte. 'n Reier kom van iewers af gevlieg en kom loop deur die modder, voetjie vir voetjie, asof dit sal keer dat sy tone vuil word.

Die oproep kom en hulle praat 'n paar minute lank. Dan loop Frank terug na sy kar toe. Langs die voorwiel hurk hy en maak sy skoen vas. Terselfdertyd druk hy die foon onder die wiel in. Dan klim hy in en trek weg, trap die foon flenters.

* * *

TOE Acker weg is, draai Daniël na Erica toe. "Lyk my dit het goed afgeloop."

"Vir jou, miskien."

"Komaan, ek kon hom vertel het wat jy daar bo in die kloof probeer doen het."

"Jy sou seker kon probeer het, maar sou hy jou geglo het?"

"Is dit 'n kans wat jy sou wou waag?" Hy haal die pistool uit sy belt uit.

Sy laat sak haar kop. "Ek wil nie weer vasgemaak wees nie."

"As jy my nie probeer doodmaak het nie, sou dit nie nodig gewees het nie."

"Daar's niks wat ek nou kan doen nie, is daar? Acker weet ons is saam hier. Dit maak die risiko groter dat ander mense ons ook kan kry. Dit is 'n kans wat ek nie wil vat nie." Sy kyk hoe hy die pistool laat sak. "Vrede?"

"Dis iets wat jy vir jouself sal moet vind. Die beste wat ek kan bied, is 'n wapenstilstand."

"Met jou wat die skietding het?"

Dis juis hoekom hy bereid is om die kans te waag om haar meer beskaafd te behandel. Hy het die mag. "Moenie kla nie. Ten minste het ek jou nog nie probeer skiet nie."

Sy gooi 'n lok hare oor haar skouer. "Laat ons dan maar weer aan die werk kom. Daar is dokumente wat jy moet teken."

Dis al skemer toe sy die papiere in twee hope skei en die een na hom toe stoot. Hy gaan vinnig daardeur. Hulle lyk oortuigend, in verskillende stadiums van gehawendheid, party met krulhoeke en vergeel, ander netjieser.

"Daar's nog nie 'n ID-boekie nie, want daarvoor het jy 'n foto nodig van hoe jy gaan lyk. Ek kon ook net vir jou een van die ou soort bestuurslisensies kry. Jy moet die een of ander tyd aansoek doen vir nuwe dokumente. Leonard Jacobs is nou in die rekenaar, en jy behoort dus nie probleme te hê daarmee nie."

"Wat van hoe ek lyk?"

"Verander jou haarstyl, laat groei jou baard, kry 'n bril, dra ander soort klere. Kies vir jou iemand op straat en koop vir jou presies dieselfde uitrusting. Jy sal nog steeds na jouself lyk, maar dis okay. Ons sien almal mense wat ons aan ander mense herinner. Solank jy mense aan Daniël Enslin herinner eerder as dat hulle jou herken, is dit nog okay. Bly uit die koerante uit. Gaan lewe 'n stil lewe."

"Wat van landuit gaan?"

"Namibië is gewoonlik taamlik maklik."

"Ek het gedink aan Nieu-Seeland."

"Jy kan probeer."

"Is dit dus al wat jy vir my gaan doen?"

"Daar is nie veel meer nie. Jy kan geld trek uit die bankrekening wat ek vir jou opgestel het, gebruik die kitsbank. Dan gaan sit jy die geld in 'n nuwe rekening wat jy self oopmaak, met jou eie handtekening eerder as my vervalsing. Doen dit geleidelik, oor 'n paar maande. As jy klaar is, sluit die oorspronklike rekening en die saak is reg."

Hy vat die papiere en bankkaart bymekaar. "Dankie."

Dit vang haar onkant. Hier is iemand wat sy skaars twee dae gelede probeer doodskiet het, en hier bedank hy haar. "Dis my werk."

"Ek weet. Nogtans, jy't dit goed gedoen."

"Dit sal ons nog moet sien."

Dis donker buite en Daniël sien sy weerkaatsing in die ruit. Dis asof daar iemand buite is wat binnetoe kyk na hom toe, die spook van wie hy was. Hy wil net wegkom van hierdie plek af.

* * *

HY hou die naald dood op 120. Die skaduwees van die Polo se vensterrame skuif oor hul gesigte as karre by hulle verbygaan. Nou en dan verskyn 'n glimmende padteken in die kopligte. *KAAPSTAD 110 KM.* Dit laat hom goed voel om so te ry. As jy reis, skep dit die illusie dat jy 'n doel het, om net te beweeg is al klaar 'n troos. Vir 'n lang tyd praat hulle nie. Erica skakel die radio aan, probeer om 'n stasie op te vang. Tussen die gebliep en geruis deur hoor hulle flardes musiek.

"Hou dit daar. Nee – terug, anderkant toe." Musiek vul die kar, Prince wat sing hy sal die sewe doodsondes sien val. "Ek's mal oor dié lied."

Sy kyk op in Daniël se gesig, dof verlig deur die instrumentepaneel. "Jy speel seker."

"Hy's die Mozart van ons tyd. Hy kan tussen twee tromslae van trashy na transendenteel toe beweeg. Hou jy nie hiervan nie?"

"Ek het die *Sign O' The Times*-plaat gehad. Daar's een lied, ek weet nie of jy dit ken nie, 'The Cross' ..."

"Ek sou nooit raai jy's 'n *fan* nie."

"Van Prince of Jesus?"

Daar is 'n glimlag in die kar. Hulle albei voel dit en geniet die gloed daarvan. Hulle ry aan, verby die skerp verligte petrochemiese komplekse in Blouberg en tussen die voorstedelike straatligte in. Die spreiligte is op Tafelberg, die bergwand in vlakke van swart en wit. Die snelweg krul om die stad se onderste punt en vertak in strate in.

"Watter kant toe?" Hy dring daarop aan om haar huis toe te vat.

"Op Kloofnek toe." Hy sluit die kar se deure van binne. Jy weet nooit wie op jou afkom as jy by 'n verkeerslig staan nie. Die nag het net soveel bedelaars as die dag, en meer rowers. Die pad word al hoe steiler. "Ek sal jou sê waar jy kan afdraai."

Hulle slinger deur 'n paar nou strate en kom uit by 'n klein se-kuriteitskompleks, 'n paar woonstelle tussen eikebome. Hy vat die tasse en volg haar met 'n oorgroeide paadjie langs agterom die ge-bou. Sy stop by nommer ses, vroetel met haar sleutels en stoot die deur oop.

"Dit ruik bedompig." Sy loop van kamer tot kamer, skakel ligte aan. Hy bring die tasse tot in die sitkamer. "Sit hulle enige plek neer. Ek moet net die warm water aanskakel en 'n paar vensters oop-maak."

Die vertrek is nie groot nie, maar dit voel ruim omdat die een muur van die dak af tot op die vloer net glas is. Daar is 'n Frida Kahlo-afdruk teen die muur, en 'n CD-speler met 'n stapel CD's bo-op. Tanita Tikaram, Sting, Cowboy Junkies, asook Mendelssohn, Rachmaninoff en Bruch.

"Ek is honger," sê sy agter hom. "Wil jy iets hê?"

"Ek sal kom help."

"Ek verkies om alleen te kook."

Nadat sy weg is, begin hy deur die boeke op haar rak te kyk. 'n Skooljoernaal trek sy aandag. Haar foto is op bladsy 27. Dit was 'n engel, dink hy, hemels. Minder as 'n mens . . . Sy gevolgtrekking verbaas hom. Miskien is dit die verlies aan onskuld wat mens méns maak. Hy kyk op en sien weer sy eie weerkaatsing in die donker ruit. Nog steeds iemand wat hy nie wil sien nie. Toe hy die gordyn gaan toetrek, sien hy takke en blare wat in die wind skud, silwer en swart in die straatlig, en agter sy kop die gloed van haar sit-kamerlig. Hy besef hy was lank laas lus vir rook.

Sy braai knopiesampioene in 'n pan saam met uie. Sy het 'n suur-lemoen middeldeur gesny en druk die sap oor die vlesige rondings uit. Dit ruik na botter en swart peper. Sy is soveel kwesbaarder hier, dink Daniël. In haar eie ruimte is daar minder plek om weg te kruip.

Hy kan haar verlede en haar toekoms sien, hoe sy net so staan en kos maak vir een. Die spoke in haar lewe het nie kos nodig nie, hulle vreet aan haar.

Hy onthou haar stem: *Daar is geen perk aan die hoeveelheid stront wat in een lewe kan gebeur nie.* Wanneer het sy dit gesê? Sy druk met die spaan tussen die sampioene rond, skuif hulle van plek tot plek. Hulle het al baie van hul grootte verloor, het rubberig en bruin geword. Om haar so te sien, stem hom hartseer. Soos altyd, gaan dit oor die goed wat nie kan wees nie. Hartseer vul die leemte tussen die wens en die werklikheid. Sy lyk so verlore.

Dit, besef hy, is wat hy nie kan verduur nie – dat sy oorgegee het aan dit wat kom. Sy gee nie meer om nie. Die verlies aan vuur in 'n vurige mens is 'n verskriklike ding om te sien.

Hy dek die tafel en steek 'n kers aan. "Dis nie die einde van die wêreld nie, jy weet. Dit is nooit. Tot die einde."

"En dis nie nou nie?"

"Nee."

Sy stoot die sampioene eenkant toe en sit dun repe steak in die sissende vet, skroei die vleis. Dan sprinkel sy sout oor en druip room oor als. "Ons sou iets beters kon geëet het as jy bereid was om te stop dat ek iets koop," sê sy toe sy die helfte van die pan se inhoud in sy bord uitskuif. "Die sampioene is al oor hulle beste."

Hy draai die ligte sagter en skink twee glase rooiwyn. Dan gaan sit hulle oorkant mekaar en klink glase. Sy huiwer. "Waarop sal ons drink?"

"Oorlewing. Verlossing. Geloof, hoop en liefde. Net wat jy wil."

Hulle klink weer glase en sy vat 'n groot sluk van die troebel wyn.

Hy glimlag. "Jy's veronderstel om dit eers in die glas te roer, so." Hy maak 'n sirkelbeweging wat die wyn laat kolk.

"Ek sal maar net ná die tyd my kop skud. Wyn gaan in elk geval

195

reguit in my kop in. Ek het geen weerstand nie." Sy glimlag afge-
trokke en haar lippe is klam.

Hy weet hy sal nooit hierdie oomblik vergeet nie, met die kerslig
wat in haar haarpunte glinster. Hy voel geweldige tederheid teen-
oor haar. Skuldgevoel en 'n diepgewortelde vrees vir mislukking
het haar daartoe gedryf om die grootste taboe van almal te oor-
tree.

Sodra sy haar glas leeg gedrink het, skink hy dit weer vol.

Later in die aand tel hy haar van die bank af op en dra haar bed
toe. Hy lê haar neer en trek die komberse oor haar, 'n kombers ge-
hekel deur 'n ou, waarskynlik nou dooie, familielid. Hy streel 'n
paar hare weg van haar wang af. Sy begin egalig en diep asem-
haal, haar oë beweeg onder hul lede. Sy droom oor 'n wêreld wat
hy nooit sal ken nie.

Dis tyd om te gaan.

Papiermasker

Die lig van straatlampe sit in die bome, wit op die takke en blare bo sy kop. Hy laat sak sy ken en loop, die tas in sy regterhand geklem. Hy kom uit die skaduwees uit, steek die straat oor, twee bene wat skêrbewegings maak in die lig, afgemete op pad donkerte toe. Die pype wat afloopwater van die huise af straat toe voer, vorm swart gate in die randstene, asemloos op wag na water. Die naglug is warm. Aan die voet van die helling hyg die stad soos 'n hond aan 'n ketting.

Dis afdraand tot by die stasie, maar dis ver. Toe hy 'n foonhokkie sien, stop hy en bel 'n taxi. In die helder verligte venster van 'n woonstel op die tweede vloer sien hy 'n man en vrou heen en weer loop, naby die venster verskyn en dan weer verdwyn. 'n Getroude paar? Veraf kennisse wat deur omstandighede saamgegooi is? Hy kan nie uitwerk wat hulle doen of waaroor hulle praat nie – die dag se nuus, 'n vriend se dood of nuwe liefde, die nuutste reeks op TV, of tref hulle reëlings vir later? Wat dit ook al is, dit lyk vir hom kosbaar, mense wat voortgaan met hul lewens, wat herinneringe en planne maak, wat tyd verspeel asof dit net op horlosies bestaan, sommer nommers is wat verbytik.

Die taxi stop, 'n yslike ou Valiant in twee kleure geverf. Die bestuurder het 'n tweed-keps en 'n snor wat in twee klossies bo sy mondhoeke groei. Daniël klim agter in en vra om stasie toe gevat te word. Die kar ruik na sigaretrook en skoonmaakmiddel. Toe die bestuurder hoor waarheen Daniël gaan, vra hy of hy op pad is om vakansie te hou. Hy sê ja. Die bestuurder vertel hy kom pas terug van een af, hy het by sy broer in die Oos-Kaap gaan kuier. Sy broer werk by Volkswagen, doen goed. Gaan meneer ook by familie kuier? Nee. O, dan sommer vir die plesier? Ja. Dit kan ook lekker wees, sê die bestuurder, maar dis duurder.

Hulle draai links, regs, bevind hulle in Loopstraat. Draai regs in Waal, ry verby die Kultuurhistoriese Museum en dan met Adderleystraat langs af. Dis die strate waar Daniël altyd geloop het. In soverre hulle aan enigiemand kan behoort, was hierdie paaie syne. Hy was 'n stadsbewoner, 'n man van die stad. Dit was sy tuiste. Nou kan hy nie die gevoel afskud dat hy 'n besoeker in sy eie lewe is nie. Hallo, Daniël Enslin, hoe gaan dit met jou? . . . Ek is jammer om dit te hoor. So is die lewe maar, ou vriend. Dinge kom en dinge gaan. Dis jou beurt om te gaan.

Die papiere in sy tas sê hy is Leonard Jacobs. Hy voel nie soos Leonard Jacobs nie. Hy voel soos niemand. Sy asem blaas wasem op die venster. Hy draai sy kop weg. Darlingstraat. Die Goue Akker.

Hy betaal die man met geld uit 'n vreemde beursie en loop stasie toe. Die muurklok sê dis amper elfuur. Daar is halftwaalf 'n trein Johannesburg toe. Hy kry 'n oop kaartjievenster sonder iemand wat dit bedien. Daar is geen klokkie wat hy kan lui nie, geen manier om aandag te trek nie. Hy gaan sit op 'n bank daar naby. Duiwe fladder van lyste teen die mure af, op soek na krummels. Hulle loop rondom sy voete, hul nekke glinster groen en pers.

'n Ruk later kom 'n man in 'n swart uniform verby en bied aan om iemand te soek wat 'n kaartjie aan Daniël kan verkoop. Die man loop weg op Charlie Chaplin-voete, hande in die sak, kakebeen vorentoe gestrek. 'n Lang ketting maak 'n lus langs sy been.

'n Gesin kom van buite af – ma, pa, kinders, ooms en tannies. Iemand gaan weg. Hulle staan rond, soen en omhels mekaar, gesels en vee trane af. Dan verskyn daar 'n figuur in die kaartjievenster en Daniël gaan koop 'n kaartjie tot in Beaufort-Wes.

Hy deel die kompartement met twee ander mans. Een het 'n bier in die hand, kruip in die boonste bed in met 'n sigaret in die ander hand, hy rook en hoes. Die ander ou lees *Reader's Digest* en gaan dan slaap. Net Daniël bly sit. Hy leun met sy kop teen die vensterraam, laat die ritme van die spore in sy kop indreun.

Iewers diep in die nag word hy wakker. Hulle het gestop, Worcester. Op die ingewing van die oomblik gryp hy sy goed en klim van die trein af.

Die kondukteur blaas sy fluitjie en die trein trek weg. Daniël kyk hoe die rooi liggie op die agterste wa kleiner word in die verte. Die stasie is verlate – lamppale, 'n paar swaar houtbanke en geslote geboue. In die digte mis lyk die dorp rondom hom na rye liggies sonder substansie. Hy besluit om te bly waar hy is tot die oggend. Hy sit sy tas op een van die banke neer en gaan sit langsaan, sy kop in sy hande. Ondanks al die moontlikhede van oomblik tot oomblik in sy lewe is dit, as hy terugkyk, soos 'n onwrikbare staalspoor wat hom hiernatoe gebring het, 'n reeks onafwendbare gebeure een ná die ander, reg van die begin af. Dit help nie om nou daaroor te kla nie. Vreksel, dit raak koud. Sy gedagtes raak dikker en stadiger, totdat die gestolde massa geen merkbare momentum meer het nie.

In die loop van die volgende twee uur kom 'n gedagte by hom op, volledig soos 'n eier: Hy sal nooit weer veilig kan voel nie, behalwe as hy seker kan wees Erica sal hom nie weer probeer doodmaak nie. Die wapenstilstand tussen hulle die afgelope dag, die skyn van vriendelikheid, sal nie meer veel beteken as sy eers weer terug is in haar daaglikse lewe nie. En dis nie net dat sy sal wil keer dat hy haar verraai nie. Sy is nie soos Frank nie. Daniël het haar in sy mag gehad, vasgebind, nes haar ontvoerders destyds. Wie weet,

199

dalk het hy in haar gedagtes net soos een van hulle geword. As hy daar buite in die wêreld is, dra hy straks die onduidelike gesig van die mans wat haar van haar pa en haar kinderdae ontneem het. Dit sal soos 'n teiken op hom geverf wees.

Hoe om haar te keer? Hy kan dit nie fisiek doen nie. Hy kan haar nie leed aandoen nie – hy kon dit nie doen toe hy die geleentheid gehad het nie. Hy kan ook nie vir altyd vir haar wegkruip nie. Sy ken sy nuwe identiteit en dit sit nie in sy broek om 'n ander een te skep nie. Wat as hy na Acker toe gaan? Hy het geen bewyse nie. Inteendeel, die blote feit dat hy bestaan, dui daarop dat sy nié die getuies doodmaak wat sy veronderstel is om te beskerm nie. Sal Acker hóm glo eerder as 'n mede-offisier? En selfs al glo hy wat Daniël hom vertel, wat kan hy dan doen om Daniël te beskerm . . . hom in 'n getuiebeskermingsprogram sit? Nee, nie weer nie.

Hy blaas 'n wolk warm asem, kyk hoe dit vorm en vervaag.

Wat hy moet doen, is om haar begeerte om hom dood te hê teen te werk. Hy moet die redes wegvat waarmee sy haarself oortuig. Sy moet die lewe in die gesig staar, haar verlede, en tot 'n ander slotsom kom oor hoe om dit te hanteer. Hoe in godsnaam gaan hy dit regkry?

Hy kan haar bel, met haar praat. Hy vat haar besigheidskaartjie uit sy baadjie se binnesak en kyk met geskreefde oë daarna in die geel lig, lees die foonnommer. Maar hy sal oor sy woorde struikel, deurmekaar raak en nie sê wat hy bedoel nie, of dit so sê dat dit lyk of dit iets gans anders beteken. Sy sal terugpraat en so gou soos nou sal hulle al die verkeerde goed ophaal, miskien selfs aan't stry raak. Dit sal beter wees om sy gedagtes agtermekaar te kry en dit aan haar oor te dra sonder dat sy die kans het om hom in die rede te val. Dit het goed gevoel toe hy daardie brief vir sy broer geskryf het. Miskien iets in daardie lyn.

Hy het geen idee wat hy maar moontlik kan sê wat haar sover sal kry om van gedagte te verander nie. Hy is nie 'n profeet of selfs net 'n prediker nie. Maar hy voel iets. As hy haar 'n insig kan gee in die gevoelens wat hy het, hoe die lewe voor sy oë verander, die wriemelende papies van waarnemings wat soms soos bont skoenlappers uit hul dop kruip, wat opstyg en vlieg . . . as hy haar maar net iets daarvan kan laat ervaar.

* * *

ERICA word gewek deur die kloppende pyn in haar kop. Iets is verkeerd. Sy sit kiertsregop. Sy is in haar woonstel. Waar is Daniël? Sy staan haastig op en gaan kyk in al die kamers. Hy is nie daar nie. Miskien is hy net vinnig uit om melk te gaan koop. Ja, haar beursie lê oop. 'n Vinnige kyk is genoeg om vas te stel hy het al die geld gevat, en sy tas is nêrens te sien nie. Die vloer is koud onder haar kaal voete. Dan is hy weg. Vir 'n oomblik voel sy verlig dat dit verby is . . . Maar dis nie rêrig verby nie, besef sy. Hy is daar buite. Gister het hy haar geheim gehou, maar sal dit altyd so wees? Sy kan nie seker wees nie.

Sy gaan badkamer toe, kom 'n paar minute later terug en sit die ketel aan. Dit was soveel makliker met die ander getuies, toe dinge opgelos is en sy finaliteit gehad het. Gisteraand se skottelgoed is nog in die wasbak. Hierdie keer het dit glad nie uitgewerk soos sy gehoop het nie. Nogtans moet sy erken sy is nie geheel en al ongelukkig nie. Dis die vreemdste ding. Sy maak 'n beker tee, maak die gordyne oop en sit klassieke musiek op. Die oggend is helder, die lug skoon, die musiek spreek van goedheid en harmonie, maar die stoom uit haar beker dans soos 'n duiwel.

Sy is reddeloos onrustig. Daar is verskonings: sy het die aand tevore te veel gedrink, 'n paar nagte te min geslaap, haar dae was emosioneel uitputtend. Wat dit ook al is, haar oortuigings verkrummel onder die onophoudelike gedrup van woorde: *Dalk is jy verkeerd.* Dit maak haar bang, maar terselfdertyd opgewonde. Sy kan byna genot put uit haar eie ondergang. "Dís nou wat jy kry," wil sy vir haarself sê. "Dís nou wat jy kry." Asof sy dit verdien. Daar is hierdie ander self wat sit en oordeel.

Sy staan op en sit die musiek af, skakel die radio op 'n inbelstasie. 'n Stroom eiegeregtige onbenullighede borrel daaruit voort. Goed so. Sy gaan stort, sit 'n bondel wasgoed in die masjien en trek aan vir werk.

Eerste gaan gee sy die huurkar terug. Sy het die kar onder 'n vals identiteit gehuur en wil nie sake met 'n kredietkaart of tjek kompliseer nie, en stop dus onderweg om kontant te trek. Die kar se teruggee verloop sonder haakplek. Dan haal sy 'n bus terug teen die bult op en loop die laaste twee blokke na haar woonstel, waar sy haar eie kar uit die garage trek en werk toe ry.

By die kantoor is als soos dit voorheen was. Die kennisgewingbord het 'n paar nuwe aankondigings. Vreemd hoe die lewe voortgaan as jy nie kyk nie. Haar kantoor ruik na politoer, selfs meer so as die gang. Alles is net soos sy dit agtergelaat het . . . amper. Sy het die onrustige gevoel dat sy 'n herskepte toneel sien, nie heeltemal outentiek nie. Sy maak die venster oop, skakel haar rekenaar aan en bel die skakelbord om hulle te laat weet sy is terug. Dan trek sy 'n paar lêers uit die kabinet en sprei hulle oor haar tafel. Sy gaan hulle een vir een lees, ou sake wat vir niemand meer saak maak nie, en haarself met sussende roetines omring.

"So gou terug?" Acker staan by die deur.

"Nadat jy weg is, het ons besluit om op te pak. Dit het nie meer veilig gevoel nie."

"Hy's dus nou op sy eie daar buite iewers."

Sy sorteer die papiere in datumvolgorde. "Veronderstel om te wees, ja."

"Dit het gister die wind uit my seile gehaal toe hy nie wou getuig oor die man wat hom aangeval het nie."

"Kan jy hom blameer? Kyk wat het laas keer gebeur toe hy probeer het."

"Dis seker so." Acker sleep 'n stoel nader en gaan sit. "Dit maak my net so de moer in dat daai bliksem van 'n Frank Redelinghuys wegkom met als."

"Jy kan nie toelaat dat een ding jou hele lewe bepaal nie." Sy ys by die herinnering aan toe sy dieselfde woorde gehoor het.

"Ek doen dit nie, maar . . ." Acker kyk hoe sy goed op haar tafel rondskuif. Het sy agtergekom hy het deur haar goed gevis? Indien wel, gee sy geen aanduiding nie. "Dis goed om jou terug te hê," sê hy en staan op.

"Jammer as ek 'n bietjie deur die mis is. Dis nogal disoriënterend om terug te kom as jy weg was."

"Was dit okay . . . met Daniël, bedoel ek."

"Hierdie goed is nooit maklik nie."

"Hy is 'n nice ou." Acker hou haar stip dop, probeer haar reaksie lees.

"Ek sou regtig nie kon sê nie. Ek gee nie om nie."

Watwou, dink Acker. "Laat my weet as hy kontak maak."

"Hoekom sou hy?"

Acker haal sy skouers op. "Sal ons saam gaan eet later?"

"Okay."

Op pad terug na sy kantoor toe loop Acker deur skewe skywe sonskyn. Iets is nie pluis nie. Hy berispe homself: natuurlik is daar iets verkeerd – dis altyd so. Dis hoe die wêreld maar is. Hy voel die bekende teenwoordigheid van mislukking, onontkombaar soos die reuk van vloerpolitoer in hierdie gang. Net twee goed weer dit af: hoop en aksie. Hulle voed op mekaar, en hy het niks meer om te doen nie. Sonder aksie gaan hoop vir seker dood. En dan . . . verslaenheid, wanhoop, dood.

Lug blaas uit sy stoel uit toe hy agter sy lessenaar gaan sit. Dit voel asof hy swaarder en swaarder word. Hy sit 'n ruk lank so, staar na die tafelblad, dan tel hy die foon op en bel huis toe.

'n Paar luie later tel Lizette op. "Wat's dit nou?"

"Niks. Is jy okay?"

"Mike?"

"Ek wou maar net jou stem hoor." Dit laat haar sprakeloos. "Lizette?"

"Komaan, wat gaan aan?" vra sy.

"Niks . . . Dis rêrig niks."

"Jy maak my bang."

"Jammer. Ek sien jou vanaand." Hy sit die foon neer. Die lig op die foon gaan af. Geen hulp uit daardie oord nie.

* * *

HY skyt al weer klippers en Coke. Dinge gaan vrot. Frank ploeter sitkamer toe, waar los blaaie van gisteraand se koerant versprei lê. Daai bliksemse Slier was al weer hier, hy sleep altyd die koerant herwaarts en derwaarts. Frank begin die blaaie optel, hy sal die koerant weer aanmekaar moet sit voordat hy dit kan lees. Hy hoor die yskas se enjin begin dreun. Dis fokken ondraaglik. Hy sit die draadloos aan en maak die gordyne oop. 'n Ry voëls sit op die telefoondraad. Hy swaai sy arms en stamp teen die venster, maar hulle kom dit nie eens agter nie. Te hel met hulle. Hy gaan haal 'n karton melk uit die yskas. Dan vat hy Weet-Bix uit die koskas, doop die koekies een vir een in die suikerpot en eet hulle met slukke melk tussenin.

Sy lewe lank werk hy al harder as enigiemand, vat groter risiko's as die meeste mense, en wat het hy om daarvoor te wys? Die meeste loodgieters het minder stres en meer geld. Dit lyk bra onregverdig. Om als te kroon, kry hy die hele tyd te doen met mense van wie hy nie hou nie, soos daai poephol Jess Watsenaam. Lestrade is eintlik skrikwekkend. Jeannette is okay. Daniël was die beste. Daniël is die soort ou wat goed kan weet en dan nie daaroor praat nie, wat raar genoeg is. Ironies dat dit Daniël moes wees wat hom verraai het, wat nie kon stilbly toe dit die meeste saak gemaak het nie. En toe moes hy Daniël ook verraai, hom uit sy lewe uit verneuk.

Hy tel die foto's op wat Jeannette die vorige aand gebring het. Sy het hulle by die eenuurplek laat ontwikkel. Dit wys drie mense wat na 'n kar toe loop – Acker, Daniël en 'n vrou. 'n Nader skoot, hoewel dof, wys net vir Daniël en die vrou. Daar is nog 'n paar, nie een van hulle juis skerp nie. Tog, daar kan geen twyfel wees dat dit Daniël is nie. Die laaste foto's wat ooit van hom geneem is, dink Frank. Behalwe natuurlik die foto's van die lyk wat die polisie gaan neem, wat hulle miskien op hierdie einste oomblik doen.

Hy vat die foto's een vir een en skeur hulle in klein stukkies, pak hulle in 'n perlemoenskulpasbak op die kombuistoonbank en steek die papier aan die brand. Die vlamme reik hoër as wat hy verwag het en hy gryp 'n bord om oor die vuur te sit. Dit maak nie die vlamme dood nie. Rook borrel onder die bord uit en klein kolletjies swart roet dryf boontoe op die warm lugstrome. Hy staan agteruit en bekyk die spul. Die bord kraak met 'n slag, maar bly heel. Toe dit als uitgewoed is, vat hy 'n klam vadoek en lig die bord se rand op. Net swart papier en as. Wat 'n fokken gemors. Hy vat die hele spul en moer dit in die asblik in. Toe hy omdraai, merk hy die toonbank se oppervlak is verwronge en swart. Is daar dan geen genade nie?

'n Foon lui iewers en hy besef die luiery is eintlik al 'n ruk aan die gang. Hy steek sy kop in die sitkamer in. Nie hier nie. Die klank kom van verder af in die gang. Hy volg die geluid so vinnig as wat hy kan sonder om te hardloop. Dis in die slaapkamer, die selfoonnommer wat hy vir Lestrade gegee het. Die gelui hou op net voordat hy die foon optel. Hy bel sy stempos, maar daar is niks. Hy kry die laaste nommer van die foon se rekords af en bel terug.

"Jy't gebel."

"Jy's vinnig."

"As ek vinnig was, sou ek die foon betyds opgetel het. Wat kan jy my vertel?"

"Daar's niemand daar nie."

"Niemand daar nie?"

"Hulle het al klaar uitgetrek, of so lyk dit."

Frank gaan sit op die onopgemaakte bed se rand. Hy dwing homself om stadig te praat. "Jy bedoel jy't die lyke verwyder?" Teen sy beterwete in hoopvol.

"Ek bedoel hulle was nie daar nie. Jy kan nie mense doodmaak as hulle nie daar is nie . . . Wat wil jy nou hê moet ons doen?"

"Fokkol vir eers," sê Frank. "Ek praat later met jou." Sy binnegoed is gereed om te ontplof en hy hardloop toilet toe. Toe die ergste rukkings bedaar, kyk hy na sy bewende hande. Sy vingerpunte is swart.

Hy't nog niks gevorder nie, Daniël is steeds daar buite. Maar dinge is nie so sleg nie, maak hy homself wys. Hy het 'n leidraad. Hy hoop Jeannette het nog steeds die negatiewe van daardie foto's. Daniël kruip tien teen een iewers weg, maar waarskynlik nie die vrou nie, en hy weet waar om na haar te soek. Sy moet van die polisie wees.

* * *

DONDERDAG, Vrydag en die naweek verloop sonder insident en Erica kan haarself amper wysmaak als sal voortgaan soos tevore. Maandagmiddag hou sy haar kantoordeur toe – sy kyk na die werksadvertensies in die koerant en wil nie hê iemand moet haar dit sien doen nie. Vir die eerste keer in haar lewe voel sy dat sy miskien iets anders wil kry om te doen. Kort nadat sy haar pa in die pondok se deur sien ineenstort het, het sy besluit om by die polisie aan te sluit. Daar was nooit enige kwessie oor 'n loopbaanbesluit nie, dit was bloot 'n geval van die volgende stap, en die een daarna. Dit het uiteindelik haar verantwoordelikheid geword om vir ander mense nuwe lewens te skep. Nou begin dit lyk of sy haar eie volgende projek gaan wees.

Sy probeer haar indink hoe dit sal wees om in 'n maatskappy te werk wat die een of ander onbenullige ding verkwansel, skoene of koekies, niks so verhewe soos geregtigheid nie. Telefone sal lui en mense sal gespanne raak, maar dit sal oor lewelose dinge wees. Versend hierdie goete hierheen, volg daardie onbetaalde rekening op. Sy sal gaan middagete eet saam met kollegas wat praat oor lipstiffie of flieks of emosies of wat dit ook al is waaroor vrouens veronderstel is om graag te praat. Sy het nog nooit deel gevoel van enigiets van daardie aard nie. Ná vyfuur sal sy kan huis toe gaan en haar werk agterlaat, 'n sosiale lewe geniet. Al hierdie dinge is moontlik. Net een ding kan dit ruïneer, 'n sekere spook uit 'n vorige lewe.

Iemand maak die deur oop en Erica blaai vinnig na die koerant se volgende blad toe. Dis gelukkig net die pos. "Maak die deur agter jou toe, asseblief," vra sy.

Daar is die gewone interne koeverte en een wat lyk na 'n persoonlike brief.

207

Ek wou na jou huis toe skryf, maar kon nie die adres onthou nie. Hierdie een was op die besigheidskaartjie wat ek in jou beursie gekry het.

Gister het ek in hierdie klein Karoodorpie se hotel middagete geëet. Daar was 'n binnehof met 'n groot boom in die middel wat weerskante amper aan die gebou raak. Die area onder die boom is lank gelede geplavei en die wortels het die plaveisel oral laat breek en kraak. Daar was wit draadmeubels.

'n Jong man in 'n rooi denimbaadjie met swart om die kraag en die rande van sy moue het my bedien, sy klere 'n goedkoop na-maaksel van 'n outydse portier se uniform. Die moue was uitgera-fel. Hy het 'n swart broek en blink skoene gedra. Ons het aan die gesels geraak. Hy het my vertel hy het drie jaar gelede matriek ge-maak. Hy het my gevra waar ek vandaan kom. Ek het hom gesê die volgende dorp, omtrent 'n uur se ry daarvandaan, en hy was nuuskierig oor die plek. Dit blyk toe hy was nog nooit daar nie, hy bly nog sy hele lewe lank op hierdie een plek. Daar was 'n keer, toe hy veertien was, het hy my vertel, toe hy 'n goeie fiets gehad het en omtrent drie uur lank met die hoofpad langs gery het voor hy om-gedraai het. Dit lyk vir hom of dinge nie so veel verander as mens verder reis nie.

Die kelner het vir my 'n waterbeker gebring met druppels aan die buitekant en 'n skyfie suurlemoen wat daarin dryf. Dit het my aan jou laat dink. Deesdae laat als my aan jou dink, asof my lewe met jou begin het en jy al is wat ek kan onthou. Ek is jammer. Ek probeer nie te veel verantwoordelikheid op jou afpak nie. Dis net hoe dinge nou met my is.

Ek hoop dit gaan goed met jou.

Die eerste keer dat sy dit lees, kom sy net by die derde reël voordat sy oorslaan na die einde toe, op soek na iets sonder om te weet wat. Dan lees sy dit haastig, uitasem. Sy sit agteroor, probeer dink. En dan lees sy dit weer, aandagtig. Waarvoor sy ook al bang is, dit is nie in die brief nie. Miskien daaragter, maar nie daarin nie. Hoekom sou hy hoegenaamd vir haar skryf? Hy soek seker net 'n maat, iemand om dinge mee te deel. Dit moet eensaam wees om 'n nuwe lewe te begin sonder 'n ma. Sy kyk na die posstempel. Drie Susters. Sy is seker hy is nie meer daar nie.

* * *

ACKER kry 'n oproep van die vrou wat die plaashuis uitgehuur het. Sy kry nie die vrou in die hande wat die huis gehuur het nie en die plek is in 'n toestand. Toe sy die nommer bel wat die vrou vir haar gegee het, het niemand haar geken het. Gelukkig het sy onthou dat Acker haar daaroor gebel het. Kan hy help om haar in verbinding te bring met die vrou?

"Wat bedoel jy die plek is in 'n toestand?" Soos hy vir Erica ken, kan Acker hom hoogstens verbeel dat daar dalk 'n paar handdoeke op die vloer lê, of iets van daardie aard.

"Die borde is gebreek, die gordyne geskeur, die boeke oor die vloer gesaai . . . Ek het nog nooit so 'n gemors gesien nie. Dis 'n skande, 'n absolute skande. Sy was veronderstel om die sleutels gisteraand terug te bring. Ek kan nie sulke mense verstaan nie. Hoe's hulle dan grootgemaak? Het hulle ouers hulle dan nooit maniere geleer nie, eenvoudige ordentlikheid? Hulle het geen respek vir ander mense se goed nie. G'n wonder die wêreld gaan in sy peetjie in nie."

Die wêreld gaan al lank in sy peetjie in, dink Acker. Wat 'n peetjie ook al is. Nogtans is hy geïnteresseerd in die vrou se storie. Dit kan dalk verklaar hoekom Erica so gou teruggekom het. "Is jy op die oomblik op die plaas? Kan ek jou daar kom ontmoet? Ek sal als uit-sorteer."

Hy verlaat die kantoor inderhaas en jaag deur hittegolwe met die kar se vensters oop. Hy hoop die baas gaan nie bevraagteken hoe-veel myle hy hierdie maand eis nie.

Net ná twaalf kom hy op die plaas aan, omtrent net so opgewonde as die vorige keer toe hy daarheen gery het.

Die vrou kom hom tegemoet. Sy is jonger as wat hy hom voor-gestel het, nie veel ouer as hy self nie, maer met kort hare, geperm en brons gekleur. Die hand wat sy na hom toe uitsteek, ruik na skoonmaakmiddel. "Ek kon nie langer die gemors uitstaan nie."

"Aangename kennis," sê hy. "Ek moes jou eintlik gevra het om aan niks te vat nie. Ek sou die plek graag wou gesien het presies soos dit was."

"Ek het nog net die kombuis gedoen. Ek begin nou net met die sitkamer."

Hy loop voor haar in die huis in. Buiten 'n gordyn wat halfpad van sy stok af getrek is, lyk dit nie so sleg nie. Die slaapkamer is 'n ander storie. Die beddegoed lê in 'n bondel op die vloer, die kas is oop en linne hang daaruit. 'n Ingeduikte bierblik lê in die hoek. Erica sou die huis nie so agtergelaat het nie, daarvan is hy seker.

"Wie anders sou in die huis kon inkom?"

"Inbrekers, dalk, maar sover ek kan agterkom, is niks gesteel nie. Dit was my eerste gedagte. Maar die radio staan nog in die venster-bank."

"Enigiemand anders?"

"Wie? Daar's niemand in die vallei nie. Dis hoekom die vrou hier-heen wou kom. Sy het my 'n paar keer gevra, sy het gesê sy wou alleen wees."

"Ek is jammer . . . My vriendin is onder baie druk en sukkel met stres. Kan ek jou vergoed?"

"Ek sal 'n nuwe gordyn moet laat maak, en dan is daar die moeite om die plek skoon te maak . . ."

"Ek sal kan help. Laat ek net in my kar gaan kyk." Acker los haar daar. Hy moet gaan kyk hoeveel geld hy in sy beursie het. Hy moet die vrou gerusstel, sodat hy sonder onderbrekings kan dink oor wat hierdie besigheid beteken.

Dis soos om in 'n muur van hitte vas te loop as jy buitentoe gaan. Die klein vensters hou die huis koel binne. Buitekant lyk selfs die boomblare pap van die warmte. Hygende hoenders hurk onder die krismisrose. Hy maak die kardeur oop, dan staan hy buite en wag dat die wind die kar bietjie afkoel. Van ver af kom die geluid van blêrende skape. Dis asof die klank van geen spesifieke plek af kom nie, dis oral, die geblêr van onsigbare skape. Hy leun binnetoe en kry sy beursie in die paneelkissie. Net voor hy teruggaan in die huis in, sien hy die skape, hoog op teen die berghelling waar die klippe spel *Dalk is jy verkeerd.*

Die vrou kyk van die kombuisdeur af na hom.

"Daar is skape daar bo."

"Ja, ek dink ou oom Steytler laat hulle daar wei."

"Dink jy daar is iemand by hulle?"

"Daar sal seker 'n skaapwagter wees."

"Het jy 'n verkyker in die huis?"

"Daar was altyd." Sy kom 'n paar minute later terug met 'n swart leerhouer. "As iemand ingebreek het, sou dit tog sekerlik gesteel gewees het."

Acker knik. Hy vat die verkyker en fynkam die berghang. Dit vat 'n ruk voor hy die man sien sit in die skadu van 'n bos wat skaars groter as hy self is. "Ek gaan met hom praat."

211

"Dis 'n stywe ent se loop."

"Miskien weet hy iets."

"Nes jy wil."

Die pad is steil en ongelyk. Die hitte help nie. Goggas zoem om hom rond. Sonbesies skree ongenadiglik. Nou en dan hoor hy die skape. Halfpad boontoe gaan sit hy op 'n klip om te rus, sy ken in sy hande gestut. Die huis lyk naby, maar onwerklik, te klein. Miskien moet hy teruggaan, maar sy instink laat hom dink daar is iets interessants hier bo. Hy staan op en beur voort, kyk net waar hy sy voete volgende gaan neersit. Eers sien hy skaapmis, dan die diere self. Hulle probeer die energie bymekaarskraap om weg te kom, maar gee ná 'n paar treë op. Toe hy by die geverfde klippe kom, stop hy en kyk terug. Die uitsig hiervandaan is manjifiek. Hy kan oor die volgende rant sien tot by die wasige blou van die see.

"Halloo!" roep hy en wag vir die eggo.

'n Regte stem antwoord. Die skaapwagter verskyn aan sy regterkant. "Baas?" Kennelik iemand vir wie die nuwe, amptelik nierassistiese Suid-Afrika nog nie aangekom het nie.

"Ek het gedog jy sal my dalk kan help. Ek is van die polisie."

Die skaapwagter haal sy verslete, deurswete hoed af en klou die rand met albei hande vas. "Ek het niks gedoen nie."

Acker moet 'n wrang glimlag onderdruk. "Ek weet. Ek dink iemand anders het iets gedoen en wonder of jy my sal kan help uitvind wie dit is."

Die skaapwagter wag.

"Het jy in die laaste paar dae enigiets snaaks hier rond gesien?"

"Daar was twee mense in die huis daar onder. Mense van die stad af kom partykeer."

"Het daar nog iemand anders na die huis toe gekom?"

"Nie wat ek gesien het nie."

212

"Is jy seker?"

"Partykeer gaan ek oor die bult. Ek loop met die skape."

"Dus . . . in die laaste week, niks snaaks nie?"

Die skaapwagter trek aan sy baard. "Ek het dié gekry," sê hy en wys vir Acker 'n manshorlosie. "Dit was die dag ná die skietery in die kloof."

Die horlosie het geen gegraveerde naam om sy vorige eienaar te eien nie, en dit lyk ook nie bekend nie. "Het jy gesien wie dit was wat geskiet het?"

"Ek het die man van die huis gesien. Hy het gehardloop."

"Is hy die een wat geskiet het?"

"Ek het nie gesien nie."

"Jy't hom net sien hardloop?"

"Hy het van die kloof se kant af gekom."

"Was dit meer van 'n draf, of het hy vinnig gehardloop?"

"Vinnig. Hy moes partykeer stop om te rus."

"En die vrou?"

"Ek het haar nie gesien nie."

"Waar's hierdie kloof?"

Die skaapwagter wys hoër op in die vallei.

"Hoe ver?"

"Mens kan loop."

"Hoe lank?"

"Baas sal voor donker daar wees."

Acker glimlag. Hy sal al sy krag nodig hê om net terug te kom by die huis. "Dankie vir jou hulp." Hy haal 'n noot uit sy sak uit.

Die skaapwagter skud sy kop. "Daar's niks hier wat geld kan koop nie. Hou dit liewer vir die stad."

* * *

213

DANIËL se volgende boodskap verskyn op Erica se e-pos.

Vandag het ek 'n man gesien wat besig is om in sy eie vet te verdrink. Hy is nie 'n gelukkige mens nie. Hy het my busgeld gevat sonder om na my te kyk. Daar was blou karbonkels op sy bobene. Selfs sy voete is vet. Ek was bekommerd dat hy 'n hartaanval gaan kry en die bus van die pad af laat neuk. Daar is baie min plesier in daardie man se lewe. Al wat hom gelukkig gaan maak, is as hy vergeet wie hy is. Hy kyk TV en word dronk. Dit help nie. Elke keer as hy asem skep, herinner dit hom aan wie hy is. Nie Mel Gibson nie. Nie eens normaal nie. Stel jou voor 'n man soos daai. Stel jou voor 'n lewe soos daai . . .

Ek was voorheen jammer vir myself, maar noudat ek daaraan dink, was my lewe nie so sleg nie. Die ergste daarvan is dat ek niks gedoen het om myself gelukkiger te maak nie. Ek sou iets kon gedoen het. Miskien het ek te gou opgegee.

Dis van 'n hotmail-adres af gestuur. Sy kan antwoord, maar nie uitvind waar hy is nie. Hy kan in enige internetkafee ingaan. Dit beteken seker hy is in 'n stad eerder as in 'n klein dorpie. Die twee boodskappe sover is onskadelik, miskien selfs onsinnig. Is hy maar net besig om te mymer, om sy gedagtes te deel met die enigste persoon wat hom ken, of probeer hy met 'n ompad op iets afstuur? Hoe ook al, dit maak haar ongemaklik. Aan die positiewe kant, miskien laat hy iets glip, en dan kan sy hom opspoor. Sy besluit om nie die boodskap uit te vee nie.

* * *

"HAAR naam is Erica van der Linde. Sy is by Caledonplein." Slier lyk baie opgepluk met sy inligting.

Frank is in sy sakemansklere – ligte oranje hemp, donker broek, en 'n baadjie oor sy skouer. Dis te warm om die baadjie te dra. "Wat nog?"

"Rassie kon my nie sê nie. Hy sê haar kantoor is naby Acker s'n. Hy weet nie eintlik wat sy doen nie, maar hy dink dis dalk sielkundige goete. Hy het haar nog nooit as deel van 'n ondersoekspan gesien nie. Sy gaan partykeer vir lang tye weg."

Frank was op pad uit, maar nou sit hy sy aktetas neer en drapeer die baadjie daaroor. Dan vat hy die foongids en slaan haar naam na. Daar is 'n paar moontlikhede. "Ek wil hê jy moet na hierdie adresse toe gaan, kyk wie daar bly. As daar niemand is nie, loer in die posbus. Andersins moet jy probeer kyk hoe hulle lyk. Hulle moet jou liefs nie sien nie. As dit sy is, sal sy dalk jou gesig herken."

"Die laaste keer toe die cops iets op my gehad het, was ek agttien jaar oud."

"Wees in elk geval maar versigtig."

Slier knik. "Waarheen is jy op pad?"

"Ek het 'n paar verspreiders wat ek moet sien. Ek het 'n skip vol sjampoe om te verkoop."

"Fokken hel."

Frank glimlag. Die man is die welsprekendheid vanself.

"Wil jy hê ek moet saamkom?"

"Nee, gaan vind jy uit waar hierdie vrou bly."

"Wat doen ek as ek haar kry?"

"Fokkol. In godsnaam, doen net fokkol. Kom vertel my net, okay? En ek wil nie hoor dat jy 'n skielike bevlieging gekry het of dat jou voël die oorhand gekry het of die een of ander fokken storie van hoekom jy kak aangejaag het nie. Ek het genoeg stront soos dit is. Om van sjampoe nie te praat nie."

*   *   *

215

DAARDIE aand in die bed terwyl hy wag dat sy vrou aan die slaap raak, dink Acker nie aan Frank Redelinghuys nie. Hy dink aan Erica. Die skaapwagter se storie van die skote wat in die kloof geskiet is en Daniël wat uitgehardloop gekom het, dui op 'n interessante moontlikheid. Miskien beteken dit Erica het vir Daniël probeer doodmaak. Stadig nou, maan hy homself, dink bietjie mooi hieroor. Wat sê daai woorde op die berghang? *Dalk is jy verkeerd.* Dalk is hy verkeerd om aan te neem Erica sal nie so iets doen nie. Sê nou sy wou vir Daniël doodmaak en van hom ontslae raak? Dan sou sy kon terugkom en vir Acker vertel Daniël woon iewers anders onder 'n vals naam en hy kan nie weer bereik word nie. Dis in elk geval veronderstel om so te gebeur. Wie weet, dalk is dit presies wat sy gedoen het met elke ou vir wie sy 'n nuwe lewe moes skep. Hoe sal enigiemand nou weet?

Miskien is dit wat hy tussen Erica en Daniël gesien het – nie liefde nie, maar 'n ander gedeelde geheim.

Lizette haal nou egalig asem. Hulle het 'n reël dat hy vir haar moet wag om eerste aan die slaap te raak, sodat hy nie begin snork terwyl sy nog wakker is nie. Sy maak partykeer 'n klikgeluid in haar keel as sy slaap. Dis gewoonlik die teken dat hy sy bewussyn die trekpas kan gee. Hy kan binne minute aan die slaap raak, miskien omdat hy so min plesier aan sy eie gedagtes het. Hierdie een is egter soos 'n piengpongbal vir 'n kat. Hy rol dit diékant toe en daaikant toe, laat dit vir die oomblik eenkant lê, of sit dit aan die rol en kyk hoe dit teen ander harde feite bons.

Dis beslis moontlik. Maar waarskynlik? Hy weet nie. Dis nie nodig dat goed waar moet lyk om waar te wees nie. Hy kan insien hoe dit kan sin maak. Is Erica in staat tot so 'n verskriklike daad? Hy het al moordenaars ontmoet vir wie hy sou gevra het om sy kinders op te pas as iemand hom nie vertel het wat hulle is nie. Dit tel nie veel om te dink iemand is nie tot moord in staat nie. As sy dit wel gedoen het, wat sou haar motief wees? Wraak? Luiheid? Sadisme? Die vrees vir mislukking? Die vrees vir mislukking kan mens vreeslike goed laat doen, dit weet hy. Ons lieg en bedrieg en verwaarloos ons geliefdes.

Hy kan hom vaagweg herinner daar was iets omtrent haar pa, 'n gesinstragedie van die een of ander aard. Nie die soort ding waaroor hy haar kan uitvra nie. Hy moet onthou om môreoggend vir Blackie Swart te vra. Swart sal dalk onthou.

Sê nou hy kan 'n euwel in die boesem van die polisiemag ontmasker, net af met die gang van sy eie kantoor? Dit sal iets beteken, nie waar nie? Hy kan dalk selfs 'n legende in die polisiemag word. Miskien sal iemand hom 'n bynaam gee. Hy probeer dink wat dit kan wees. Sy gedagtes word toenemend simpel, vat donker ompaaie en sirkel terug op hul eie spore. Hy verloor die draad, weet daar was iets interessants iewers, maar kan nie die kloutjie by die oor bring nie. Iets belagliks omtrent Erica. Sy het pragtige hande, en daardie kleurlose oë wat nooit verbasing wys nie.

* * *

SY koop oor die middaguur 'n bloes, bleek ivoor met 'n valletjie om die nek. Dis nie die soort ding wat sy al ooit gedra het nie. As 'n mens maar net so maklik in 'n ander lewe kan inglip as in nuwe klere. As dit so was, sou die papierwerk en oppervlakkige dingetjies wat sy doen genoeg gewees het vir die getuies. Maar die feit van die saak is jou tande voel dieselfde in jou mond, maak nie saak watter klere jy dra nie. Sy los die winkelsak in die hoek van haar kantoor en gaan sit agter haar lessenaar. Daar's 'n nuwe boodskap op haar rekenaar.

217

Ek het die huis gekry waar jy grootgeword het. (Dit help om te weet hoe dinge by 'n munisipaliteit gedoen word.) Ek het verbygeloop en in die tuin ingekyk. Ek het probeer om my voor te stel dat jy daar is. Hoe was jy toe jy twaalf jaar oud was, in rokke wat al klaar langer gemaak is maar nog steeds te kort is? Het jy op die patrone van die plaveistene gespring? Het jy bo-oor dieselfde bome gekyk wat ek nou as groot bome gesien het? Het jy die bewegende wolke gesien wat prentjies maak van snaakse ou omies, hekse en feetjies as jy lank genoeg kyk . . . ?

As ek na my eie kinderjare kyk, voel ek ek het daardie seun in die steek gelaat. Ek het nie sy drome verloën nie – ek het gewoon misluk. Ek vermoed dis anders vir jou.

Sy woorde irriteer haar grensloos. Sy klik op Reply. *Wie dink jy is jy? Los my uit.* Stuur.

Die bliksem is daar buite, besig om hom gate uit te geniet terwyl hy in haar lewe rondsnuffel, en hier is sy besig om sy simpel woon- stel te probeer verkoop. Niemand stel belang nie, daar's net te veel van hulle wat almal eenders is.

Die skerm wys daar is 'n nuwe boodskap vir haar.

Ek probeer maar net vir myself doen wat jy vir my probeer doen het. Ek lei 'n ander lewe. Ek verander in 'n ander mens. As Frank my nou sou doodmaak oor wat ek gedoen het, sal hy die verkeerde man straf.

O, dis so maklik vir hom om te maak of hy so meerderwaardig is terwyl hy goed weet hy is buite bereik. Sal sy hom kan opspoor ter- wyl hy aanlyn is, soos met 'n foonoproep? Dit moet tog moontlik wees. Dis iets wat sy sal moet ondersoek, ingeval dit ooit weer ge- beur. *Ek het geen idee waarvan jy praat nie,* tik sy.

Minute later kom die antwoord.

Ek reken wat ek probeer oordra het, is dit: Dalk is jy verkeerd. Die lewe is oorweldigend ryk, vol verskeidenheid. Joue is nie die enigste lyding nie, en lyding is nie al wat mens kan voel nie. Ongeag enigiets, glo ek daar is hoop en, wie weet, dalk selfs geluk.

Sy staar na die skerm, bewe toe sy op X klik.

* * *

FRANK hou die passasiersdeur oop. "Klim in." Rassie knak sy lang figuur in die sitplek in, sy polisiepet in sy hand. "Jy lyk bleek. Ek hoop nie jy gaan weer in my kar kots nie."

Die jong man skud sy kop. "Dis nie 'n goeie idee om so te ontmoet nie."

"Omdat jy in uniform is?"

"Dis nie goed vir my loopbaan om saam met jou gesien te word nie."

"So dis hoekom jy so skaars is deesdae. Jy't vir my nog nooit na die ambisieuse tipe gelyk nie."

Rassie trek aan sy broek by die knieë om gemakliker te raak.

"Moenie so dikbek lyk nie! Dankie vir die inligting oor daai Van der Linde-vroumens."

"Dis nie moeite nie."

Hulle ry in Buitenkantstraat op en draai links, weef tussen die dig opmekaar geboude werkershuisies van vroeër deur, nou vol yuppies. Die klein huisies is agter hoë mure verskuil en bedags meestal leeg. Al wat te sien is, is geparkeerde karre, punt aan punt. Frank kry uiteindelik 'n leë plek en trek daar in.

"Ek het nou die dag verby jou huis gery." Frank draai die sleutel

219

halfpad en maak die elektriese venster oop. Nou kan mens die ver-af dreuning van die stad hoor. Die enigste sigbare beweging is 'n yl wolk wat oor Tafelberg se rand stort en wat verslaan sodra hy warmer lug bereik. "Was dit jou vrou wat ek gesien het – blond, in die ander tyd?"

"Dit klink soos sy." Die woorde stroef.

"Jou eerste laaitie?"

Rassie knik.

"Dit sal seker maar rof gaan." Frank maak of hy besig is, soek na iets wat langs sy sitplek ingeval het.

"Waarna soek jy?"

"Ag, sommer net . . . dit maak nie saak nie. Waar was ek?"

"Jy't gesê dit sal swaar gaan met die baba."

"Ek het nou nie self ooit kinders gehad nie, maar dis glo 'n duur storie. Dokters en doeke."

"Ons sal regkom."

"Natuurlik, soos met alle dinge, is daar 'n maklike en 'n moeilike manier om dit te doen. Die maklike manier sal wees om my bietjie te help, en dan help ek weer vir jou. Ek gaan jou nie voorsê wat om te doen nie, jy neem jou eie besluite, maar dis net dat ek iemand gaan betaal om 'n verspot maklike werkie te doen en ek wil jou graag eerste opsie gee as jy belang stel."

"Watse soort werk?"

"Ek moet soveel as moontlik uitvind van die vrou in jou kantoor, hierdie Erica van der Linde. Ek wil weet watse pos sy kry, gewoon en e-mail. Des te beter as ons haar foonoproepe kan opneem."

"Jy's nie van plan om iets aan haar te doen nie?"

Frank lag. "Sy klink nie na my tipe nie."

"Nee, ek bedoel . . ."

"Ek weet wat jy bedoel. En nee, sy's heeltemal veilig. Ek probeer maar net iemand in die hande kry met wie sy in kontak is."

"En daai ou, die een wat jy probeer kry, hoekom soek jy hom so?"

Frank dink al weke lank hieroor. Dis nie sy gewoonte om sy beweegredes te ondersoek nie. Tot op datum weet hy nog steeds nie waarom dit vir hom so noodsaaklik is om van Daniël ontslae te raak nie. Dit is nie net om van 'n bedreiging ontslae te raak of om verraad te straf nie, dit weet hy. "Dis 'n sakegeleentheid, dis al. Niemand gaan seerkry nie, vat my woord." Frank sit sy hand op die polisieman se arm. "Komaan, kom ons gaan eet 'n burger by die Spur. En hou op worry. Ek vra jou nie om 'n misdaad te pleeg of iets nie, hou net jou oë oop, onderskep wat jy kan en maak afdrukke. Hierdie baba gaan jou vir die eerste klompie maande fokkol kos."

* * *

ERICA dwing haarself om te bly sit en die boodskap weer te lees:

Ek het die koerantberigte oor jou en jou pa gekry. Sondag gaan ek
na die plek toe waar dit gebeur het. Miskien word ek iets wys.

Sy voel aangetas, 'n koue, klam laboratoriumpadda onder die mes van 'n lomp en dom student. Die bliksem. Vark. Fokkop. Aanmatigende ventjie.

Fokkof uit my lewe uit, tik sy, vervang dan die *my* deur *die*. Daar is iets donker en opwindend daaraan om die nuwe sin te lees. Dan vee sy die hele ding uit.

Sy gryp haar handsak en vlug buitentoe. In die straat loop sy verby 'n straatblok vol mans wat wag om geleentheidswerk te doen. Hulle merk haar skaars op, kyk net uit of daar nie dalk 'n bakkie om die hoek kom wat die kans bring om 'n eerlike paar rand te verdien nie. Erica voel nie jammer vir hulle nie. Hulle weet ten minste wat dit sal vat om hulle beter te laat voel. Sy voel sweet met haar kakebeen langs loop, die wind koel daarteen. Haar bene voel swaar, stampend op die sypaadjie. Sy skop behoorlik die aarde. Sy loop amper in 'n aankomende man vas en hulle doen 'n klein dans om mekaar. Haar oog vang syne. Hulle is 'n ongelooflike groen, deurskynend soos 'n sonverligte poel in 'n woud. Haar hart ruk styf teen haar are. Is dit hy, die man van Namibië? Sy staan agteruit. Die man glimlag openhartig. Nee, nie hy nie. Nogtans voel sy verleë. As sy maar net almal en alles kan uitwis wat haar nog ooit laat sleg voel het oor haarself. Maar hoe doen jy dit?

* * *

DAAR is iemand naby Erica se kantoor. Dis nie die kantoor se gewone posman nie en nie die skoonmaker nie. Min mense kom ooit in hierdie deel van die gebou. Dis 'n doodloopgang, en niemand buiten hy en Erica het enige rede om hier te wees nie. Acker loop nader, sy voetstappe weerklink op die gepoleerde vloer.

'n Polisieman in uniform kom uit Erica se kantoor uit, verbaas om hom te sien. "Kaptein."

"Hallo." Acker loop stadiger, probeer die naam op die man se bors lees.

"Ek het net kom kyk wat's fout met kaptein Van der Linde se foon. Die skakelbord wys nou al hoe lank dat dit beset is."

Die man se naam is Erasmus. "Het jy die probleem gekry?"

"Hy was nie mooi op die mik nie. Dis nou reg."

"Is sy hier?"

"Nee, sy's 'n ruk terug hier uit."

Acker knik en gaan in sy kantoor in. 'n Vinnige kyk in sy lêers wys dat Daniël vir Erasmus uitgewys het as een van Frank Redelinghuys se manne. Hy het niks konkreets teen die man nie, maar as hy in Erica se kantoor rondgesnuffel het en hy het iets met Frank te doen . . . Sit twee en twee bymekaar en jy kry iets wat waarskynlik betekenisvol is.

Sodra hy seker is die man is nêrens meer te sien nie, gaan Acker self na Erica se kantoor toe. Wat sou sy hê wat vir Frank van nut kon wees? Hy kyk vlugtig rond. Niks op die tafel vang sy oog nie. Hy het geen idee wanneer sy weer gaan terugkom nie, en hy wil nie langer daar draai as wat nodig is nie. Die liasseerkabinet? Gesluit. Hy luister of hy haar voetstappe kan hoor, maak die een lessenaarlaai ná die ander oop en loer in. Iets flikker in die hoek van sy oog. Haar rekenaarskerm het swart geword, probeer krag spaar. Maar sy is al geruime tyd weg. Hy sou dink die skerm gaan ná so vyf minute dood. Het Erasmus met haar rekenaar gelol? Acker beweeg die muis en kyk op haar skerm. Die e-posteken is gemerk, dis die laaste program wat gebruik is. Hy klik daarop. Die inboks is vol werkverwante goed, buiten 'n paar boodskappe van 'n hotmail-adres. Hy lees dit vinnig, het nie 'n naam nodig om te weet van wie dit kom nie. Die jongste boodskap se implikasies laat die bloed in sy ore klop.

Hy gaan die kans hê om weer met Daniël kontak te maak, om uit te vind wat in daardie kloof gebeur het toe die skaapwagter die skoot gehoor het. Die eerste ding is om vir Swart in die hande te kry, om uit te vind waar presies Erica se pa geskiet is.

Sodra hy terug is in sy kantoor, bel hy die nommer op die binnelyn. Swart is uit. Hy kry die selfoonnommer en probeer dit.

"Swart hier."

"Dis Acker. Kan jy praat?"

"Al geleer toe ek nog 'n baba was."

"Iets het opgeduik en ek hoop jy sal kan help sonder dat die hele wêreld daarvan hoor."

"Laat ons hoor."

223

"Jy't nou die dag gesê Van der Linde se pa is geskiet, maar weet jy waar dit gebeur het, ek bedoel presies waar?"

"Het jy vir Erasmus gestuur om my dieselfde vraag te vra? Hy't skaars vyf minute gelede gebel."

Acker besluit om nie daarop te reageer nie. "Ek sal graag met my eie ore wil hoor."

"Ek was daai tyd deel van sy span, een van die eerstes op die toneel. Wat 'n blerrie gemors . . . Toe ek die meisie sien, het ek gedink sy sal nooit weer 'n normale lewe kan lei nie."

Acker wil sê dat Swart destyds reg was. Maar hy moet sy vermoedens vir eers vir homself hou, totdat Daniël dit kan bevestig. "Gee my die kort weergawe."

* * *

FRANK volg die paaie met die punt van 'n tjip. Selfs al het Rassie hom 'n goeie idee gegee waar om te kyk, kan hy nie die plek in die kaartboek kry nie. Hy stop die tjip in sy mond en skeur die papiersak oop om by die onderstes uit te kom. Hy sal 'n kaart met meer detail moet kry. Of hy kan eenvoudig die vrou agtervolg. Hy het haar foto en dink nie sy sal weet hoe hy lyk nie. Al wat hy moet doen, is om seker te maak hy kom voor haar in Johannesburg aan. Dan kan hy 'n goeie kaart in die boekwinkel op die lughawe koop ingeval die agtervolgery nie uitwerk nie. Hy kan in die aankomsaal rondhang, dophou as die passasiers van Kaapstad af aankom. Hy sal 'n kar gereed hê, op haar hakke bly tot sy hom na Daniël toe lei. Dan sal hy vir Daniël volg, wag vir die regte geleentheid, 'n ongelisensieerde vuurwapen op hom rig en die sneller 'n paar keer trek, die wapen in 'n drein af bliksem. Hoe moeilik kan dit nou wees?

Natuurlik is dit 'n risiko, meer as wat hy gewoonlik bereid sou wees om te loop. Dis altyd die beste om die vuilwerk op 'n afstand te hou, maar al sy gewone middele het hom dié keer in die steek gelaat. Hierdie besigheid met Daniël het onuithoudbaar geraak. Die gevaar dat Daniël se getuienis hom in die tronk kan laat beland, is reeds afgeweer, maar sy vryheid word nog steeds bedreig. Daniël se bestaan wys dat hy nie kan doen net wat hy wil nie, en dis iets wat hy nie kan aanvaar nie. Hy weier om aan te karring, om maar te sien kom klaar soos al die ander gevrekte en hopelose lamsakke, die kamtige ordentlike mense. Die enigste rede dat hulle ordentlik is, is dat hulle geen idee het van waartoe hulle werklik in staat is nie, hulle het nog nooit die mag daarvan gesmaak om met beslistheid in hul eie belang op te tree nie. Hy gaan daardie reg weer vir homself toe-eien. 'n Fokken vryheidsvegter, dis wat hy is. Dís nou 'n lekker gedagte. Hy kyk na die spreeus op die telefoondrade. Laat los die drade, ouens. Vlieg!

Acker se bagasie staan by die oop voordeur. Hy draai om die reistas asof hy daaraan behoort eerder as andersom. Lizette staan in die sitkamerdeur, leun binnetoe om ER te kyk, loer net so nou en dan na sy kant toe. Dis 'n ongemaklike tyd, met als gereed maar die taxi nog nie daar om hom op te laai nie. Pierre is in sy kamer, besig om booswigte in die kuberruim op te dons. Oor die balkon se rand sien Acker die taxi in die straat afkom.

"Hier's hy nou."

"Pierre, kom sê vir jou pa koebaai."

'n Paar lang minute later verskyn die seun, bietjie deur die mis. Acker gee ma en seun 'n drukkie en tel sy sak op. "Sien julle gou weer." Hy het die gevoel dat hulle teruggetrek word na hulle onderskeie skerms toe en verlig is om die deur agter hom te sien toegaan.

Hy moes vir sy gesin jok, hulle vertel hy gaan Johannesburg toe vir werk. Hierdie reis is egter nie amptelik goedgekeur nie en hy moet self daarvoor betaal. Miskien kan hy ná die tyd die geld terugeis, nadat hy als uitgepluis het. 'n Waterdigte saak. Dan sal sy baas wragtig nie kan weier nie. Die gedagte laat hom goed voel.

Toe Acker in die taxi klim, vra die bestuurder hom om te bevestig dat hy lughawe toe gaan. "Nee, Kaapstad-stasie."

Die bestuurder kyk op sy lys. "Is meneer dan nie meneer Acker nie?"

"Ja, maar ek het van plan verander. Ek gaan met die trein." Acker dink hy sien 'n sweem van meerderwaardigheid in die man se hou-

226

ding. Hy dink ek is te arm of te bang om te vlieg. Te hel met hom. Hy het eenvoudig die trein gekies omdat dit makliker is om die geld weg te steek wat hy vir die kaartjie moet betaal. Lizette sal sekerlik sien as 'n vliegkaartjie se geld uit hul rekening verdwyn. Hy kan in elk geval Sondagoggend in Johannesburg wees. Betyds om 'n kar te huur en uit te ry na die plek toe wat Swart vir hom op die kaart uitgewys het.

Hy het 'n kompartement vir homself. Hy was in geen jare op 'n trein nie. Die sitplekke is nog dieselfde groen as wat hy onthou. Hulle is opgestop met iets wat soos klapperhaar voel, en is harder om op te sit as wat hulle lyk. Hy sit sy tas op die boonste bed en haal die cowboy-boek uit waaraan hy dan en wan lees.

Die ouens in die kompartement langsaan raak al hoe raseriger namate die reis aangaan, kennelik daarop uit om so ver in die nag in te suip as wat hulle maar kan. As hy deur die venster kyk, sien Acker die lig van hul venster af met die spoorwal langs gly. Verder weg lê die veld roerloos onder die kil sterlig. Daar moet diere wees wat daar beweeg, maar wat hy nie kan sien nie. Hy klim in die bed en lê op sy rug met sy hande agter sy kop, steur hom nie aan die geraas van langsaan af nie. Hy word weggevoer van die klewerige strikke van sy huislewe af, voel 'n vryheid wat hy voor sy troue laas ervaar het. Partykeer kan dit verspot maklik wees om gelukkig te wees.

Hy is nou heeltemal oortuig dat Erica die getuies doodmaak. Ervaring het hom geleer dat die eenvoudigste verklaring meestal die regte een is. Dit sou baie dinge verklaar – hoekom sy so geheimsinnig is oor haar metodes, haar buierigheid as sy van haar sendings af terugkom, haar volstrekte weiering om enige van die getuies weer te probeer kontak. Maar toe het iets in daardie kloof gebeur en Daniël het oorleef. Met Daniël as sy getuie sal hy by die

227

waarheid uitkom. Hierdie keer is daar geen semenmonsters wat omgeruil kan word nie. Daniël se getuienis sal aanvaar word in die hof. Dit pla hom steeds dat hy nie vir Frank Redelinghuys kan vasvat nie, maar hy sal vir Erica van der Linde kry. Dit moet tog vir iets tel.

Met verloop van tyd laat die trein se geskommel hom indommel. Hy raak aan die slaap met die boek op sy bors, om iewers anders wakker te word.

*   *   *

TOE Erica op die vliegtuig klim, voel dit of sy tydelik beheer oorgegee het. Sy vertrou haar lewe toe aan die straalgedrewe buis en sy vlieënier. Sy weet daar is statisties 'n kleiner kans om in die lug te sterf as op die grond, maar sy vind dit nogtans moeilik om die moontlikheid van doodgaan te ignoreer, en dit laat haar dink oor haar lewe – iets wat sy sover moontlik wil vermy. Sy wil graag aan die lewe dink as sommer net dinge wat jy doen, maar daar steek meer in, en sy kan dit nie wegwens nie. Sy vind dat sy stukkies onthou van wat Daniël vir haar geskryf het. Miskien moes sy die boodskappe gedruk het dat sy hulle weer kan lees . . . Sy moet haarself vasvat. Wie wil nou weer daai nonsens lees? Sy het klaar haar keuse gemaak. Sy sal gaan om vir Daniël te ontmoet. Eers het sy gewonder of hy haar vertel waar om hom te kry as 'n uitnodiging, uitdaging of lokval. Wat sou hy probeer bereik? Toe besef sy dit maak nie saak wat hy wil hê nie. Al wat saak maak, is wat sy gaan doen. Sy is vasbeslote om haar onafhanklikheid, haar lewe en alleenheid uit sy greep te wring. En dan gaan sy als weer bymekaarsit presies soos sy dit wil hê. Die pistool is op die vliegtuig.

Nadat hulle geland het, gaan haal sy die wapen by die lugdienskantoor en sluit aan by die drukte van die ander passasiers, stamp en swenk tussen hulle deur. 'n Vinnige stop by die Avis-toonbank, 'n paar papiere om te teken en dan kan sy gaan. Almal op die lughawe mik blykbaar na 'n ander uitgang. Neontekens adverteer kitskos en langsame selfmoord met nikotien. Vrouens met blikkele maak aankondigings wat eggo. Erica baan haar weg tussen die bewegende gedaantes deur, sien uiteindelik die deur buitentoe.

* * *

FRANK sit in 'n huurkar, wag vir die vrou om te verskyn. Die opwinding pomp in sy ingewande. Instinktief kyk hy rond waar die openbare toilet is. Niks hier rond nie. In elk geval, hy kan nie toelaat dat so 'n basiese menslike behoefte in die pad staan van wat hy moet doen nie. Hy het al klaar amper die vrou in die aankomsaal misgekyk. Sy het nie na die bagasieband toe gegaan soos hy verwag het nie, net deurgeloop met 'n skouersak. Hy het haar foto gehad in 'n selfhelpboek wat hy kamma gelees het, twee keer daarna gekyk om seker te maak. Toe haas hy hom buitentoe terwyl sy by die Avis-toonbank is en klim in die kar wat hy vroeër reeds gehuur het. Nou wag hy net.

Hy steek sy hand in sy sak, voel die Luger se kontoere. Dis die enigste onnaspeurbare handwapen wat hy betyds in die hande kon kry. Hy kan nie onthou dat 'n ander pistool al ooit so netjies in sy hand gepas het nie. Miskien 'n Glock. Maar hierdie een is minstens net so goed. Dis 'n pragtige stuk werk, 'n masjien om patrone te laat ontplof, om koeëls te rig, gemaak voor die Eerste Wêreldoorlog. Met sy Pruisiese arend op die handvatsel is dit seker 'n versamelaarsitem. Dis jammer hy moet dit ná die tyd weggooi, maar dis die verstandige ding om te doen. Mens kan nie nou sentimenteel wil wees nie.

Daar's sy. Dom vroumens wat nie weet sy is op pad om Daniël

229

aan hom uit te lewer nie. Die polisie is almal so. Vir hulle is dit net reëls, nou en dan idealisme, nooit 'n begrip van die praktiese noodwendighede nie. Hy het nog nooit 'n polisieman teëgekom wat hom bedreig laat voel nie. Acker het deursettingsvermoë, maar beperkte insig. Die man sal nooit meer wees as net 'n verpesting nie.

* * *

SY vat die N1 noordwaarts. Ongelooflik om te dink die onafgebroke strook teer strek 'n duisend myl terug tot in die Kaap, en noord tot by Beitbrug en seker tot in Harare. Sy is nie seker hoeveel verder dit gaan nie. Heelpad tot by die Middellandse See, miskien. Dis so lekker om weer alleen te wees. By die Roodepoort-kruising draai sy links, ry weswaarts. Soos dikwels die geval is, is die Hoëveldse weer idillies – blou lug met skerp omlynde wit wolke. Rooi grond, geel gras. 'n Landskap gebou uit primêre kleure. Swart vrouens sit plat met reguit bene langs die pad met sakke mielies wat hulle verkoop. 'n Man op 'n swart dikwielfiets ry verby hulle, praat en beduie in die ry. In die verte verrys die rookkolom van 'n veldbrand.

Dis 'n uur se ry, baie daarvan op gelapte en stamperige agterpaaie, na die onveilig verklaarde stuk grond bekend as Dewetskraal. Mynbou in die area het die grond dermate uitgehol dat sinkgate algemeen geword het. Die owerhede het 'n hele stuk grond afgekamp met wit borde vol skedels en doodsbeendere oral om die rand. Die borde is onherkenbaar verweer en sy ry byna by die plek verby. As dit nie was vir die kar wat langs die pad geparkeer is nie, sou sy dit dalk misgekyk het. Sy trek langs die wit Honda in en klim uit. Die ander kar is leeg. Op die voorste sitplek sien sy 'n oop kaartboek, 'n halfbottel Fanta en 'n vetterige papiersak met *Nando's Portuguese Chicken* daarop geskryf. Sy kyk na die grond anderkant die heining – droë gras, 'n paar stowwerige bome, grys klippe. Dit gee geen aanduiding van hoe dodelik hierdie plek kan wees nie, met die grond wat enige oomblik onder jou voete kan padgee.

Sy het gedink dit sou moeiliker wees om hier te wees. Ondanks al die jare dat sy oor die plek gedink het, lyk die omgewing meer bekend as enigiets anders, nie vreesaanjaend, hartverskeurend of enige van die ander goed wat sy haar voorgestel het nie. Dit moet 'n goeie teken wees. Sy klim deur die draad.

Daniël kyk hoe sy aankom, kniediep in die strooierige gras. Sy dra 'n blou somerrok met 'n blommetjiespatroon, koringblomme. Hy kan die materiaal oor die landskap van haar lyf sien gly. Haar arms is langs haar sye, haar regterhand agter haar rug verskuil. Sprinkane spat weg uit die gras voor haar voete, vat lang geboë spronge om aan nuwe spriete te gryp wat onder hul gewig swik. Daniël sit op die oorblyfsels van 'n klipmuur, hande op sy knieë. Om so te sit is moeiliker as om te staan, maar dit voel reg. Hy het die ondersteuning nodig.

Sy sien hom, loop sonder huiwering voort. Dis belangrik dat sy selfversekerd moet optree. As sy dit opgee, is sy weer in sy mag. Sy breek deur die laaste graslinie, kom op die oorblyfsels van 'n gruis-pad te staan.

Hy kyk na haar en voel sy hemp aan sy rug vaskleef. Dit maak dat hy sy skouers wil rol, maar hy is bang enige beweging nou kan 'n reaksie ontlok. Natuurlik moet daar die een of ander resolusie wees. Dis wat hy wil hê. Sy moet die geleentheid hê om hom dood te maak en dit dan doen of nie. Ondanks dit wat hy weet moet kom, wat hy doelbewus teweeggebring het, wens hy meteens dat niks sal verander nie, dat hierdie oomblik net momentum sal verloor en tot stilstand kom net voor, net voor . . .

"Dis nie waar dit gebeur het nie," sê sy. "Dit was daardie kant toe, daar waar daai bome is." Sy wys met 'n kopbeweging, maar haar oë bly stip op hom.

"Ek sou nie kon weet nie."

Sy trek met die rand van haar skoensool 'n streep in die pad. Die pistool agter haar rug rem haar arm af, voel elke oomblik swaarder. Sy swaai dit vorentoe en vat die wapen in albei hande, hou dit teen haar bors met die loop skuins boontoe. Toe hy orent kom, tree sy instinktief terug.

"Moenie bang wees nie, ek sal dit nie by jou probeer afvat nie."

"Hoekom het jy ons hierheen gebring?"

Hy staan hande op die heupe, kyk na die plek waarheen sy voorheen gewys het. "Ek dink ek wou . . . jou hart vind." Hy draai om en kyk na haar. Als om hulle is stil en leeg.

"En as jy pleks daarvan 'n paar gram lood kry?"

"Dan ken ek jou hart."

"Dis nie die moeite werd nie."

Hy haal sy skouers op. "Dis een ding wat ek in die afgelope paar weke geleer het – as jy min genoeg het om te verloor, verloor jy naderhand jou vrees ook. Dis een van die laaste goed om pad te gee. Ek is nie bang om dood te gaan nie . . . maar ek is lief vir die lewe. Dis hoekom ek so graag wil hê jy moet joune terugkry."

"Moenie probeer goed wees vir my nie. Ek het jou al tevore probeer doodskiet."

"Ek vergewe jou."

"Daar was ander ook. Dink jy hulle sal my ook vergewe?"

"Die dooies kan nie vergewe nie, en ek kan jou nie namens hulle vergewe nie. Ek kan jou net vergewe vir myself."

Hy kyk haar reg in die gesig. Dit herinner haar aan haar pa, hoe hy eers was, 'n man wat veel gesien het, maar nog steeds glo in iets. Daniël verteenwoordig nie 'n mislukking in haar lewe nie, besef sy.

Hy is miskien haar eerste sukses. Iets is hier aan't gebeur, iets meer as . . . Dis nie net die twee van hulle op die onvaste grond wat na mekaar staan en staar oor vyf vakante meter nie. Daar is genade aan die werk, miskien selfs verlossing.

"Los dit," beveel 'n vreemde stem. "Laat sak jou pistool, stadig, en laat hom val."

Sy kyk haastig, doen wat die man vra. Die pistool val geluidloos op 'n graspol en gly eenkant toe.

'n Man kom na hulle toe aangeloop, groter as lewensgroot, met 'n outydse Luger in sy reusehand. Die sweet tap hom af.

"Frank." Daniël se toon is gelate.

"Is ek nou bly om jou te sien! As jy weet hoeveel moeite ek gehad het . . ."

"Jy hoef my nie dood te maak nie, jy weet."

"Ek het al ander mense probeer gebruik, maar dit het nie vir my uitgewerk nie, dus . . ." Frank vee sy gesig en nek met 'n sakdoek af.

"Ek bedoel ek hoef nie doodgemaak te word nie. Ek hou geen bedreiging vir enigiemand in nie."

"Ja, maar jy't my de moer in gemaak."

"Jou vriende is die mense wat jy vergewe."

"En jy dink ons is vriende?"

"Ons kan wees."

"Jy kon dalk eens op 'n tyd reg gewees het. Nou?" Die groot man skud sy kop. "Die snaakse ding is, ek wou nie eens daai meisie doodmaak nie."

"Haar naam was Nazla."

"Watookal. Dit was 'n ongeluk."

"Jy moes versigtiger gewees het. Mens moet versigtig wees met 'n ander mens, Frank. En met jouself ook."

233

Frank kap die lug met sy vry hand. "Jy sien, dis hoekom ek van jou hou, jy sê 'n ding soos dit. Maar ek moet jou in elk geval skiet. Jy moes versigtiger gewees het toe jy die afspraak met hierdie girl gemaak het. Nou sal sy dalk saam met jou hel toe moet gaan. Ek bedoel, ek was van plan om te wag tot ek jou alleen kry, maar ek dink daar's 'n donderstorm aan die kom en ek haat bliksemse weerlig. So ek gaan maar hier klaarmaak en maak dat ek wegkom. Blameer die weer. Blameer die Heer."

Hy mik met sy pistool na Daniël se bors toe. Daar is hoogstens sewe tree tussen hulle. Sy vinger klem om die sneller. Daar is 'n plat klapgeluid. Die koeël slaan in Erica vas toe sy vorentoe duik. Haar rug stamp teen Daniël en hulle val albei op die grond. 'n Tweede skoot klap, slaan teen iets hards vas. Frank knak vooroor, gryp sy leë regterhand vas.

"Die volgende een is deur jou kop!" skree Acker. Hy stap tussen die bome uit. "Lê op jou maag, net waar jy is. Sit jou hande agter jou rug."

"Jissis, Acker, gee jy dan nooit op nie?"

"Miskien eendag. Nie vandag nie." Die polisieman kom vorentoe, buk af en slaan die boeie om Frank se gewrigte. Hy was byna te laat. Die inligting wat hy van Swart gekry het, was nie heeltemal akkuraat nie, en hy het 'n goeie halfuur gemors deur in die verkeerde pad heen en weer te ry voordat hy die plek gekry het.

Frank lê sy kop neer, kyk sywaarts na Daniël en die vrou. Met sy oor teen die grond meen hy hy kan die aarde hoor tol.

Acker grawe sy selfoon uit sy sak en bel 'n nommer terwyl hy loop na waar Erica en Daniël lê. "Dis kaptein Acker hier. Ek is op 'n plek genaamd Dewetskraal. Daar was 'n skietery en 'n polisie-beampte is gewond. Ek het die skuldige in boeie, maar ek het 'n ambulans en ondersteuning nodig, so gou julle kan. Het jy dit?"

Hy loop nader, kniel by Erica en druk sy opgefrommelde sak-
doek oor die nat gat in haar bors. "Hou uit, die ambulans is nou-
nou hier."

Daniël skuif onder haar uit. Hy is ook besmeer met bloed.

"Is jy raak geskiet?"

Daniël skud sy kop. "Sy bloei aan die agterkant ook."

Acker sit sy arm om haar, voel rond in die nat katoen, stop toe hy
die wond se rand bereik. Hy kyk na Daniël. "Ons sal iets groters
nodig hê hier."

Daniël trek sy hemp uit, gaan sit agter haar en druk die materiaal
waar Acker wys. Hulle hou haar tussen die twee van hulle vas. Dit
lyk asof sy in te veel skok is om pyn te voel. Dit lyk selfs of sy vir
hulle probeer glimlag, totdat haar uitdrukking fokus verloor en sy
blykbaar gefassineer raak deur iets wat so ver weg is dat dit net so-
wel nie kon bestaan nie.

Acker besef sy is dood, maar hy hou aan om haar vas te hou. Hy
het nog nooit so iets gesien nie, die manier hoe sy haarself voor
Daniël ingewerp het.

Daniël kan nie daardie glimlag uit sy gedagtes kry nie. Hy wil
graag glo dis 'n teken van iets betekenisvols, die oorwinning van
hoop oor die gebeurde.

"Ek dink ons kan haar nou neerlê."

Daniël doen wat Acker voorstel. Erica lyk kompleet soos 'n pop,
die ongemaklike hoeke van haar nek en ledemate. Hy haak sy elm-
boë om sy knieë en sit en staar na die stof tussen sy voete, die merke
van sy eie hakke. Hy voel fundamenteel verander. Hy is deur 'n
onsigbare vuur in vloeistof verander en omgesit in iets anders.
Die vorm is nog dieselfde, maar dis van 'n ander stoffasie. Rond-
om hom het die wêreld die skreiende skoonheid van vlamme op 'n
ysige nag.

Acker staan op, trap rond, kyk na die pad waar wie ook al gaan verskyn. Droë gras gryp na die wind. "Wil jy iets verskrikliks weet? . . . Ek het eerlikwaar begin dink dat sy nie regtig mense soos jy die wêreld instuur met 'n nuwe identiteit nie. Ek het gedog dalk . . . maak sy julle eerder dood." Hy skud sy kop. "Wys jou net hoe ver- keerd 'n mens kan wees."

Kaapstad – Auckland

Zirk van den Berg is in Walvisbaai gebore en het in die Kaap grootgeword. Sy eerste boeke, die kortverhaalbundel *Ekstra dun vir meer gevoel* en die kort historiese roman *Wydsbeen*, het verskyn voordat hy en sy gesin na Nieu-Seeland verhuis het. Sedertdien skryf hy in Afrikaans sowel as Engels. Sy misdaadroman *Nobody Dies* het in 2013 by Kwela verskyn as *'n Ander mens*. Sy Boereoorlogroman *Halfpad een ding* (2014) het tegelyk in albei tale verskyn, en so ook sy historiese roman *Die vertes in* (2018), wat in die destydse Duits Suidwes-Afrika afspeel.

www.ingramcontent.com/pod-product-compliance
Lightning Source LLC
Chambersburg PA
CBHW020400030726
47496CB00007B/2227